当代文艺学问题研究与探索

李自雄 著

山东大学出版社

图书在版编目(CIP)数据

当代文艺学问题研究与探索/李自雄著.—济南:山东大学出版社,2015.7
ISBN 978-7-5607-5331-7

Ⅰ.①当… Ⅱ.①李… Ⅲ.①文艺评论—中国—当代—文集 Ⅳ.①I206.7-53

中国版本图书馆CIP数据核字(2015)第182022号

责任策划:刘旭东
责任编辑:武迎新
封面设计:张 荔

出版发行:山东大学出版社
社　　址:山东省济南市山大南路20号
邮　　编:250100
电　　话:市场部(0531)88364466
经　　销:山东省新华书店
印　　刷:泰安金彩印务有限公司
规　　格:720毫米×1000毫米 1/16
　　　　　11.75印张 220千字
版　　次:2015年8月第1版
印　　次:2015年8月第1次印刷
定　　价:22.00元

目　录

导论:当代文艺学问题研究与探索

我们探讨问题,是为了解决问题,正如马克思所言,"哲学家们只是用不同的方式解释世界,而问题在于改变世界"①。也正是在这个意义上,理论不是目的,而是为我们解决问题提供某种可能的方式。法国思想家莫兰曾说:"一个理论不是目的地,它只是一个可能的出发点;一个理论不是一个解决办法,它只是提供了处理问题的可能性。"②可以说,理论的意义,在很大程度上取决于对现实的思考、回应及对现实问题的解答。就文艺学研究而言,我们的理论思考就必须面对当代中国的现实语境与文艺审美现状及问题,并作出有力的理论回应与有效的理论应答,而构成我们对当代文艺学问题研究思考与理论探索的题中之义。

基于上述这样一种考量,如果我们承认,任何问题,包括文艺学问题,都是在具体的历史语境中生成的,而非仅仅就是抽象的存在之物,所以不能仅仅对问题作某种抽象的理解,或是脱离语境的理解,那么这就需要我们的理论思考与问题研究做到逻辑和历史的统一,并以之为最基本的方法论原则。本书即是在这样一种理论追求之下,从文学批评、文学理论和美学思考三个方面对当代中国文艺审美现状及问题作出研究思考与理论探索,以期为当代文艺学问题的研究探讨提供理论参考。曾繁仁先生曾深刻地指出马克思主义在美学、文艺学研究中的重要价值③,赖大仁先生也曾有对唯物史观视野在文论研究中的方法论意义的

① 《马克思恩格斯文集》第1卷,人民出版社2009年版,第502页。

② [法]埃德加·莫兰:《复杂思想:自觉的科学》,陈一壮译,北京大学出版社2001年版,第270页。

③ 详见曾繁仁:《马克思、恩格斯与生态审美观》,载《陕西师范大学学报(哲学社会科学版)》2004年第5期;《马克思主义人学理论与当代美育建设》,载《天津社会科学》2007年第2期;《社会主义核心价值体系与文艺学建设》,载2007年1月18日《人民日报》;《当代社会主义生态文明建设与生态美学理论发展》,载《中南民族大学学报(人文社会科学版)》2008年第1期;《坚持与发展结合,理论与实践统一》,载《中国文学研究》2009年第1期。

阐释[①]，显然，如何做到逻辑和历史的统一也应是这种马克思主义及其唯物史观视野的理论要义。但值得反思的是，目前学界有两种极端化的研究倾向：一是满足于概念与逻辑的空疏推演；二是另一个极端，也就是停留于历史考证式的研究。

王元化先生说："数十年来，在思想界已经形成了一种新传统，即所谓以论带史。研究问题，不从事实出发，不从历史出发，而从概念和逻辑出发。这一风气不限于史学界，而且是弥漫在各个领域，甚至渗透在生活中。后者带来的深刻教训是使人不会忘记的。运动中妄加给人的罪名，往往不是从事实出发，而是根据逻辑推理作出的。所以后来我在讨论历史与逻辑的一致性时，曾以审案为例。我说应当强调法律上的'证据法'，而不能根据逻辑推理，或根据我国传统审案的所谓'自由心证'。因为在审案中根据逻辑推理可以构成的罪行，在事实上却往往是无辜的，这一点在'文革'中已经是屡见不鲜了。从历史的发展中固然可以推考出某些逻辑性规律，但这些规律只是近似的，不完全的。历史和逻辑并不是同一的，后者并不能代替前者。"[②]他又说："在历史的进程中虽然也可以发现某种规律性，但历史和逻辑毕竟不是同一的。逻辑推理不能代替对历史的实际考察，史家的史识必须建立在对历史事实的实证上。"[③]

王元化先生的这番话，很明显是针对目前学界前一种极端化的倾向而言的，这在现在的文艺学研究领域，在一些操持西方话语的学者那里表现得尤为显著。这也使他们不是从中国的历史语境与历史事实出发，而是从"西来"的话语与概念出发，由这些话语与概念自生出许多与我们本土理论问题无关的"假问题"，而真正属于我们自己的问题并没有从基于中国具体历史语境的研究思考中生发出来，或是揭示出来，正如有学者曾形象地指出的："只是借用他人的概念术语衣装演练了一场堂皇而缺乏神采的戏。"[④]这种情况也不同程度地体现在他们对当代中国文艺审美现象及相关理论问题的认识与理解上，对此，我们在本书中将结合学界研究作出反思。但同时也需要注意的是，历史和逻辑虽然并不是"同一的"，逻辑不能也不应代替历史，然而这并不意味着能以"历史"的名义取消逻辑；否则，就会走向后一种极端而流于历史考证，只会导致我们"必须处处跟随着"历

---

① 详见赖大仁：《唯物史观视野中的意识形态与文艺》，载《学习与探索》2006 年第 6 期；《唯物史观在马克思主义文论中的体现》，载《学习与探索》2009 年第 1 期；《唯物史观视野与当代文艺批评》，载《中国人民大学学报》2010 年第 3 期。

② 王元化：《我读黑格尔的思想历程》，《学术集林》卷九，上海远东出版社 1996 年版，第 329 页。

③ 王元化：《自述》，《九十年代反思录》，上海古籍出版社 2000 年版，第 303 页。

④ 林岗：《语言变迁与 20 世纪文论》，载《文学评论》1998 年第 3 期。

史，这样“就势必不仅会注意许多无关紧要的材料，而且也会常常打断思想进程”[①]，进而丧失理论应有的建构意义。从这个意义上来说，逻辑和历史又应是并必须是统一的，科学的抽象是必要的，只是这种抽象是从具体的历史语境与历史事实中得来，而不仅仅是从一个概念到另一个概念。

这种逻辑和历史的统一，用恩格斯的话来说，就是思想进程要从历史出发，即“思想进程的进一步发展不过是历史过程在抽象的、理论上前后一贯的形式上的反映；这种反映是经过修正的，然而是按照现实的历史过程本身的规律修正的，这时，每一个要素可以在它完全成熟而具有典型性的发展点上加以考察”[②]。在本书中，我们将力图对当代中国的文艺审美问题及相关理论思考进行这种历史的考察，把理论思考和分析建立在坚实的具体语境与现实基础之上，而不只是简单的概念罗列与推演（尽管概念的逻辑的分析也是需要的）。正如恩格斯所言，“我们这里考察的不是只在我们头脑中发生的抽象的思想过程，而是在某个时候确实发生过或者还在发生的现实过程”[③]，因此，需要在，也只能在逻辑和历史的统一中找到依据，并加以揭示。

恩格斯说：“历史从哪里开始，思想进程也应当从哪里开始。”[④]

当我们由此展开我们的理论探索时，也许正如哈桑所说的，同样“既需要一种历史的、又需要一种理论的界定”，也正是在这个意义上，“一个‘时期’通常就根本不是一个时期，而是一种历时兼共时的建构”[⑤]，而我们的理论探索也将是这样的。

---

① 《马克思恩格斯选集》第2卷，人民出版社1995年版，第43页。

② 《马克思恩格斯选集》第2卷，人民出版社1995年版，第43页。

③ 《马克思恩格斯选集》第2卷，人民出版社1995年版，第44页。

④ 《马克思恩格斯选集》第2卷，人民出版社1995年版，第43页。

⑤ [美]伊哈布·哈桑：《后现代主义概念初探》，盛宁译，朱立元、李钧主编《二十世纪西方文论选》（下），高等教育出版社2002年版，第493页。

文学批评

文学的大众化设想

大众文学的存在有其历史的流变过程,大致经历了这样三个历史阶段:由古典时代的萌生与演变,到以五四新文学运动为开端的现代时期的发展与消长,而至新时期以来的复苏与勃兴,特别是后现代历史语境的如火如荼发展态势。尽管也许在其所处的历史境遇,大众文学常常被排斥在文学场的中心位置之外,但它在另一历史语境下却往往被解读为经典,而被置于文学场的中心位置。众所周知,在古典时代,《诗经》所呈示的文化场中心,无疑是通过"雅"与"颂"来标举的,而不是被后来奉为"经典"的"风"。因为我们不难发现,"风"里的作品不少是冠以"后妃之德"的名义才得以"名正言顺"地存在的。而后来作为大众文学样式的词曲、小说所取得的成就也是如此。再如五四白话小说,在当时"正统"的文学史家看来,是不足入流的。鲁迅的白话小说作为当时"平民的大众文学"名目下的一员,尽管也曾被为数不少的人视作不入流,甚而不齿,因为在他们看来是毫无经典意义可言的,典型的如林纾,但这并不妨碍鲁迅现代白话小说"经典"地位的最终确立。

如上所述,这种"大众"与"经典"的历史误读及其互变,无不说明了在一定历史时期的大众文学,在另一个历史时期就极有可能被视为经典之作,大众文学只不过是一个历史范畴,却往往孕育着文学经典。从这个意义上来说,特别是在价值日益多元的当下,中国文学对于后现代主义理论的引入,也许是适时而更为有效的。面对大众文学如火如荼的发展态势,作为社会精英的知识分子大可不必将其视为洪水猛兽,而应用历史的眼光对其发展抱更多的乐观态度(当然,也不能无视现实而盲目乐观),注意到它的中国特色与发展可能。

改革开放以后,特别是 20 世纪 80 年代,西方的后现代主义传入中国,已是不容回避的事实。对于后现代主义,如果从传统计划经济体制向市场经济体制转变的过程来看,其进入中国大地,是起到了解放思想作用的。这种理论对中国文学界也产生着巨大的影响,使其出现了具有明显后现代特征的新思潮,最为典型的莫过于新写实主义。这些新思潮所代表的写作路向,尽管往往被一些批评家归结为“平面的写作”、“深度的取消”，而一棍子打死，却丝毫不妨碍其可喜一面的存在：后现代主义理论在文学中的引入，特别是在开放的文学境域中，完全可以是通俗和适当“深度”的结合，甚至不拒绝“启蒙”。这无疑能够打破固有精英主义所坚持的单一衡定标准，而且也可看作是对“雅”“俗”二元对立的文学解读模式进行解构，从而为文学的发展与研究提供一种融合论的大众化设想。

而这种融合论的大众化设想的最终实现，要有两个必备条件：一是需要作为社会精英的知识分子参与其间，为文学启蒙精神的不竭注入提供“资源”的可能；二是需要参与进来的精英知识分子改变旧有的俯视大众的启蒙姿态，采取“平民化”的写作姿态与启蒙策略，从而为这种可能变成现实提供一种行之有效的途径。首先是需要作为社会精英的知识分子参与其间，为文学启蒙精神的不竭注入提供“资源”的可能。

人之所以成其为人，很重要的一点，就在于人性始终有向善向美的一面存在，特别是在物化的环境中，尤其如此。正如李洁非所指出的：“既然物化导致人的不完整、自我分裂，导致人性异化，所以它不可能不激起心的觉识和反抗。这不需要由外力予以推动，当物化现实对心灵的压抑所造成的痛苦达到一定的程度时，这样的觉识和反抗将自主地从人的情感意志产生、爆发，而且物化得越厉害，反抗也将越强烈。实际上，人在物、心两者之间一直不自知地维持着某种平衡，不管其中哪一方面出现匮乏和亏缺，这一平衡便遭到破坏，从而引起恢复和重建平衡的人性冲动。我们知道，目前弥漫在这个社会里的普遍甘于物化的气氛，正是人们的物欲长期被压抑、被剥夺、被禁止的合理后果——抑郁太深，以致一旦开禁，对物欲的追求就近乎疯狂和病态。根据同样的理由，可以断定，这种矫枉过正的物化狂热已经潜伏着它的反作用；亦即遭到践踏、搁置的心之存在，势必从人的自我内部起而抗争，结果，在最赤裸裸的物化现实里，反而最有可能出现骄傲、高贵和真正纯澈的心灵。”[①]物化中的人，对于精神道德的自我追求，不仅是合理的，也是天然的、本能的、无可抗拒的。从这个意义上来说，文学的“启蒙”精神的存在与注入，是人性的本质要求使然，遑论自觉意识敏锐的知识分子。另一方面，由于精英文人们的参与，其作为这种文学的生产者，是能适当提高产品的艺术品位和增加文化含量的，这无疑有利于这种文学样式的健康发展，也有助于提高读者大众的欣赏水平，还有助于开发个体的人的智能和提高社会群体的文化品位。文化在人的发展和社会的发展中都是不可缺少的，它是人类文明的表征。从这个意义上来说，为了我们的“精神家园”不至于完全沦落为只关注当下、只重过程不管结局的及时行乐的“群氓文学”，精英们参与大众文学，

① 李洁非：《物的挤压——我们的文学现实》，载《上海文学》1993年第11期。

变消极防守为主动出击，抢占文学市场，并若能为之作出“提升”的努力，是“功莫大焉”的文学幸事。反之，在这个大众社会，如果一味排斥这种拥有广大市场的大众文学，无疑会导致知识分子所倡导的精英意识与大众欣赏品味的脱节，而出现巨大审美真空，一些庸俗下作的东西就会穿着大众的“服饰”充斥文化市场。这也是每一个尚有社会良知的精英知识分子都不愿看到的。可以说，文学的“启蒙”精神的存在，是人性层面上的某种本质欲求，特别是在当下的后现代主义的历史语境之中，愈是如此，并会由于知识分子的参与和不竭“资源”的提供，表现得愈加突出。这无疑为后现代文学在中国的未来发展提供了种种美好的想象。

而这毕竟只是某种美好的想象，更重要的是，需要参与进来的精英知识分子改变旧有的俯视大众的启蒙姿态，采取平民化的写作姿态与启蒙策略，从而为之提供一种行之有效的途径。这种启蒙姿态的变化与写作策略的调整，取决于旧有的启蒙话语本身所固有的弊端与知识分子身份的重新定位。

众所周知，旧有的启蒙话语是以对“现代化”的壮丽辉煌图景的许诺而获得大众认可的生存执照的，而建构这种“现代化”所依据的理性本身在本质上就是人类功利欲望的产物，不可避免地渗透着或多或少的局限性，其可靠性能达到什么程度也是值得怀疑的。况且，即便存在着这样能统领一切的理性，时至知识更新换代令人目不暇接的现代社会，知识分子亦只能日趋专业化，旧有启蒙话语下曾一度美好的“全知全能”的知识分子想象，在现实的遭遇下，已不让人抱有幻想。知识分子在知识膨胀的历史境遇下日趋见“小”，“包揽一切”的未来宏图设想已并非是个别知识分子力所能及的事。在这样的历史语境下的知识分子，若处处还以“天将降大任于斯人也”的精英意识与“救世主”姿态的精英文人自居，试图充当“群氓”的教师爷甚至精神导师，在这个文学接受市场裁决的时代，他的“精神”成果就极有可能遭遇这样一句流行的话：“你以为你是谁?”可能还会加上一句：“怎么着，我不买还不行吗?”可以说，真正的智者是放下启蒙导师架子进行启蒙的智者——这是在后现代主义历史语境下，每个习惯于俯视大众的精英知识分子所必须清醒地认识到的。太过小觑读者大众，无疑是老黄历下的“精英主义”在作祟。

我们可能不会忘记那场沸沸扬扬的朦胧诗潮，尽管当时很多读者都说读不懂，可喜的是朦胧诗人并没有完全“媚俗”，坚持了下来——当然，这种坚持并不是内容上的非平民化，追求意义的深刻与玄奇，而是表现方式和作诗技法上的适度高于普通接受者，特别是在语言方式上追求“朦胧”的“弹性”，最终却为读者所接受。可以设想，如果朦胧诗人如当下的所谓“精英”文人那样坚持所谓“意义”的高深，他们遭遇的，可以肯定的是首先就无从获取话语权而失去立足之地，遑论今天能得到人们的承认。这个文学事实，对当下的知识分子在当今大众文学的创作平台上，采取何种方式参与现实的文化实践也不无策略意义。其实，后现代文学在中国应运而生之际，最初的一些作品就显露出了部分中国文人敢为人先的这种努力。打头的，如王安忆的《小鲍庄》，就是典型的例子。当然，这部小说与后继也被列入后现代主义名目下的王朔、朱文等的小说相比，其"触目惊心"程度，在一些"精英"人士看来，简直是"小巫见大巫"，不值得一提的，以致习惯于人分几等文分几样的中国批评家们，对王安忆写作的身份类属也是颇觉游移并犹疑的。但有一点是不容置疑的：这部小说很明显没有达到所谓"精英"们所预设的理想深度，因而招致诸多诟病也就成了理所当然。即便莫言的小说《丰乳肥臀》这个标题，也被一些"精英"人士定位为"颇具煽情挑逗意味的字眼"以"刺激诱人"，尽管作者自称是为了象征"大地"和"母亲"。[①] 然而，特别值得一提的是，被不少"精英"人士定位为十足的后现代主义作家的王朔，在 2001 年有关对知识分子评价的一段话是饶有意味的："说到知识分子，我认为鲁迅可以算一个，我认为他有自己的见解和想法，并且可以颠覆现存的整个文化秩序，那才叫知识分子。至于那些只是念过一大堆书的人，我觉得那叫'知道分子'，我攻击的知识分子就是这帮人，只不过那时，我没有想到'知道分子'这个词，所以用知识分子这个词把他们混为一谈了。"[②]这无疑为他一直让人"质疑"甚或"误解"的"文学立场"作了一个有力的注解。

诚为可喜的是，越来越多的精英文人注意到了这种"平民化"的写作姿态与"启蒙"策略所具有的优越性，并付诸自身的文学实践。这无疑为 20 世纪 90 年代以来的"大众"理念增添了更为实质的内涵，尽管这种理念在理论形态上尚有这样那样的局限，甚至被不少人认为势必导致"平面的写作"，但这些人无疑忽视了其更为重要的另一面——由于知识分子的参与，其建构的那种不容否定的个性化启蒙叙事方式，很明显是和热衷于以救世主姿态追求宏大叙事的所谓"经典"启蒙话语不同的，然而最终导致的也正是在维护启蒙基本原则的前提下，以无数微小而又不无价值的个人声音，实现着对"真理"的多元体认，共同推动对认识客体的"真理性"认识不断趋于完善。无疑，其间所体现的社会人文关怀方面的本质，和现代社会价值秩序赖以运作的本质是相一致的，因而具有切实的可行性。而这对文学在新的处境下怎样寻找同现实切实有效的结合点，使"启蒙"精神在后现代主义的历史语境中也能够更好地得以深化，不是作出了一个很好的探索吗？"雅"与"俗"、"大众"与"经典"，从来就只是一个历史范畴，对其一味地加以二元区隔，甚至对立的理解，无疑是有违文学发展的"历史本质"的认识的，

① 参见莫言：《〈丰乳肥臀〉解》，载 1995 年 11 月 22 日《光明日报》。

② 王朔、王童：《王朔在线》，载《小说界》2001 年第 2 期。

更是不合时宜的。当下行进于后现代主义历史语境中的中国，可以说为二者的结合提供了更为有利的文学生态环境。这种文学发展与研究的融合论设想，正通过越来越多的文学写作者和研究者的文学实践而变成可能，当然，他们由此"立场不坚定"所招致的"精英"们的声讨依然存在，并不会在短期内消失。我们不敢妄言他们已经取得了多大的文学成绩和产生了多大的文学影响，但他们的文学践行无疑代表了中国文学的未来发展方向。我们完全有理由把这种写作与研究姿态看作是我们的文学复兴之梦，是固有经典体系行将倾覆的"涅槃"。

（原载《当代文坛》2005 年第 2 期）

关于当代文学表达“中国经验”的一种反思

目前学界有一种看法，就是中国当代文学进入了“后莫言时代”。诚然，从某种意义上说，2012年莫言获得诺贝尔文学奖是一个具有标志性的事件，但无论是对于莫言还是对于中国文学，这都只是一个开始，正如有论者所指出的：“新时期以来，与中国的改革开放及大国的崛起步伐形影相随的诺贝尔情结，以及以诺贝尔文学奖为标杆的文化认同焦虑，并没有因中国经济的高速发展、因莫言的获奖而消解。”[①]而作为某种呼应，当代文学要表达“中国经验”的呼声也再度获得了空前的关注与至今未绝的热议。客观地说，这一呼声与表述，从“中国经验”的维度为我们提供了当代文学的可能路径，在一定程度上是缘于理论界对“本质主义”的省思与忌讳，无疑有利于中国当代文学重建与现实社会生活的紧密关系，而走出凌空蹈虚的误区。那么，这里就有一个前提性的问题值得追问，并由此构成我们对这一问题的一种反思，即：当代文学要表达的究竟应是什么样的“中国经验”？这种“中国经验”的表达如何才能为我们提供令人期盼的可能？对此若不予以厘清，就极有可能步入新的误区。

一

对于“中国经验”，我们不难发现，在当代中国，它的意义并不仅仅限于文学，甚至可以说是远远超出文学的，是从政治经济学越界的产物。为了便于我们的理解，我们不妨在这里作一下简单的梳理。

“中国经验”作为一个政治经济学的概念，它最初的理论源头，至少可以追溯到2004年5月美国高盛公司政治经济问题资深顾问兼中国清华大学教授约书亚·库珀·拉默（又译乔舒亚·库珀·雷默）所提出的“北京共识”。从某种意义

① 龙慧萍、冯雷：《六代学人济济一堂，开创莫言研究的新局面——“莫言：全球视野与本土经验”学术研讨会综述》，载2014年1月15日《中华读书报》。

上来说,“北京共识”的提出,是对2001年诺贝尔经济学奖获得者、美国哥伦比亚大学经济学教授斯蒂格利茨“挑战华盛顿共识”[①]的一种有力策应,其初衷是为世界经济发展提供新模式,但正如论者所指出的,它并“不仅仅限于经济领域,还包括政治、生活方式以及国际力量平衡等方面”[②]。由这一概念衍生出的“北京发展模式”“中国模式”“中国奇迹”“中国道路”等术语,都具有大致相似的基本内涵,而最具典范意义当属“中国经验”一语。我们都知道,在一般的意义上,“经验”是“经历体验”和“由实践得来的知识或技能”[③]的意思,理论界对“经验”一词的情有独钟,在一定程度上是缘于对“本质主义”的反思与忌讳,但这也并非是中国学界独有的现象,笔者认为,其显示出的独特之处在于它与“中国”相组合而构成的“中国经验”,在当代中国的历史语境下所具有的鲜明的特殊含义,即“中国经验”是一种特定的指称,是对全球化与社会转型双重背景下中国崛起的发展路径的一种命名。十八大报告提出的“道路自信、理论自信、制度自信”,就是基于这样一种“中国经验”的判断。

改革开放三十多年来,中国社会发生的巨大变化与深刻变迁,令世人瞩目,“中国经验”的现实意义不言而喻,文学关注现实社会生活,要表达“中国经验”也是没有问题的。正如前文所指出的,“中国经验”在文学上的引入,是从政治经济学越界而来的一个概念。这种引入最早见于2005年美籍华裔作家、波士顿大学文学教授哈金呼唤“伟大的中国小说”所给出的定义。他认为“伟大的中国小说”应该是这样的,即“一部关于中国人经验的长篇小说,其中对人物和生活的描述如此深刻、丰富、真确并富有同情心,使得每一个有感情、有文化的中国人都能在故事中找到认同感”[④]。哈金指出,按照他下的定义,“伟大的中国小说”有待当代中国作家的努力。对此,哈金是这样表述的:“‘伟大的中国小说’从未写成,也不会写成;就是《红楼梦》也不可能得到每一个有感情、有文化的中国人的认同,至多只是那个时代的小说的最高成就。也就是说,作家们必须放弃历史的完结感,必须建立起‘伟大的中国小说’仍待写的信念。”[⑤]显然,哈金此论是以全球化语境下中国的崛起为背景的,否则,谁会关注“中国小说”(除非是个别的专业人士,或是推介的需要)?遑论“伟大的中国小说”,这种自信在以往的外籍华裔作家是不多见的。或许也正是在这种背景下,哈金的倡议再次触动了中国文学界

① [美]斯蒂格利茨:《挑战华盛顿共识》,载《海派经济学》2004卷第1辑。

② [美]约书亚·库珀·拉默:《“北京共识”:为世界经济发展提供新模式》,载2004年6月6日《证券日报》。

③ 《辞海》,上海辞书出版社2009年版,第1148页。

④ [美]哈金:《呼唤“伟大的中国小说”》,载《青年文学》2005年第13期。

⑤ [美]哈金:《呼唤“伟大的中国小说”》,载《青年文学》2005年第13期。

对“伟大”作品的焦虑(典型的如长久不能释怀的诺奖情结),特别是其对“中国经验”的关注,旋即引起国内不少学者、作家的响应,及至2007年3月《芳草》杂志广邀全国知名作家与学人聚首武汉,就“中国经验”与当代文学的发展问题进行讨论,已成蔚为大观之势,并持续至今,势头不减。对此,也有人持反对的观点,认为将这一概念的引入视为是对文学的“僭越”,显然是将文学作了某种封闭甚至与世隔绝的理解。

笔者认为,对于这种越界,只要有利于文学的发展,或是若能增进我们对文学的理解,为什么不可以呢?比如马克思、恩格斯(以下简称“马恩”)对文学所作出的许多经典的理解,借助的就是一些政治经济学的概念,典型的如《神圣家族,或对批判的批判所做的批判——驳布鲁诺·鲍威尔及其伙伴》等,只是不能停留于某种概念化的理解,否则就会导致对文学的曲解。马恩曾指出,布鲁诺·鲍威尔及其伙伴是用现存的“范畴”来制定公式,他们“从某种精神产物中或从现实的关系和运动中撷取一种规定性,把这种规定性变为思想规定性,变为范畴,并用这范畴充当产物、关系或运动的观点”[①],而他们对欧仁·苏的小说《巴黎的秘密》的曲解,就是这种概念化图解的结果。马恩的这种看法,对于我们的文学如何理解从政治经济学越界而来的“中国经验”这一概念也不无启发意义。当代文学要表达的应是什么样的“中国经验”?在回答这个问题之前,我们首先可以肯定的是,显然不是概念化的“中国经验”。

二

将文学作为某种概念化的图解,对我们许多人来说并不陌生。只是我们往往用它来批评“文革”期间所谓的“革命样板戏”,而缺乏对当代中国文学现状的足够反思。

从某种意义上来说,正如有论者所指出的:“我国已是当今世界上文学创作最活跃的国家,新发表的作品数量在世界名列前茅。”[②]这显然是一种文学GDP的看法。对于这种文学GDP,雷达的一段话令人警醒,他说:“听说现在一年出版长篇小说是6000多本,但是真正能给人印象深刻的作品也就10多部而已,最热的就是几部作品,数量和质量严重失衡。”[③]而其中有些主旋律作品更是乏善可陈,显得干瘪乏味,缺乏感染人、吸引人的艺术魅力,究其原因,就与对主旋律

① 《马克思恩格斯文集》第1卷,人民出版社2009年版,第359页。

② 陈原:《文艺步入“黄金期”》,载2012年10月17日《人民日报》。

③ 转引自吴越:《当代文学仍有不可忽视之“轻”》,载2012年12月3日《文汇报》。

的概念化误解和误读有很大关系。诚如李冰在《人民日报》的署名文章《文学繁荣发展的几个问题》中所说的："主旋律是个有着极为丰富内涵的文化范畴，弘扬主旋律不是对创作题材和主题加以限制。我们不搞'题材决定论'，因为'题材决定论'违反文学创作的规律，不能促进文学的繁荣发展。题材确有大小轻重之分，积极倡导作家书写重大题材，不等于只写红色历史、革命故事、英雄人物。主旋律代表着一种精神，反映着社会主流价值取向。有了这种精神、这种价值取向，不论什么题材都可以体现主旋律，成为主旋律的鲜明乐章。把主旋律'窄化'、'固化'，视之为图解政治、贴标签，并在误读的基础上产生对主旋律的隔阂感是不应当的。"[①]显然，正如李冰所指出的"主旋律"一样，"中国经验"也是一个内涵极为丰富的范畴，把它"窄化"、"固化"，视之为"图解政治、贴标签"，同样是对"中国经验"的概念化误解与误读。很明显，这种概念化的"中国经验"不是也不应是当代文学要表达的"中国经验"；否则，就会适得其反。曾有一段时间文艺界倾力打造"国家形象"，推出了不少此类的文学作品（包括影视文学作品），但真正可以让国内外受众认可的能代表中国形象的却并不多见，这种现象的出现，在很大的程度上，就在于对"中国经验"的急于包装犯了贴标签的毛病。

当代文学要表达的"中国经验"，是一种丰富而独特、具体而生动的"中国经验"，而不是概念化、贴标签似的"中国经验"。"中国经验"不是脱离个体经验的空洞存在，作家阿来曾说："每个人讲的中国经验都是个人的中国经验，中国经验的表达、书写也是一种个人化的经验的表达、书写。"[②]而不同的个体具有各自不同的认知与审美心理结构，面对不同的事物，其心理感受与生命体验千差万别，甚至是截然不同的。可以说，不同的作家其中国经验是不尽相同的，具有不同的差异性与独特性；即便是同一个体，在不同的环境条件，或处于不同的审美心境，对同样的事物也会有不同的体验与感受。因此，作为个体的作家其"中国经验"也是复杂而丰富的。而这种丰富而独特的"中国经验"必须经过"真正意义上的艺术的书写"，即张清华所说的，"作为文学叙事的中国经验"还要"还原到个体生命与个体形象的主体之上，也就是要写出具体的'人物形象'，落实到'艺术的主体'上，才会产生出更具有现实和历史载力的叙事"[③]。

可以说，文学表达的"中国经验"是每个作为个体的作家对自己所身处的中国社会变迁的独特经验，它要通过具体的审美形象，从而具体而生动、鲜活而丰富多彩地呈现出当代中国人内在心灵的波澜激荡与精神嬗变。在当代中国的社

① 李冰：《文学繁荣发展的几个问题》，载2013年9月25日《人民日报》。

② 转引自梁万新：《"中国经验"与全球化语境中的当代文学发展》，载《文艺争鸣》2010年第7期。

③ 张清华：《"中国经验"的道德悲剧与文学宿命》，载《当代作家评论》2012年第4期。

会变迁过程中，他们的喜怒哀乐是如何随着这种变迁而潮起潮落的？他们的精神状态与价值需求又发生了什么样的改变？他们的精神世界经受了怎样的历练？而又面临着怎样的困境、矛盾与抉择？对当代文学而言，这些都需要具体的、活生生的表达，而不是某种概念化的陈列与展示。按照恩格斯的观点，即是"诗意的裁判"，而不是概念化的判断。"诗意的裁判"曾被恩格斯用来评价巴尔扎克及其作品，恩格斯认为巴尔扎克的作品不仅"有1815年到1848年的法国历史"，而且有对这个历史的富有"诗意"的裁判，而正因为如此，其比"所有沃拉贝尔、卡普菲格、路易·勃朗之流作品"所表现的历史要生动、真切也深刻得多。[①]鲁迅也曾在他的那个时代不无告诫地说："现在许多人，以为应该表现国民的艰辛，国民的战斗，这自然并不错的，但如自己并不在这样的漩涡中，实在是无法表现，假使以意为之，那就决不能真切，深刻，也就不成为艺术。"[②]显然，以鲁迅的观点，文学艺术需要作家真切的生活体验，而不是"以意为之"的概念演绎，这种看法无疑是深刻的。说到底，文学是一种生命的事业，它是对人的丰富的生命情状与灵魂领域的关切，是对某种生命现场的精神探索，真正的文学是具体的生命体验、灵魂倾听与心灵交汇。如果忽视了这种生命情状的丰富性、具体性与个人经验的独特性，文学变成一种概念演绎，或者只是从这种演绎的需要而成为某种验证材料，那它的命运就可想而知了。在当代文学的叙事中，比如高晓声《陈奂生上城》中的"陈奂生"、范小青《赤脚医生万泉和》中的"万泉和"、莫言《蛙》中的"姑姑"、阎连科《炸裂志》中的"炸裂人"群像等人物形象，无不是凝聚着作家丰富而富有个性化的"中国经验"。这种"中国经验"是独一无二的，而凝聚着这独一无二的"中国经验"的这些人物形象又无不是具体生动的，即黑格尔所谓的"这一个"。也正是在这个意义上，它们超越了任何概念的干瘪乏味，而远比那些我们上文所指出的那种对"中国经验"的急于包装犯了贴标签毛病的概念化形象来得生动与鲜活，而让人刻骨铭心挥之不去，并构成了我们这个时代独特的"精神影像"与"文化记忆"。

三

文学要表达的是丰富而独特、具体而生动的"中国经验"，而不是概念化的"中国经验"。那么接下来的问题就是：这种"中国经验"的表达如何才能为我们提供令人期盼的可能呢？不少论者从文学形式、手法等方面提出了思考，这无疑

① 参见《恩格斯与拉法格通信集》第1卷，人民出版社1979年版，第233～234页。

② 《鲁迅全集》第13卷，人民文学出版社2005年版，第372页。

是有益的，但笔者认为，对这一问题若作进一步的思考，它就不仅仅是一个形式、技法方面的问题，而与文学主体身份的确认与确立有着更为根本的联系。这也是我们在这里要予以探讨的。

从某种意义上来说，概念化的"中国经验"，是一种贴标签的"中国经验"，也是一种"中国经验"的现成处方。此种现成处方，尽管具有某种不用质疑的方便性，但显然与我们曾经津津乐道的人文知识分子的姿态相去甚远。对于这一姿态，李洁非曾概括为"以个人的不依赖任何外加于他的观念的姿态出现，同时对一切事物的真实性、合理性作出自由的判断"①。这种姿态，正如萨义德所指出的，作为一种"以代表艺术(theart of representing)为业的个人"，"他或她全身投注于批评意识，不愿接受简单的处方、现成的陈腔滥调"②，而"把知识分子的职责想成是时时维持着警觉状态，永远不让似是而非的事物或约定俗成的观念带走"③。

而联系当代中国文学，这种主体身份的确认与确立无疑正面临着某种不容回避的考验。正如有论者所指出的，当代文学"探究、批判与追问的勇气与眼光"遭到了"瓦解"，有些作家"干脆就是重新为历史进行打扮和粉饰，或者毫无思考性质地使用'革命'或当代政治的资源，而读者对此则毫无分辨能力。一些宣扬'社会达尔文主义'的作品(如《狼图腾》一类)能够大行其道，一些改头换面噱头化或怪异化的'历史小说'(前两年是《亮剑》一类，最近则改成了花样百出的'谍战'或'悬疑'题材)更是风靡一时，这都是值得我们反思和警惕的。这些作品要么迎合了政治的某种利益诱惑，要么应和了某种褊狭的民族主义思潮，它们从另一个方面表明了文学领域中人文主义思想的式微、投机政治与民族主义思潮的日益膨胀，而这可不是什么好征兆。从目前看，这些作品已经大有超过人文性的'纯文学'创作的势头——从现实的利益获得与关注度上则大约早已超过了前者"，这种现象"是值得警醒的，这已不只是文学界的危机，而是精神界的危机，是一个民族的精神文化被异化的表现"。④ 对此，我们的作家如果丧失了应有警觉和免疫力，无疑是非常可怕的。的确，诸如"谍战"或"悬疑"类概念化、模式化作品的大量出现，在很大程度上显示出目前文学所遭遇到的主体身份危机。甚或可以说，我们的文学如果不能走出目前的这种主体身份危机，那么在种种体制与市场的诱惑或合谋下，就必然是对这种种诱惑或合谋的迎合和献媚，或是缴械臣

① 李洁非：《物的挤压——我们的文学现实》，载《上海文学》1993年第11期。

② [美]爱德华·W·萨义德：《知识分子论》，单德兴译，三联书店2002年版，第25页。

③ [美]爱德华·W·萨义德：《知识分子论》，单德兴译，三联书店2002年版，第26页。

④ 参见王尧、张清华、张学昕、何言宏：《繁盛时代的精神衰变》，载《上海文学》2011年第2期。

服，而对其应有的精神价值立场与担当造成致命伤害，文学概念化、模式化的批量生产或是复制也就在所难免。以时下比较流行的观点来看，这也许并没有什么不好，如果这样能带来价值不菲的奖项、丰厚的市场回报与票房，有什么不好呢？然而，笔者要问的是，这又有什么好的呢？除了被现实的物质利益裹挟之外，或者说除了表现张炜所谓当代人的“精明得当”[①]之外，给文学带来的是什么呢？文学沦为精神的荒原，这是我们想看到或者说愿意看到的吗？这只能说明人文知识分子作为精神承担者与思想警醒者的主体身份沦陷，而这种沦陷在很大的意义上来自于其内部，尽管如上所述，有着种种外部的诱因。

具体到对“中国经验”的理解上，诚如有论者所指出的，在当代中国的文学界，“更多的作家是在‘现实’的意义上寻找其职责和角色——这就是‘中国经验’的来历。更多的作家都敏感于现阶段中国社会的复杂性与‘可遇而不可求’的性质，他们孜孜以求的是以个人风格与方式，精细地、全息地、生动而原汁原味地记录和书写出现时代中国的现实——全部的现实”[②]。这就是他们对“中国经验”的看法与表达。这种对“中国经验”的“原汁原味”的表达，在“原汁原味”之外，难道仅仅是“精细”、“全息”与“生动”就够了（尽管被冠以“个人风格与方式”）？显然不是。这样的表达，除了我们上面提到过的“谍战”或“悬疑”类作品，就像刘震云的《我不是潘金莲》，韩少功的《日夜书》，格非的《人面桃花》、《山河入梦》、《春尽江南》三部曲，余华的《第七天》等更为多见的作品所表达的那样，这种表达的结果同样是文学主体身份的缺席与作为人文知识分子的精神价值立场及担当的缺失。也正是在此意义上，有论者结合贾平凹的《废都》指出，贾平凹并不是一个“知识分子”意义上的作家，“贾平凹作为一个‘文人’意义而不是一个‘知识分子’意义上的作家的出现，尽管有着种种可以讨论和批评之处，但无疑可以看作是对当代作家身份的一种根本性改变。无论是工具意义上的、知识分子意义上的身份，都远不是‘中国故事’的讲述者，而只有‘文人’、乃至于一个‘旧文人’，才是《废都》的合适的讲述者与叙事人”[③]。从精神价值立场与担当的角度来看，贾平凹确乎是一个“向后撤退”的“文人”，乃至于一个“旧文人”，并可视为当代作家身份改变的某种表征。

我们只能说，在这样一个年代，中国当代作家的身份已经发生了某种微妙变化，而这又是与当代中国精神语境的变化相联系的。回首 20 世纪 90 年代中国学界的那场“人文精神大讨论”，正如有论者所指出的，其实“是一次精神寻找的

---

① 张炜：《当代的勇气和热情》，载 2014 年 2 月 28 日《文艺报》。

② 张清华：《“中国身份”：当代文学的二次焦虑与自觉》，载《文艺争鸣》2014 年第 1 期。

③ 张清华：《“中国身份”：当代文学的二次焦虑与自觉》，载《文艺争鸣》2014 年第 1 期。

自觉，它表明当代中国的知识分子对于自身文化身份的责任感与坚守信念的自我提醒”。在当时，“尽管知识分子承受了一定的压力，但从社会的价值认同看，对于精神价值、文学的精神性向度仍然都怀着敬意”；而二十多年之后，“随着中国社会与经济的变化，这种文化自觉与身份体认变得更加迫切，但也更加艰难”。如今，“如果再有人提出类似的命题，恐怕所得到的就不仅仅是认同，而可能是讥笑和嘲讽”，“大而话之，这是为民族，小而言之，也是为自己。有没有勇气去寻求我们的精神出路，在这个时代，首先就成了一个考验与问题，这是远远不同于1990年代的地方”。[①] 也正是在这样一种情况下，“中国最优秀的作家们也面临来自自身的身份考验”，尽管在最近的几年中，“这些业已成名的作家，大都成为了有广泛影响的‘公共人士’——这样说是因为他们只是在公共领域频频‘露面’，而并非意味着他们都成为了‘公共知识分子’。”[②]正如我们在前面曾提到过的萨义德的观点，其所谓的知识分子的公共性表现在：他是“以代表艺术(the art of representing)为业的个人，不管那是演说、写作、教学或上电视”，“而那个行业之重要在于那是大众认可的”[③]，他不愿“迎合讨好、与人方便地肯定权势者或传统者的说法或作法，不只是被动地不愿意，而是主动地愿意在公众场合这么说”[④]。从这个角度来看，当代中国作家的身份确乎遭到了异化，尽管在许多“公众场合”不乏他们的身影——“现在从作家那里听到的最多的，是他们关于自己海外版权的获益情况，在哪里又得了个什么奖，政府或单位又给了什么待遇，等等；而另一方面，则是看到他们和眼下的‘现实’正如胶似漆如鱼得水般打得火热”，对一些作家而言，“早期的人文主义情怀如今更多地正被一种‘职业意识’所取代”，他们身上的“知识分子性”，比起身上的“中产阶级趣味”，甚至是“富豪化的气味”，可能更趋于越来越稀缺。诚然，“他们的技艺确乎更加纯熟，也不能说他们作品中的现实感与经验含量就变得比过去稀少”，然而不争的事实是，他们作品的“总体的感染力却处于下降的趋势”，即便按照中国传统的“道德文章”，或是“知人论世”的要求来看，他们作品中“人格力量的见证性”，也“确有越来越稀薄的危险”。[⑤] 鲁迅曾说：“从喷泉里出来的都是水，从血管里出来的都是血。”[⑥]的确，从某种意义上来说，当代知识分子的内在精神坐标已发生严重位移，这种内在精神坐标的严重位移，诚如黑格尔所言，“世界精神太忙碌于现实，太驰骛于

---

① 参见王尧、张清华、张学昕、何言宏：《繁盛时代的精神衰变》，载《上海文学》2011年第2期。

② 参见张清华：《“中国经验”的道德悲剧与文学宿命》，载《当代作家评论》2012年第4期。

③ [美]爱德华·W·萨义德：《知识分子论》，单德兴译，三联书店2002年版，第17～18页。

④ [美]爱德华·W·萨义德：《知识分子论》，单德兴译，三联书店2002年版，第25页。

⑤ 参见张清华：《“中国经验”的道德悲剧与文学宿命》，载《当代作家评论》2012年第4期。

⑥ 《鲁迅全集》第3卷，人民文学出版社2005年版，第568页。

外界，而不逡回到内心，转回自身，以徜徉自怡于自己原有的家园中”[①]，如何拯救自身成了首先必须解决的问题。

面对这样一种当代中国文学的精神事实，我们不得不承认：文学主体身份的确立与其精神价值立场的重建，是当代文学的当务之急。但对于这一问题，我们在过去的探讨中，往往习惯于将其身份危机归咎为时代与社会的浮躁、种种体制和市场利益的诱惑等，而似乎与我们自身没有关系，好像只要这些问题消除了，文学主体身份危机的问题就会解决。殊不知，这一问题的解决，终究还是需要从内部发生。正如笔者曾援引李洁非的话所指出的：“既然物化导致人的不完整、自我分裂，导致人性异化，所以它不可能不激起心的觉识和反抗。这不需要由外力予以推动，当物化现实对心灵的压抑所造成的痛苦达到一定的程度时，这样的觉识和反抗将自主地从人的情感意志产生、爆发，而且物化得越厉害，反抗也将越强烈。实际上，人在物、心两者之间一直不自知地维持着某种平衡，不管其中哪一方面出现匮乏和亏缺，这一平衡便遭到破坏，从而引起恢复和重建平衡的人性冲动。我们知道，目前弥漫在这个社会里的普遍甘于物化的气氛，正是人们的物欲长期被压抑、被剥夺、被禁止的合理后果——抑郁太深，以致一旦开禁，对物欲的追求就近乎疯狂和病态。根据同样的理由，可以断定，这种矫枉过正的物化狂热已经潜伏着它的反作用；亦即遭到践踏、搁置的心之存在，势必从人的自我内部起而抗争，结果，在最赤裸裸的物化现实里，反而最有可能出现骄傲、高贵和真正纯澈的心灵。”[②]李洁非的这段话，无疑是具有深刻性的，它从最深层的人性层面，道出了处于物化中的人对于精神价值的渴望。这种“渴望”，不仅是合理的，也是天然的、本能的、无可抗拒的。[③] 就此意义而言，文学的精神价值的存在，是人性的本质要求与心灵诉求使然。诚如有论者所大声疾呼的，我们的作家，“如果在他们的内心能站立起一种有力量的文学价值，并能向公众展示他们雄浑而有光彩的精神存在，时代的潮流算得了什么？人情和利益又算得了什么？”[④]

而正是在这个意义上，我们常常想到鲁迅。德国汉学家顾彬曾批评中国当代文学是“垃圾”，提到过中国当代文学“出不了鲁迅”，而不少人回应顾彬时，也提到了鲁迅。为什么？因为当代文学需要的是有担当的精神主体。对于文学精神主体的缺失，张炜的一段话是令人深思的，他说：“我们并不会因为他们的缺席

① [德]黑格尔：《小逻辑》，贺麟译，商务印书馆 1980 年版，第 31 页。

② 李洁非：《物的挤压——我们的文学现实》，载《上海文学》1993 年第 11 期。

③ 参见李自雄：《文学的大众化设想》，载《当代文坛》2005 年第 2 期。

④ 谢有顺：《如何批评，怎样说话？》，载《文艺研究》2009 年第 8 期。

和退场而感到惋惜。因为这个特殊的时刻，确乎已经没法做那些事情了——但是另一方面，如果都照此办理的话，全部缴械或搁置，那我们的当代学术会更加烂掉。彻底烂掉也许更好？不过我们的想法总是很老派，认为最有力和最深刻的人，还是那些能够揪住当代文化与精神的细节，死打烂缠如鲁迅者。"[①]也正是在这个意义上，我们从中国文学精神的内在轨迹来看，与其说莫言是一个获得了诺贝尔文学奖的莫言，还不如说我们认同的是一个敢于精神担当的莫言，尽管这两者并非是矛盾的，莫言的获奖即说明了这一点。正如有论者所指出的，莫言及其作品所体现的这种精神价值立场与担当，和鲁迅相比，在"深刻的程度"以及"苛刻的程度"上，"莫言也是有进步的，他甚至进一步强化了鲁迅的某些观念"，而正是在这个层面上，"莫言的写作达到了一个非常高的人文主义的高度，它超越了一切政治的描写，达到了一个用人文主义的眼光整合 20 世纪的历史并且非常高远、具有伦理性的高度"。[②] 比如说他的《蛙》就是这样的典型作品，尽管其中不乏其高超的艺术处理手法。欧阳江河曾提出"异质混成"的书写观念[③]，要求书写现实经验的复杂性与异质混合性，以避免对现实经验单向度与刻板化的理解，并在《凤凰》等作品中付诸实践。显然，莫言在这一点上做得更为成功，比如莫言的《蛙》，就是将中国计划生育的艰难历程这一"中国经验"的复杂性、丰富性，以这种"异质混成"的书写方式传递出来的。通过一种互为悖反的审视，给人以反思的力度与心灵的震撼，并由此呈现出某种不可低估的精神担当。当然，莫言这样的作品并非只有这一部，比较典型的还有《生死疲劳》等，这里就不一一赘述了。只是在当代文学中，这样的作家与作品还并不多见，而要我们的作家付出更大的努力。

总之，当代文学需要表达"中国经验"，并应该表达"中国经验"，但要表达并应表达的是一种丰富而独特、具体而生动的"中国经验"，而不是概念化、贴标签似的"中国经验"，唯有走出文学主体身份危机，重建其精神价值立场与担当，才能为这种"中国经验"的表达提供令人期盼的可能，并为中国当代文学贡献更富有精神含量的作品。对于目前所面临的文学精神主体及价值立场的缺失，也许正如有论者所指出的，这"可能只是一个很漫长的发展过程中的一个方面，尽管这一面看上去很强大"，"一个时代的文化、文学的精神坐标或代表性标志，终究是那些能够穿透生活表象的、能够经得起时间检验的经典性文本"，而不是"那些

---

① 张炜：《当代的勇气和热情》，载 2014 年 2 月 28 日《文艺报》。

② 张清华语，见贺绍俊《让批评更加及物——2013 年文艺理论批评述要》，载 2013 年 12 月 30 日《中国艺术报》。

③ 参见欧阳江河：《站在虚构这一边》，载《读书》1999 年第 5 期。

流行的、时尚的甚至风靡一时的东西”，“真正有人文性的文字才能抵达人内心的最深处”[①]。莫言等作家为此所作出的努力与实践，并以他们的创作实绩，为当代中国文学的发展提振了信心，尽管任重而道远，但诚如有学者所言，“如果现阶段的中国文学不能取得真正的成就，那么它确乎是有负于这样一个‘可遇而不可求’的时代的馈赠，确乎是没有出息的、‘需要巨人而没有出现巨人’的悲剧时代”[②]，而正是在这个意义上，“‘中国经验’作为人文知识话语之强烈呼唤，在全球化时代尤其担纲着宏大叙事输出的使命”[③]，而有待那些有担当的中国作家们更加坚定地走下去。

（本文删节后发表于《内蒙古社会科学》2014 年第 4 期）

① 王尧、张清华、张学昕、何言宏：《繁盛时代的精神衰变》，载《上海文学》2011 年第 2 期。

② 张清华：《“中国身份”：当代文学的二次焦虑与自觉》，载《文艺争鸣》2014 年第 1 期。

③ 牛学智：《从文学、文化研究的角度看“人文精神”再讨论》，载 2013 年 10 月 10 日《文学报》。

“画那张画的就是我啊！”

——徐鲁自选集《沉默的沙漏》之与徐鲁

读着徐鲁自选集《沉默的沙漏》，脑海里跃出萨特在《为何写作》中的一段文字。说的是一个绘画新手问老师何时自己的画才能达到完美无缺。老师回答说：“当你可以惊叹地看着你的画，并对自己说：‘画那张画的就是我啊！’的时候。”这等于说：“永远不会达到。”我之所以想起萨特，是因这句话只要改动一下重音，就成了我中意的句子：“画那张画的就是我啊！”这于我意更为确切些，也更适宜于我对徐鲁散文的理解。

一切文学作品的生成，都是主体对客体的对象化过程。散文和诗歌的主体意识作为一种强势在散文和诗歌中表现得更为突出。我们在考察散文和诗歌作品时，更应关注其创作主体，而非其他。那种只见作品，忽视创作主体，见物不见人的做法，是根本错误的。本文就是想通过对创作主体徐鲁做些这样的考察，从根本上把握他的作品。

一

如果说孤独是一种人类的共通情绪，那么徐鲁散文中体现的孤独意识则因其又具鲜明的自我性格而呈现出理想主义的精神基质。

人是始终不够强大的，因而对孤独有一种天然的恐惧。人总在力图躲进某种东西，像蚕一样不断地织着厚厚的茧，以逃避孤独的追逐和侵入。只不过有的人进入的是物质层面，有的人进入的是精神层面。进入物质层面的，尽管物质或许丰裕，但因精神匮乏而倍感孤独，因而有百万富翁绝望死去；进入精神层面的，尽管物质或许匮乏，但因精神丰盈而不觉孤独，因而有精神富翁顽强生活着。徐鲁当属于后者。每个人都有孤独，只有形式或者说存在方式的不同。这或许就是人的宿命，也是徐鲁的宿命。即便没有孤独困苦的早期生活，也是逃不过这个宿命的，只不过是其孤独困苦的早期生活强化了这种宿命罢了。因而徐鲁的孤独意识与众不同地强烈，这是其一；徐鲁的不同更在于其能将苦难人生理想化、孤独生活诗意化，这是其二。

徐鲁 12 岁丧母，几年后，为了生存而流浪，为了求知而求学。母亲早逝，年少漂泊，“浮沉在人间的冷暖急缓的波涛之中”[①]。“谁记得一切，谁就感到沉重”[②]，早年的沉重记忆对徐鲁来说是刻骨铭心的。奥地利精神分析学家弗洛伊德曾称：作家的创作总是对过去的、特别是儿童时期受压抑的经验的回忆。可以说，正是因为早年的受创经验——深切的孤独体验使徐鲁笔下的文字呈现出不同于一般人的强烈的孤独意识。他回忆早年生活的散文是这样，如《母亲》、《外婆的大海》、《暴风雨中的伙伴》等；他有关作家与作品的散文也是这样，如《孤星》、《在童话的十字架上》、《盛誉下的孤独者》等。甚至于在其艺文杂谈和书话小品中也确乎存在着某种孤独意味。其近期散文中的“孤独自我”则更是明显。在“现实与理想”的二元对立中，徐鲁往往更趋于后者或最终选择后者。徐鲁是一个孤独的寻梦者，是一个“十足的理想主义者”。正因为此，尽管作者的生活中曾有那么多的孤苦与不幸，但这种沉重却在作者笔下闪耀出自信与希望的理性电光：“我这个人，你们可以消灭他，可是却不能打败他。”徐鲁总在一方面建构孤独，而又在另一方面解构孤独，这两者的相反相成是通过“理想”的整合而达到的，从而实现苦难生活的哲理升华、孤独灵魂的自我超越，完成苦难人生向诗化人生的飞渡。徐鲁散文无疑是其生命存在的价值取向的有力表征，从而给人以人生观照、生活态度、生活价值的某种启悟，这也是徐鲁散文的艺术功能之所在。

二

作品的品位是什么？说到底，就是文化品位。徐鲁作品的文化品位，一是体现在内在的文化底蕴上，二是体现在个人话语风格的诗性呈示上。

尽管高品位文化的作家，不一定会有高品位文化的作品，然而可以肯定的是，高品位文化的作品，一定出自高品位文化的作家。徐鲁的作品正是如此。在这个充满浮躁气息、急功近利、物欲横流的时代，实用主义、功利主义也在文化意识领域粉墨登场并且愈演愈烈，文化骗子、文化痞子不断涌现，能平心静气不受诱惑而潜心修炼自己的文化人愈发显得难能可贵。从这个意义上来说，他们也是孤独的。徐鲁就是这难能可贵而孤独者中的一个。

徐鲁是编辑，又是钟爱书籍、酷爱读书的人，这使他能广泛接触中外书籍这一文化载体。他在孤独的一隅，既读中国，又读外国。这使他获得丰富的知识。

---

① 徐鲁：《外婆的大海》，《沉默的沙漏》，上海文艺出版社 2001 年版，第 16 页。

② ［俄］爱伦堡：《人·岁月·生活》，冯南江、秦顺新译，海南出版社 1999 年版，第 3 页。

是不是拥有丰富的知识就能成就一个人的文化修养呢？我的回答是否定的。我总觉得，“知识”毕竟只是一种皮毛的东西。这就是为什么有人读了很多书故而很有“知识”却很无知的原因所在。写作理论家涂怀章曾称徐鲁的散文为“读书散文”，这是十分有见地的。徐鲁读书而能写成美妙的散文，而且把握得那么到位，缘何？唯一的可能就在于他读到深处心有意会而不吐不快。因为如果读书只停止在知识这一浅表层次，是不可能做到这样的，充其量只能写些卖弄知识的酸腐文字。徐鲁不是这种只得了皮毛的人，他是另一类人——他学到的不仅仅是知识，而且还有更深层次的文化品格、哲学意识、人格精神。无须多言，徐鲁散文散发的文化气质、哲学思考、人格魅力，是最好的例证。另外，这种广泛而深入的涉猎，也形成了徐鲁审视审美对象的文化心理结构的复杂性与多层次性。他从文学、美学、哲学、社会学、人类学，甚至科学的角度多层面地对客体进行艺术的观照，从而更加增强了其散文的文化意蕴。

徐鲁散文的文化品位还表现在富有诗性的话语个性上。“散文是情思和文采的结晶。”[①]是的，好的散文除了要有浓郁真诚的情思之外，还要有相当的文采。徐鲁散文斐然的文采主要是以话语的诗性特质呈现出来的。一是营造诗一般的意境。徐鲁散文的情感抒发总与一定的景、物、人、事相关联，将其真挚的情感熔铸其中，做到情与景、意与境的浑然一体，从而形成一种耐人寻味的诗质美感和意味无穷的艺术画面。二是诗一般的语言。徐鲁散文的语言是美的，如诗。其语言，如果从它的明白如话、简洁洗练来看，是精绝隽永的现代口语。但如果从它的编制与组合来看，却又有类似古代骈文句式的整饬（对仗、排比等）和“欧化”长句的缜密。这种语言上的节律韵致与容雅，成为徐鲁的散文语言的主要特色。

徐鲁散文话语的诗性显示，一方面与其写诗经验相关，另一方面，特别是其话语的编码，确实有着徐迟与欧美作品的影响。很明显，这也是与徐鲁博览群书而形成的文学修养分不开的。同时，徐鲁从前人吸取养分却无做作之姿，也是有其超越意义的。

总之，长期的编辑工作和书斋生活，加之读得深入及广博，使徐鲁饱受中西文化的滋养。因而他曲折而丰富的生活经验之树，经过中西文化的滋养，能结出饱满而富有文化特质的艺术之果。

---

① 涂怀章：《散文创作技巧论》，学林出版社 1989 年版，第 51 页。

三

徐鲁散文的故事性很强，但因主体自我因素的强势介入，打破了已有的故事，故事并非是重叙已有的故事，而是产生了陌生的新鲜感。

徐鲁散文的叙事性无疑增强了其散文的小说意味，但并非使其变成小说。因为徐鲁散文的“想象与虚构”并不同于小说的“想象与虚构”。小说通过“想象与虚构”使人对客体熟悉，而徐鲁散文却是通过“想象与虚构”使人对客体陌生。这种陌生的产生在于创作主体对客体通过自我因素的破坏从而间离了人们所熟悉的客体。但在徐鲁散文中客体的陌生并非生疏，而是似曾熟悉的陌生。这种陌生因主客体契合得合情合理而产生新鲜感（而非新奇怪异）的效果，这是艺术的效果。这种艺术效果的产生，其外在表征是陌生化手法的运用，而内在的依据则是主客体契合得合情合理。美国批评家马·肖勒在《技巧的探讨》一文曾称：“内容（或经验）与完成的内容（或艺术）之间的差距便是技巧。”[①]很明显，其中的内容（或经验）便是客体，而完成内容（或艺术）便是客体的某种契合的产物。很明显，这两者之间的差距（即技巧）便取决于主客体之间的契合程度，而主客体之间契合程度的关键又取决于主体。因为客体始终是那样的客体，而主体则可能不同。客体在不同主体因自我诸多要素的不同而形成的不同审美层次的观照下，必然呈现出不同的面貌，从而产生艺术效果（价值）多不相同，甚或相去甚远的艺术作品。这种现象在艺术创作过程中是屡见不鲜的。这无不说明了在艺术创作中主体的至关重要性（在客体一定的情况下），而客体却已是退居其次的。创作主体，包括他的体验、学养、思想、意念等一切主体能承载的东西，对以主客体契合程度为内在标尺的技巧形成是起根本作用的。很显然，徐鲁散文中故事的陌生化处置，是以一种技巧的姿态出现的，却是根植于创作主体的丰实与充盈。而我们的一些作家作为创作主体是否真正做到丰实和充盈或较为丰实和充盈了呢？为数不少的人为了求及所谓艺术上的“创新”，只是一味地盲目地追求一些技巧（其实技巧本无新旧好坏之分），对此却是视而不见，忽视技巧产生的土壤。这实质上是创作上的本末倒置，自然不会产生真正的好作品；或许一时能够哗众取宠，却不可能长久。在这方面，徐鲁为我们提供了一个很好的正面例子。

徐鲁丰赡而多乖的人生阅历、深厚的文化积淀、厚实的艺术修养，最终铸就了其散文特色的独具个性。不管他的散文在写什么，他的散文底里都潜流着他

① [美]马·肖勒：《技巧的探讨》，伍蠡甫、胡经之主编《西方文艺理论名著选编》（下），北京大学出版社1987年版，第221页。

的人生，充盈着他的学养，涌动着他的灵魂，有一个"我"在说话，体现了鲜明的主体意识。萨特曾讲："作家无论在什么地方接触的只是他的知识，他的意志，他的计划，一句话，只是他自己。"[①]总之，作家作为创作主体，他曾如何生活过修炼过，对他的创作是有决定性意义的。这对那些无病呻吟，甚或有病也难呻吟者似乎不无醒示意义，而为那些同样作为创作主体却还有着这样或者那样缺失的困惑者，甚至于困惑中的整个中国文坛最终走出困惑也提供了某种启示和可能。

有人认为徐鲁的审美情趣与话语模式趋于定势会导致其艺术的僵化，甚至僵死，而以此对徐鲁大加苛责。与此恰恰相反，我觉得任何艺术家个人风格的最终形成都是靠始终如一的执着，而非不断变化。真正伟大的艺术家，其艺术母题和艺术理想的最终趋于恒定唯一往往最终形成他的个人风格。就拿萨特来说，其存在的荒诞这一艺术母题和伴随存在主义哲学思考的艺术构想可谓恒定唯一，却最终造就了其独特的个人艺术风格。可以说，艺术上的不断变化是不利于个人风格的形成的。同样，艺术的提升，也不在于不断变化，而在于对恒定的艺术母题和艺术理想的不断深入和丰富展开，这也是我对徐鲁执着的艺术追求赞许之余做的一点期盼。当然，这关键还得靠他——艺术的创作主体徐鲁自己如何再走。

（原载《武汉作家作品评论集》，武汉出版社 2003 年版）

① ［法］萨特：《为何写作》，薛诗绮译，载《文艺理论研究》1980 年第 2 期。

都云作者痴，谁解其中味？

——刘元举的百万字钢琴作品之与刘元举

随着21世纪初时事出版社推出《钢琴时代》、《学琴生涯》，连同1991年出版的《中国钢琴梦》和《爸爸的心就那么高》，刘元举有关钢琴的文字已达到百万字。刘元举如此痴心于钢琴，并且其谈钢琴、玩“高雅”的书写一本热一本，在这个物欲至上、文学的高雅殿堂日益“边缘”的时代，此文学现象的出现不能不使人吃惊与深思。这也是对本文意欲对刘元举及其百万字的钢琴作品作一番考察与研究的目的之所在。

文学的价值取向何在？是媚俗从众，还是理性批判？是放逐理想，还是固守坚强？刘元举及其作品为我们暗示了一些，也说明了一些。

刘元举的钢琴作品是以其强烈的批判意识进入我的视野的。综观其上四部钢琴作品，作家主体的批判精神与理性拷问非但未被钢琴狂热所淹没，反而成为其创作的主导特征。其关注社会人生，反思历史文化，深刻揭示了钢琴狂热背后的种种悖谬：社会的，家庭的，人性的……即便是成功的例子，也以批判的眼光加以研究，以质疑的态度予以思考。在这个商业意识日益泛化、人文精神日益委顿、文学价值日益降解的年代，刘元举这份良知的固守与理想的把持，不能不说是难能可贵的。

有人认为，在这个消费时代，如果说不算景气的文学消费还有些买点的话，那便是历史类作品和纪实类作品，于是刘元举的钢琴纪实文学引起轰动便成了情理中事。其实，若论轰动，当下中国文坛轰得最热闹的当是那些媚俗文学。当然，当下的文学也是不乏此类媚俗纪实之作的。其所谓纪实，或秉承旨意歌功颂德，或投合俗众猎艳，甚至不惜出售自我隐私或肉体以迎合公众的窥视欲（如某些“星”类所谓的自我传记）。文学沦变为某种附和逢迎的奴才。很明显，刘元举的钢琴纪实作品不属此类作品；相反，如前所述，其作品拷问现实人生不惮揭开钢琴美好帷幕后“惨淡人生”与可怖人生以警示于人。诚如萨特所说的“通过我的祭品、我的作品使处于边缘的人类不至于坠落下去”[①]，刘元举的钢琴作品的批判意义正在于此。我觉得刘元举其作品不媚俗却再度热起的原因也正在于此。因为不管人性如何堕落，人性的向善向美都会存在。而艺术，自然包括文学，不过是以感性直观的方式观照文明体系之内在的人性素质罢了。我们不妨检视古今中外这样一排响亮的名字：但丁、莎士比亚、巴尔扎克、托尔斯泰、卡夫卡、曹雪芹、鲁迅……无不是一个个精神理想的探索者、一个个批判的精灵。他们的伟大作品无不表现出强烈的人文意识与人道主义情怀。别林斯基说：“没有一个诗人能够由于自身和依赖自身而伟大。他既不能依赖自己的痛苦，也不依赖自己的幸福。任何伟大的诗人之所以伟大，是因为他的痛苦和幸福深深植根于社会和历史的土壤里，从而成为社会、时代及人民的代表和喉舌。只有渺小的诗人才由于自身和依赖自身而喜或忧，然而，也只有他们自己才去谛听自己小鸟般的歌唱，那是社会和人民丝毫也不想理会的。”[②]这也是大家们的作品得以长久于世的共同特质。因此，在某种意义上，我们也从刘元举这样的作家们及其作品中看到了当下中国文学创作的某种希望，尽管为数不多。

诚然，媚俗之作因迎合俗众的卑俗喜好或遵旨听命于某种好恶或哗众或取宠，但往往只能是一时，这在文学史上是不乏其例的；在当下更有无孔不入的媒体便利，从而更便于别有用心的大肆炒作的情况下更是见多不怪。但尽管一个个炸得挺响，却大多气球一般“啪”的一下不见了。一方面，媚俗之作的短时效应说明尽管作家不可能没有物质欲求对独立创作的种种名利得失的干扰，但精神理想的放逐却只会导致作家的“死亡”；另一方面，媚俗之作的大行其道，也说明了中国当下文学创作整体“精神”缺席。不少论者将之全然归咎于这个时代的物欲使然，其实是为某些媚俗的作家提供了某种开脱的理由。很明显的是，不见作家作为创作主体在其中的决定性作用，因而也只能是媚俗之见。其实，每个时代都可能遭遇物欲横流，正如每个时代都可能遭遇精神枷锁或精神狂热。历史总在物质与精神的失衡与互动中迈步。然而，每个时代都不乏精神“巨人”的存在。后者如西方的文艺复兴、中国的五四新文化运动的兴起、十年解冻后的思想变更，前者如西方资本主义上升时期的大批伟大思想家（当然包括一些伟大的作家，如以巴尔扎克为代表的大批的批判现实主义作家）的产生。当下的中国也正

① 转引自梁艳萍：《从葛红兵〈悼词〉说开去》，载《文艺争鸣》2000 年第 4 期。

② 《别林斯基论文学》，上海文艺出版社 1958 年版，第 26 页。

处在这样一个时代，我们能说当下的中国不幸吗？相反，多难兴邦，精神衰颓与文化危机的历史时期，往往孕育着伟大的精神，这才是至幸！可见，时代的物欲并非是使作家"精神"缺失成为某种必然，关键在于作家作为创作主体的价值取值与精神理想，反而更能显示出其批判力量与精神品格。无疑，刘元举正是这样的作家。

"钢琴是一条通往高贵的路。"刘元举说，"我对高贵有一种与生俱来的向往，这也是我对人生境界的最高追求。"可见，刘元举痴情于钢琴是源于对自身人生境界不断提升的欲求。有人认为刘元举追求高贵是在玩高雅。我不这么认为。因为自我意识使人比普通动物自有高贵之处，这是人之所以为人的地方，所以即使是俗不可耐的人物，也向往高雅，只不过是附庸风雅。难的是在这个物欲充斥的社会把高雅作为一种人生境界来追求，否则，就不会有那么多的媚俗作家与媚俗文字出现。刘元举作为一个作家追求高贵的意义就在于此。刘元举的这种人生境界追求表现在其创作活动中就是以高度的责任意识对社会存在的理性思考，对卑俗人生丑的人性的否弃批判与至善至美的理想追寻。刘元举从1989年开始以一个作家的责任感关注钢琴，把钢琴现象作为"问题"来研究。他不畏艰辛，追踪采访，跟踪调查，以获取第一手可靠材料。如，他为了研究郎朗，追踪3年，集中采访3个月。整整3个月，朝夕相处，听他练琴，与他交心谈心。刘元举研究钢琴现象，历时12年，大江南北留下了其探索的足迹。正如那些急功近利、草率从事、粗制滥造的"商人作家"只能有"商"样文字一样，可以说，因其超拔的艺术才华，刘元举作品以既非应时亦非应景的不俗厚重面貌出现亦绝非偶然。

抑或，正是刘元举不做媚俗的作家，才成就了其不媚俗的作品。现在评论圈的有些人喜欢把作品等同于作者而妄加评论，并据此把作家分个三六九等。尽管把作品等同于作者就如同把儿子等同于父亲一样荒唐、有失偏颇，并不足以为作家划层次，但不容否定的是作家确实有个境界高下之分。因为无论是从鲁迅先生提出"从喷泉里出来的都是水，从血管里出来的都是血"①以来，还是之前，还未见"喷泉里"出来过"血"，倒是见过不少浊水。在文学价值取向日益俗化的当下，我们的作家何去何从？雅克·马利坦说过："当自然和人中的一个遭受另一个的侵入时，其中的任何一个仍是它自身。"②面对物质文明的全面侵蚀，是固守理想，还是迎合俗众迷失自我？著名作家刘醒龙说："固守应该是一种做人的

① 《鲁迅全集》第3卷，人民文学出版社2005年版，第568页。

② ［法］雅克·马利坦：《艺术与诗中的创造性直觉》，刘有元、罗选民等译，三联书店1991年版，第16页。

境界，而不仅是写作表现出来的形式。”[①]从这个意义上来说，刘元举这样的作家及其精神境界，在当下无疑显得尤为重要，因为这正是我们不少作家所缺失的。唯有如此，文学创作的“精神”席位才有可能不再空缺，甚至是高朋云集，“谈笑有鸿儒，往来无白丁”。如果说研究刘元举及其作品对当下的文学创作及发展会有所意义的话，大概就在于此。

［原载《湖北大学学报（哲学社会科学版）》2002 年专辑］

① 曾军、李骞、余丽丽：《分享“现实”的艰难——刘醒龙访谈录》，载《长江文艺》1998 年第 6 期。

赵玫盛唐历史小说中女性意识的文化意义

赵玫的《武则天》、《高阳公主》与《上官婉儿》"盛唐女性系列"，人们在论及它们时，总是冠以"历史小说"的名号。在这一点上我是无异议的，因为一切历史都是当代史。但这种说法却过于泛化而显得笼统，忽视了它们首先是女人的历史，当是女性意识（也当属是一种现代意识）的历史阐释。

那么，究竟何为"女性意识"？对于这个理论范畴的界定也是莫衷一是。尽管某些说法从某一方面来说不无道理，但大多有失偏颇。我觉得女性意识含有文学和文化两个层面的看法是较为全面并颇为有理的。"就文学层面讲，应当是自觉的独有的女性视角、女性经验、认识和体验的语言范式；就文化层面讲，应当是以'非暴力''同情感''平等及和谐意识'等等为主要标志的女性特征对抗和解构以父权制为主要标志的男性霸权文化，建构男女两性真正意义上的'平等、和谐、进步'的社会文化模式之意义和追求。"①然而，我又觉得，在这文化层面上，"建构""真正意义上的'平等、和谐、进步'的社会文化模式之意义和追求"，不仅只在"男女两性"，而且还应在"女性同性"关系之间，这才足以补充"女性意识"的真正含义。这才是我所认为的女性意识从文学和文化两个层面的整个理解。女性意识在文学层面上的书写在当下的女性文学中已是十分普遍，但能在文化层面上有所突破、有所超越的却并不多见。然而赵玫的"盛唐女性系列"人物关系的书写走向却向我们标示了其所表现的女性意识在这文化层面上的某种突破、某种超越。

赵玫的"盛唐女性系列"在"语言范式"意义上的文学层面所体现出的女性意识是显而易见的。海德格尔曾说："语言是存在的家。"②女性主义者大多认为，在男权社会中，"'女人'不能代表什么，不能说什么，她被排斥在术语和思想外，

---

① 谭湘：《理性与激情》，载 1998 年 9 月 17 日《作家报》。

② ［德］海德格尔：《关于人道主义的书信》，孙周兴选编《海德格尔选集》，三联书店 1996 年版，第 358 页。

而确实有些‘男人’熟知这种现象；因为这是有些现代文本从不停止表示的东西：验证语言和社交行为的限制性，如法律和犯罪、统治与（性）快感，而从不规定一种是男人的，另一种是女人的”[①]。现存社会结构是建立在父权制基础上的，男性掌握着社会的基本功能，包括话语霸权。女性无任何主体性，只是纯粹的客体，“她”丧失了自己的声音和言说的权力，于是“不存在”或成为福科所谓的“沉默的他者”。拉康认为，语言具有革命的力量。要批判父权制社会就必须同时批判象征父权制社会秩序的符号体系，解构父权制下的男性中心话语。赵玫的“盛唐女性系列”在颠覆消解男性中心传统的男性话语霸权的过程中，让女性作为言说主体（包括作者主体赵玫和文本主体武则天、高阳公主、上官婉儿）拥有了言说的权利，使湮没于父权制下的女性生命体验以鲜活的直感和张扬的姿态喷涌而出形成一种极富张力的“女性话语”。许多女性文学多作如是书，许多论者也多作如是观，已是谈得够多，故不多谈。但赵玫的“盛唐女性系列”并没有像其他许多女性文学一样止于女性意识于这种文学层面的“语言范式”，更为重要的是其人物关系的书写走向（包括男女两性关系的书写走向和女性同性关系的书写走向两个方面）向我们显示了其女性意识在文化层面上的某种不可忽视的文化意义。这也是我要阐释的重点。

首先是男女两性关系的书写走向。

法国的女权主义批评家西蒙·德·波娃曾在被奉为“女权主义的宝典”的《第两性》中指出：“一个女人之为女人，与其说是‘天生’的，不如说是‘形成’的。没有任何生理上、心理上或经济上的定命，能决断女人在社会中的地位，而是人类文化整体，产生出这居于男性与无性中的所谓‘女性’。”[②]的确，性别的天然差异并不是人类文化的偏见，但人类文化却使男女两性各自承载着与之相关的许多人类文化异质而存在偏见。女性是在男性中心的父权文化传统的审视之下“形成”的。在男性主角的“看”之下，女性成为“被看”的叙述景观，并在男性主角的“虚构”和“变形”中构成某种虚假、偏见的女性历史场景。这就是父权制下传统的男女两性关系模式。历史标签上的武则天、高阳公主、上官婉儿就是通过父权制下的男性“标尺”和“眼光”的检视之后归入历史档案的，因而只能是某种虚假、偏见。那么女性历史的“本真”又是什么呢？法国女性主义批评家埃莱娜·西苏曾说：“我从未敢在小说中创造一个真正的男性形象，为什么？因为我以躯体写作。我是女人，而男人是男人，我对他的快乐一无所知。我无法写一个没有

① 参见朱立元主编：《当代西方文艺理论》，华东师范大学出版社 1997 年版，第351 页。

② ［法］西蒙·德·波娃：《第两性》，桑竹、南珊译，湖南文艺出版社 1986 年版，第 23 页。

身体、没有快感的男人。”[①]换言之，男人或以男性为中心的文化传统对女人也“一无所知”，男性笔下的女人也是“没有身体、没有快感的”，也是并非真实的女性形象与女性历史，女性的一切“真实”只有女性才能做到。女人的历史只有女人最有言说权。女性的文化地位还需女性来确立（当然也需男性的合作）。赵玫和其笔下的女性人物正是这样的言说者与确立者。

综观赵玫“盛唐女性系列”的三个文本所表现的女性意识无疑都是十分鲜明的，但其女性意识所显示的文化意义却是不尽相同甚至截然相反的，然而又是有迹可循的。这主要体现在这三个文本不尽相同甚至截然相反的男女两性关系的书写处置上。如果说其书写的女性意识在其前两个文本《武则天》与《高阳公主》中还没有最终摆脱男性的观照视野（武则天总在“被看”中煎熬自己，而高阳公主在“被看”中放纵自己），是“他在”的，还未走出传统的男女两性关系模式的书写框架；那么在其第三个文本《上官婉儿》中则是“自在”而自足的，其不仅彻底摆脱了男性视域下的种种羁绊，而且通过男性/女性中心颠倒错位的历史语境的置换书写，从而构建起对父权文化的历史反观——文本中并不乏男性，但这些男性的出现却都是因女性的出现而出现，往往处于被言说、被观照、被审视，甚至被否定的位置：或常常被排出叙述场景之外（如高宗李治）而表现出男性地位的空场书写；或见诸种种的人格缺失被放逐到“理想男性”的话语之外（如章怀太子李贤、中宗李显、睿宗李旦）而表现出理想男性的空场书写。这样，我们熟知的历史场景在被消解无余的同时，女性成为“看”的主角；相反，男性成为“被看”的叙述景观，甚至被置于“盲点”之中。传统的男女两性关系模式得以改写从而形成对传统父权文化的深层次反动。从这个意义上说，赵玫的《上官婉儿》通过这种男女两性关系的改写无疑是对传统男性霸权文化的一种彻底颠覆与最终解构的期图而欲重构女性的文化地位的书写指向与有力表征。我们不敢妄言赵玫的《上官婉儿》这种期图重建女性“真实”地位的历史叙述有多少“真实”的历史。然而有人却借此对其大加苛责并斥之为对历史的“无知”，却不知这种斥责正是某种“无知”的表现。因为任何对历史的理解阐释都不能超越历史的鸿沟去寻求“原意”；相反，任何文本的阐释都是两个时间、两颗心灵的对话和文本意义的重释。赵玫的《上官婉儿》正是两个历史时代、两颗女性心灵的对话和女性文本意义的重释而变得具有历史意义。因此，我对那些无知者的无知之论是不敢苟同的。相反，我认为赵玫的《上官婉儿》中的女性意识能通过男女两性关系模式的改写从而以解构男性中心的文化传统的面貌出现，其反叛程度与文化意义是其他许多女性

① [法]埃莱娜·西苏：《从潜意识场景到历史场景》，张京媛主编《当代女性主义文学批评》，北京大学出版社1992年版，第232～233页。

文学，包括其以前的《武则天》和《高阳公主》所难望其项背的。

其次是女性同性关系的书写走向。

在赵玫"盛唐女性系列"中女性同性关系的书写走向是有迹可循的。如果说《武则天》与《高阳公主》中的女性同性关系的书写要么是人们习见的相妒成仇不兼容，要么是纯然的主子奴婢二元对立关系（前者实质是父权制文化下的某种性别歧视，后者则是父权制下的上下尊卑这一文化秩序在女性身上的注脚，都未能摆脱父权文化的桎梏），那么这种女性同性关系在《上官婉儿》中则得到了改写，呈现出解构父权文化偏见的"女同性恋"的写作向度。对于"女同性恋"这一本属女性主义应有之意的理论范畴国内学界却多持贬抑态度，甚至是某种歪曲与污蔑。实质上是各执一端、各执一理，不知对"女同性恋"这一概念有诸多不同的看法。一种看法认为女同性恋特指女性之间的性关系。第二种看法则扩大其含义，如艾德里安娜·里奇提出不止于女性性关系含义的"女同性恋连续统一体"的观点，指出"女同性恋"泛指"一个贯穿每个妇女的生活、贯穿整个历史的女性生活范畴"，"包括更多形式的妇女之间和妇女内部的原有的强烈感情"[①]，却又使其流于泛化。还有一种看法，则比较公允。如莉莲·费德曼认为："'女同性恋'描述了一种关系，这是一种两个女人之间保持强烈感情和爱怜的关系，其中可能或多或少有性关系，抑或根本没有性关系。共同的爱好使这两位妇女花大部分时间生活在一起，并且共同分享生活中的大部分内容。"[②]我觉得这种看法既不局限于性关系的狭窄范围，又不流于泛化而使"女同性恋"这一理论范畴失去独特性，因而是较为合理的。从这个概念出发，赵玫的《上官婉儿》对传统女性同性关系模式的改写是通过上官婉儿与武则天这两个女性之间"女同性恋"关系的书写来实现的。这两个本是仇家的女人却一起生活得很好。缘何？人不可能去找到"历史"，因为历史作为一种线性存在是业已逝去而不可重视和复原的，而只能找到关于历史的叙述，或仅仅找到被阐释和编织过的"历史"。但这种"历史"又有多少真的"历史"呢？正如卡尔·波普尔所说："不可能有一部'真正如实表现过去'的历史，只能有各种历史的解释，而且没有一种解释是最后的解释，因此每一代人都有权利去作出自己的解释。……历史虽然没有目的，但我们能把这些目的加在历史上面；历史虽然没有意义，但我们能给它一种意义。"[③]因此，赵玫只能"猜测"，"解释着并描述着"[④]，并给它以"意义"。武则天、婉儿的生与

---

① 朱立元主编：《当代西方文艺理论》，华东师范大学出版社 1997 版，第 358 页。

② 朱立元主编：《当代西方文艺理论》，华东师范大学出版社 1997 版，第 358 页。

③ Karl R. Popper, *The Open Society and Its Enemies* (London: Routledge & Kegan Paul, 1957), 2:259-260.

④ 赵玫：《关于那个女人》，《上官婉儿》，长江文艺出版社 2000 年版。

死，这一老一少两个女人的一切，都能在她们“共同着”的“政治与命运”那里找到答案。从这个意义上来说，赵玫的《上官婉儿》通过“女同性恋”的女性关系的书写，在这两个女性人物之间建构起来的是一种准母女的超血缘的精神承传关系。正是这种超血缘准母女关系之间的相互支撑，使她们以强大的精神力量在男权的重重压力下获得自救而具有反男权的文化意义。

当然，这里还有一个度的把握。这个度的把握当然是应以女性意识的终极目的为衡量标尺的。那么女性意识的终极又是什么呢？对于这个问题也是人言人殊，众说纷纭。我觉得女性意识的终极目标无非是求得女性之为女性与男性相较以及女性同性之间的某种身份地位的确认与某种意义上的平等谐和。同时，这某种身份地位的确认与某种意义上的平等谐和，却不在性别层面的差异抗衡或抹平，而在文化层面的关系确立。但性别层面的差异抗衡或抹平的一切企图却作为文本事实广泛出现在以下三种情况之中：一是女性女性化书写。这种书写见于大多数女性文学。表面上是强调女性的性别角色与身份，以示与男性的“不同”异质，很有女人味，实则是“他”成见中的女性形象，并没摆脱传统男权视域中的女性窠臼，而往往沦为男性“理想”中的玩物。书写女性的温柔也好，欲望也好，最终却也逃不脱父权制下男性眼光中的“家里的贤妇，床上的荡妇”罢了。赵玫的《高阳公主》尽管在“他”看来称不上“家里的贤妇”，却正是“他”眼中的“床上的荡妇”。二是女性男性化书写。这种书写多见于某些女权极端主义者笔下。强调女性有“相同”于男性的特质。其一方面全然没有女人味，另一方面其把女性“变性”为男性来书写，就意味着“女性”本体的消解与丧失，其地位的确立已毫无意义，更谈不上男女两性某种意义上的平等谐和。更具讽刺意义的是，在科学日益昌明的今天，“变性”的意图已能通过变性手术变成生活事实，但结果却只能导致一性变为另一性，更确切地说是两性之外的“他性”，即世俗眼中的“阴阳人”，这无疑也是对这种文学乌托邦的有力解构从而使其丧失了作为某种女性主义对现实生活的意义。赵玫书写武则天侧重于女性的男性化书写，但非“变性”化的一刀切，因而是较为成功的。三是女性无性化书写。不仅没了女人味，甚至没了人味，完全神性了。这样的书写曾一度泛滥于那个标榜“无私无欲”的年代。这样的例子只要翻开那个年代的作品俯拾即是，就毋须赘言了。前两种情况在目前更为多见。实际上是落入了父权制男女两性二元对立的传统思维预设的致命局限之中，而使女性意识归入“虚化”而不见“真正”的女性。正是基于此，我觉得“双性文化”的书写策略对当下中国的女性文学的意义是不可忽视的。英国著名的意识流女性作家弗吉尼亚·伍尔夫曾说：“在我们之中每个人都有两个力量支配一切，一个男性的力量，一个女性的力量。……最正常，最适意的境况就是这两个力量一起和谐地生活、精诚合作的时候。”[①]很明显，这种双性和谐合作理论对文学创作不无启发意义。其既在一定程度上同父权文化所固有的男性中心的单一衡定标准相对抗，而且也可看作是对性别二元对立进行解构提供的某种尝试。只有通过这种文化层面的男女两性关系的确认，男女两性才可能有某种真正意义上的和谐与平等。

然而，一些女性主义的张扬者们和女性意识的觉醒者们却往往在反动男权传统的同时有意无意地走向偏颇，从而造成新的不平等与对立。其求得女性地位的确立、追求女性价值的实现，其心之切是可以理解的，但造成这种新的不和谐，却是有违女性意识的终极目标的。赵玫的“盛唐女性系列”或多或少也存在这种倾向。可以说，这种倾向从《武则天》到《高阳公主》再到《上官婉儿》是表现得愈来愈突出的，最后在《上官婉儿》中，其“厌男情结”达到极致。其书写的男性无一是其能认同的，就连那个贬抑不多的李隆基也只有对“过错”的忏悔。这种将男性放逐到女性视域的理想之外，无疑失去了男女两性认同的基础，也就失去了最终建立平等谐和的男女两性关系的可能。《上官婉儿》在女性同性关系的书写上是成功的，却在这种男女两性关系的书写上走向了另一个极端。我不敢妄言赵玫作为一个女性作家是不是由于对“她（抑或自身）”的“恋”，而导致了对“他”的“放逐”，但这对赵玫女性意识的正确把握无疑是危险而应引起警觉的。

正如刘慧英在《走出男权传统的樊篱》中所说：“女性（包括全体人类）在设计未来的文化蓝图时既应摒弃男权传统的糟粕，又要力避矫枉过正——制造新的不平等和对立”，从而提出“建立一种不带偏见的文化的设想”，“取得一种男女和谐平衡的局面”。[②] 可见，这种“双性文化”与“和谐”的理论构想，是已被中国的女性主义批评家们敏锐地注意到了。但是，对于一个作家的作品，批评总在创作之后，因而总是慢了半拍，这落后的半拍就未免有马后炮之嫌。因此，我们不能就此对赵玫（包括其他一些女性主义作家）大加苛责，因为我们毕竟不是事前诸葛亮，作家也不是。我们只能希望她（她们）在以后的女性主义作品中倒掉“污水”的同时能够抱起“婴儿”。这也是我在对赵玫的“盛唐女性系列”人物关系的书写走向作一番透视之后，对其作的进一步期盼。

（本文删节后发表于《当代文坛》2004 年第 3 期）

① 张岩冰：《女权主义文论》，山东教育出版社 1998 年版，第 42 页。

② 刘慧英：《走出男权传统的樊篱》，三联书店 1995 年版，第 207～212 页。

期待文艺批评的理论创新

面对当代文学发展与文学批评的现状及其问题，我们的批评何为？我们的批评家应当何为？文学与文学批评作为整个文化系统的一个组成部分，具有不可忽视的价值评判功能，理应在当前的文化建设中起到其应有的作用，这也考验着批评家所肩负的责任与担当。赖大仁先生在他的新著《当代文学批评的价值观》（社会科学文献出版社 2013 年出版）中，围绕当代文学批评的价值观问题进行了反思与分析，并作出了富于创新意义的理论应答和系统探讨。

赖大仁先生的这种理论应答和系统探讨是建立在对中国当代社会现实及文学批评现状问题的深刻把握的基础之上的，那么究竟应该如何认识中国当代社会现实及文学批评现状问题，并将文学与文学批评引向健康良性的发展轨道呢？这首先关系到一个思想方法问题。对于这样一个问题，赖大仁先生有着清醒的理论自觉。诚如赖大仁先生在《当代文学批评的价值观·后记》中自叙心曲所说的："不管别人对马克思主义理论抱什么态度，在我自己心目中始终将其放在很高的位置。我觉得这不是迷信和盲从，而是自己经过学习和比较而形成的理性认识，这既关乎信仰也关乎学理。"正是基于这样一种理论自觉与理论自信，赖大仁先生认为，马克思主义理论及其思想方法对文学批评而言，具有"思想源"或"价值源"的意义，他深刻指出："对于当代文学批评来说，实际上已经不缺少理论资源，也不缺少批评方法的借鉴，如今真正缺乏的是唯物史观视野的观照，以及当今时代应有的价值观念和现实批判精神。"①我们进行当代文学批评形态的重构与文学价值观念的重建，需要从马克思主义理论中获取思想智慧，不仅不能与之相背离，而且要一以贯之地将马克思主义理论及其思想方法付诸具体的批评实践和理论研究，而不是做空头的理论家。赖大仁先生是这样的理论信仰者、倡导者，也是这样的理论实践者。

通观《当代文学批评的价值观》一书，赖大仁先生无论是对文学批评与文学

① 赖大仁：《当代文学批评的价值观·前言》，社会科学文献出版社 2013 年版，第 14～15 页。

价值观问题的系统探讨，还是对新时期以来文学批评变革发展的进程、状况以及所反映出来的价值观问题的具体思考，无论是关于当代文化语境与当代文学批评价值观问题的考察分析，还是关于当代文学批评形态重构与价值观念重建问题的分析探讨，其对问题的认识广度、把握深度与理解程度，无不显示出令人折服的理论力量，这是一种马克思主义的理论力量，没有对马克思主义理论及其思想方法的熟稔于心与深刻领会是不可能做到的。鲁迅先生曾说："马克思主义是最明快的哲学，许多以前认为很纠缠不清的问题，用马克思主义的观点一看，就明白了。"[①]赖大仁先生对马克思主义是真信真学真用，这也使他对问题的理解与思考往往能透过现象看本质，不为错误的观念所迷惑或遮蔽，达到了许多同类研究所未能达到的理论高度。而另一方面，赖大仁先生坚持马克思主义理论及其思想方法的运用，但并不意味着僵化保守，体现出不断开拓创新的理论追求。他清楚地认识到"在文学价值观方面，在当今多元开放的格局中，也理应突出主导性价值观的重建，尤其是要体现社会主义核心价值观的引领作用。在这个过程中，一个难以回避的问题，就是对马克思主义文学批评的理解吸纳与创新拓展"[②]。以此为出发点，赖大仁先生结合当代文学与文学批评的现状、问题和现实要求，深刻揭示出了马克思主义理论及其思想方法在当代的启示意义，为当代文学批评走出困境和危机注入了新鲜的理论启迪。

值得一提的是，透过《当代文学批评的价值观》一书的字里行间，我们还能感受到一种直面"现场"的担当、真诚与勇气。张炜说："我们现在需要清晰准确、爱知并重、诚实无欺的当代艺术评论者。"[③]毋庸讳言，现在的文学批评状况并不令人乐观，这与批评的"沉沦"直接相关，张炜称之为现代人的"精明得当"。赖大仁先生对此没有回避，更没有讳饰，表现出了极为稀缺可贵的理论勇气。赖大仁先生在对当代文学批评价值观问题进行具体分析的过程中，他列举了一些文学创作和理论批评，并不无尖锐地指出它们"表现出来的人性观和审美观，都显示出社会历史观与价值观上惊人的混乱"，但"我们的文学批评却往往对此视而不见或装聋作哑，有的甚至盲目赞赏推崇，极易造成对文学实践的误导"，他呼唤文学批评应有的价值立场与批判精神，强调"对各种错误观念与不良现象进行实事求是和旗帜鲜明的分析批判，自然也是当今弘扬马克思主义文学批评精神的必然要求之一"[④]。担当如是，真诚如是，勇气如是，赖大仁先生做到了。

---

① 李霁野：《回忆鲁迅先生》，新文艺出版社 1956 年版，第 38 页。

② 赖大仁：《当代文学批评的价值观》，社会科学文献出版社 2013 年版，第 337 页。

③ 张炜：《当代的勇气和热情》，载 2014 年 2 月 28 日《文艺报》。

④ 赖大仁：《当代文学批评的价值观》，社会科学文献出版社 2013 年版，第 347 页。

罗曼·罗兰曾说:“信仰不是一种学问。”的确,一个人有学问,并不等于有信仰。显然,赖大仁先生并不是这样的“学问”家。罗曼·罗兰也曾说:“信仰是一种行为,它只在被实践的时候才有意义。”很清楚,赖大仁先生正是这样一位马克思主义理论的信仰者,在《当代文学批评的价值观》一书中,他以自身的学术实践与理论勇气展现出了他对信仰的那份真诚,并进行了卓有成效的学理开拓,从而也为当代文学批评的健康发展与理论创新提供了某种令人期待的可能。

(原载 2014 年 4 月 30 日《文艺报》)

文学理论

当代中国文学理论反本质主义批判的批判

一

在当代中国的文论界，对于反本质主义的出现，有学者甚至追溯到20世纪80年代[①]，但在我们的视野中，反本质主义作为一种批判武器，在反本质主义者手中铿锵亮剑，却是始于《文学评论》杂志在2001～2002年展开的关于"大学文艺学学科和教材反思"的讨论。[②] 自此之后，这种批判武器，剑锋所指，咄咄逼人，反本质主义者运用自如，并对当代中国文学理论的本质主义思维模式进行了猛烈的批判。在反本质主义者看来，当代中国文学理论的本质主义思维模式，主要体现在三个文本上：一是以群主编的《文学的基本原理》[③]；二是蔡仪主编的《文学概论》[④]；三是童庆炳主编的《文学理论教程》[⑤]。认为它们受本质主义思维模式的影响，"把文学艺术理解为具有'普遍规律'、'固有本质'的实体，热衷于生产'普遍有效'的文艺学'绝对真理'"，"以各种关于'文学本质'的元叙事或宏大叙事为特征的、非历史的本质主义思维方式严重地束缚了文艺学研究的自我反思能力与知识创新能力"。[⑥] 一言以蔽之，反本质主义者将当代中国文学理论知识生产的根本弊端，归结为本质主义思维模式的束缚。那么，果真如此吗？在此发问的前提下，对他们作出的批判再次作出批判就成为必要。

笔者以为，反本质主义者的这种归结是不彻底的，换言之，对当代中国文学

① 参见金元浦、曾军：《问题意识·边界之争·对话主义》，载2005年5月26日《社会科学报》。

② 参见陶东风：《大学文艺学的学科反思》，载《文学评论》2001年第5期；李珺平：《文艺学学科建设与教材建设的思考》，载《文学评论》2002年第1期。

③ 以群主编：《文学的基本原理》，上海文艺出版社1963年第1版，1979年第2版，1983年第3版。

④ 蔡仪主编：《文学概论》，初稿完成于20世纪60年代，1979年人民文学出版社出版。

⑤ 童庆炳主编：《文学理论教程》，高等教育出版社1992年第1版，1998年第2版。

⑥ 陶东风：《大学文艺学的学科反思》，载《文学评论》2001年第5期。

理论知识生产的弊端，还需作进一步的追问；否则，就是“皮相”之说，而非什么“根本”之论。在笔者看来，诚然如反本质主义者所言，当代中国文学理论知识生产的确存在着非常严重的本质主义思维模式，但是，值得追问的是，这种本质主义思维模式是何种意义上的本质主义思维模式？它又是何以产生的？对于这个问题，当然要联系当代中国的历史语境来作分析与判断。

我们知道，在当代中国的新时期以前，那是主要以极端政治化的“阶级斗争”作为主流话语的一个历史时期，比较典型的，如所谓“阶级斗争为纲”、“两条路线斗争”等即是。在这种社会历史语境之下，“文学观念”由此前的战争时期进一步“转入政治轨道，两军对阵的思维模式具体表现为片面强调阶级斗争的教条模式”[①]，要求文学变成“整个革命”“机器”的一个组成部分，就如同“齿轮与螺丝钉”的关系[②]。这个时期的文学理论，用一句话来说，就是阶级工具论。把文学视为阶级斗争的工具，或者说，当成阶级斗争的一部分，是当时带有普遍性的文学观念。如以群主编的《文学的基本原理》，在“绪论”部分从马克思主义的社会结构学说出发，推断出文学是意识形态，文学理论也是意识形态，并指出“对于文学性质的认识的分歧与斗争，往往是与现实的阶级斗争密切联系在一起的，这也是为中外文学发展史所证明的一条客观规律”[③]；而蔡仪的《文学概论》，共有 371 处引文，其中引用得最多的是马克思主义思想，共 189 处，其中又以毛泽东和高尔基的文学思想最为突出，而《在中国共产党第十一次全国代表大会上的政治报告》则被引用3 次，权威经典思想的主流话语构成了文学理论主要的思想支撑。

诚然，这个时期的文学理论，也正如反本质主义者所认为的，是“把历史上各种各样的文学观点(无论是中国的还是西方的)统统归入‘唯心’与‘唯物’两种，实际上也就是‘真理’与‘谬误’两种，从而实际上否定了文学理论与文学本质的多元性。也就是说，在各种各样的对于文学规律的认识中，只有一种是正确的、科学的，合乎文学‘本质’的”，标榜“其不容置疑的客观性、科学性与真理性”[④]，是一种本质主义的，但不容忽视的是，这到底是一种什么意义上的本质主义呢？正如有学者所指出的，这个时期的文学理论“在经济基础和上层建筑的二项对立中定位文学为上层建筑，在上层建筑中定位文学为意识形态。由于圣化和非历史化经典思想，文学的社会功能和本质规定也就具有了永恒的、超历史的普遍性。这套文学理论话语是特定时期的产物，其产生的社会机制包括计划经济、封

---

① 陈思和主编:《〈中国当代文学史教程〉绪论》,《中国当代文学史教程》,复旦大学出版社 1999 年版。

② 毛泽东:《在延安文艺座谈会上的讲话》,《毛泽东选集》,人民出版社 1964 年版,第 823 页。

③ 以群主编:《文学的基本原理》,上海文艺出版社 1983 年版,第 19 页。

④ 陶东风:《大学文艺学的学科反思》,载《文学评论》2001 年第 5 期。

闭文化、战争思维、简单化的社会结构、单一化的意识形态和社会政治目标等”，文学理论问题“不是哲学美学观念的推论，不是对于中外文学经验的提炼，而是经典权威思想的演绎”。[①] 很明显，这种理论所表现出的本质主义，是一种权威经典思想“圣化”的本质主义，所谓文学本质的得出，实则是权威经典思想“圣化”出的结论，是当时凌驾一切的政治意识形态元叙事模式在文学领域推演的结果。[②] 在这种叙事模式中，政治意识形态作为一种元叙事，亦即利奥塔所说的“具有合法化功能的叙事”，居于所有话语之上，在各种话语中占有一种优先和特权的地位，并发挥绝对的主导作用。它是判定一切“是与非”、“真与假”、“好与坏”、“美与丑”最高且唯一的标准，是包罗万象的准则，任何知识文化的生产都只能并必须遵循这一准则，并由此来决定自身的理论依据、言说立场与话语逻辑，从而才能获得合法性地位；否则，就会遭到排斥，甚至打压。

这一叙事模式具体到文学，在中国可追溯到古代的“文以载道”传统，而到了19世纪晚期20世纪初叶，中国文学在挣脱这一旧的政治意识形态元叙事模式的同时，在新的历史语境下，又转入了一种新的政治意识形态元叙事模式。在那一时期，中国面临的内忧外患，使救亡图存成为严峻而现实的需要，正如有学者所分析的，“‘紧张的民族矛盾和阶级斗争……把注意和力量大都集中投放在当前急迫的社会政治问题的研究和实践活动中……’从变法(维新运动)到革命(推翻清朝)，政治斗争始终是先进知识群兴奋的焦点”[③]。以此为开端，中国的文学也由此进入了一种新的政治意识形态元叙事模式，并跨越近半个世纪的时间，经由饱经忧患的近现代历史，一直延续到中国的当代，都有非常显著的表现。

客观地说，在国家民族危亡、阶级矛盾深重的中国近现代历史上，这种政治意识形态元叙事模式曾起到不可替代的历史作用。在这种政治意识形态元叙事模式下，政治救亡成为一切活动的中心与主题，文学经由文学革命，到革命文学，再到抗战文学，作为阶级动员与社会力量整合的有效武器之一，可以说，在当时的历史语境下，其历史意义再怎么高估都不过分。然而，正如有学者所指出的，“在所谓你死我活的阶级、民族大搏斗中，它要求的当然不是自由民主等启蒙宣

① 章辉：《反本质主义思维与文学理论知识的生产》，载《文学评论》2007年第5期。

② 有学者将之归结为“(政治)意识形态元叙事”(参见支宇《“反本质主义”文艺学是否可能？——评一种新锐的文艺学话语》，载《文艺理论研究》2006年第6期)。笔者深受启发，但联系到中国作为有浓厚政治伦理传统的国家(并正是在这一点上，与西方形而上学传统表现出显著的差别)，实则这一叙事由来已久，并已然成为一种叙事模式，其主导作用并不仅限于20世纪，因此，认为作“政治意识形态元叙事模式”的表述，更能对中国文论所存在的这一问题作历史纵深层面的追问，但拘于篇幅有限，本文只是略作勾勒，对中国古代“文以载道”传统所表现出的这种叙事模式，更是一笔带过，并未作充分展开，留待另文详论。

③ 李泽厚：《启蒙与救亡的双重变奏》，东方出版社1987年版，第9页。

传，也不鼓励或提倡个人自由人格尊严之类的思想。相反，它突出的是钢铁的纪律、统一的意志和集体的力量。任何个人的权利、个性的自由、个体的独立尊严等等，相形之下，都变得渺小而不切实际”①。政治救亡压倒了启蒙，最后政治救亡的任务得到完成，而启蒙成了未完成的事业。历史进入当代，从理想的状态而言，可以说为启蒙提供了前所未有的条件，由于众所周知的原因，启蒙这一未竟的事业不仅未能被重新拾起与推进，相反，启蒙运动所反对的某些封建思想，又以改头换面的方式，在政治意识形态元叙事模式下获得合法性认可，从而重新粉墨登场。比如，造神运动与搞个人盲目崇拜、六七十年代在各个领域施行的专政制度等。具体到文学领域，就是将文学统于一尊，亦即“阶级斗争”这一尊，排斥文学与文论话语的个性化表达，作家的创作没有个人的自由，理论的思考没有独立的品格尊严。可以说，这一时期的文学理论，也在政治轨道上走向了片面强调阶级斗争的极端，而这正是极端化的政治意识形态元叙事模式极端演绎的结果。

二

随着新时期的到来，一方面，为文学在启蒙层面的重新开始与深入发展提供了某种可能。正如有学者所言，“对于中国文学来说，则是复活‘五四’作家的‘启蒙’责任和‘文人’意识，以及重建那种重视文学自身价值的立场”②。尽管这的确来得有些迟，然而在新时期以来的文学与文学理论中都有显著的体现，典型的如被反本质主义所批判的审美意识形态论，就极大地推动了对文学自身价值的关注。而另一方面，正如反本质主义者所指出的，这种审美意识形态论“最终依然把‘审美’(非功利性、情感性等)视做文艺的特殊性质或‘内在性质’，而把‘意识形态’(功利性、认识性等)视做与‘审美’对立的‘外在性质’，在‘审美’与‘意识形态’之间进行了一种二元拆分”，“依据罗蒂的《后哲学文化》，本质主义的基本特征就是内在与外在、实体与现象、中心与边缘的二元论。所以，关于文学的‘内在性质’/‘外在性质’的二元对立模式显然没有能够告别本质主义”。③ 诚然，这从逻辑上来说是没有错的，但同样值得追问的是，这到底是怎样的一种本质主义呢？它是否意味着文学已经摆脱了政治意识形态元叙事模式呢？文学到底获得了多大程度的自主性呢？

事实可能并非像反本质主义者所作的逻辑推断那么简单，首先值得注意的

① 李泽厚：《启蒙与救亡的双重变奏》，东方出版社 1987 年版，第 31 页。

② 洪子诚：《1956：百花时代》，山东教育出版社 1998 年版，第 12 页。

③ 陶东风：《大学文艺学的学科反思》，载《文学评论》2001 年第 5 期。

是,新时期文学的诞生,其本身就是政治意识形态元叙事模式的推演使然。1977年8月12日至18日,在北京召开的中共第十一次全国代表大会上,华国锋代表中央向大会作政治报告,宣告"文革"以"粉碎'四人帮'为标志"而结束,并指出,"文革"后我国社会主义革命和社会主义建设进入"新时期"。随之,文艺界也很快把"文革"后文学,称为"新时期文学"。同年11月,开始批判《部队文艺工作座谈会纪要》中所提出的"文艺黑线专政"论。1978年,结合"真理标准大讨论",文艺界将这一批判引向深入,进而提出"在实践是检验真理的唯一标准面前,不存在什么'禁区',不存在什么'金科玉律'","要有个艺术民主的局面"。[①] 接着在1979年10月30日召开的第四次文代会上,邓小平代表中共中央、国务院致大会祝辞,指出执政党"对文艺工作的领导,不是发号施令,不是要求文学艺术从属于临时的、具体的、直接的政治任务,而是根据文学艺术的特征和发展规律,帮助文艺工作者获得条件来不断繁荣文学艺术事业",宣布不再提"文艺为政治服务",并重申"百花齐放,百家争鸣"方针的有效性(这一方针于1956年提出但一直未能得到真正付诸实施)。[②] 在1984年12月29日举行第四次作代会上,胡启立以中共中央书记处的名义所作的祝词,更是提出"创作自由"与"评论自由"的口号,明确指出"创作必须是自由的。这就是说,作家必须用自己的头脑来思维,有选择题材、主题和艺术表现方法的充分自由,有抒发自己的感情、激情和表达自己思想的充分自由,这样才能写出真正有感染力的作品。列宁说过,社会主义文学是真正自由的文学,我们党、政府、文艺团体以至全社会,都应该坚定地保证作家的这种自由"[③]。也正因此,"社会主义文学的黄金时代到来了",作家们要"拿出自己最好的小说诗歌剧本散文杂文评论来",以不辜负"我们辉煌的时代"。[④] 正如学者钱中文指出的,"文学理论研究一直要求独立自主,但过去总是绑在意识形态上",以新时期为开端"改革开放30年的思想解放对文学理论研究具有重要影响"。[⑤] 但是,同时要明白的是:一方面,这种思想解放,其本身也是作为一种意识形态变革出现,并对文学与文学理论研究产生影响的;而另一方面,我们不难发现,在当时的社会历史语境下,包括文学自主性诉求等在内的文

---

① 参见茅盾:《作家如何理解实践是检验真理的唯一标准》,巴金:《要有艺术民主的局面》等文章,载《文艺报》1978年第1期(7月出版的复刊号)。

② 参见《中共中央、国务院致大会祝辞》,《中国文学艺术工作者第四次代表大会文集》,四川人民出版社1980年版,第6页。

③ 胡启立:《在中国作家协会第四次代表大会上的祝词》,载1984年12月30日《人民日报》。

④ 参见王蒙:《在中国作协第四次代表大会上的闭幕词》,载1985年1月6日《人民日报》。

⑤ 参见汪群江:《2008年〈文学评论〉编委会暨改革开放30年中国文学研究回顾与前瞻艺术研讨会综述》,载《江西师范大学学报(哲学社会科学版)》2008年第3期。

论话语，亦正是以这种意识形态变革的急先锋姿态出场的，它通过呼应政治精英的合法性诉求，获得自身的合法性身份，而在事实上也充当了当时意识形态变革功不可没的一翼力量。

可以说，新时期以来，审美意识形态论取代政治工具论，同样是因为当代中国政治气候的变化，从其产生就已具有不容忽视的意识形态因素。因此，有学者发出了这样的质疑：审美意识形态论“所倡导的‘审美自主性’究竟是不是西方康德以降的‘审美自主性’？抑或，它其实乃是中国特色的意识形态话语形式，不过是阶级工具论文艺学的一种更具迷惑性的变式？也许，从全球视野看，‘审美意识形态论’文艺学是当代中国奉献给世界文学界一个独特的文艺理论体系？”[①]也正因此，有学者指出审美意识形态论“具有明显的意识形态时代的印记”：“审美意识形态理论中的意识形态概念的内涵是两大阶级的对立，是‘左’的意识形态时期斗争哲学的表现。在文学研究中，意识形态批评最终的落实是具体的文本分析，这种分析必须揭示现实社会中各种权力的博弈，这一点在主张审美意识形态的学者那里显然没有做到。按照这种理论指出文学是某个阶级的意识形态，这种研究在今天无济于事。现在的中国和西方，社会阶级阶层不是分裂而是分化又组合，对抗性的阶级斗争不是社会的主要矛盾，文化融合和阶级共存成为时代主题，这一批评所内含的斗争意识显示出其对于现实的滞后性。”“文学理论的问题域停留在80年代，文学的文化性、文学媒介、文学语言等等文学理论的新问题没有纳入理论体系，文学文本还遮蔽于意识形态性的论述中”，是为“过渡时期的文学理论”。[②] 这种过渡时期的文学理论“仍然以经典思想的社会结构论定位文学本质”，“审美意识形态这一规定之所以在思想解放初期获得普遍认可”，在很大程度上是因“其保留了经典论述而取得了权威意识形态的支持，而且审美意识形态突出了文学的独立性，否定了此前的工具论文艺观，这也正好契合了政治上的拨乱反正”，“其圣化经典的倾向非常明显”。[③] 诚然，正如反本质主义所认为的，这是一种本质主义的，但同样不容忽视的是，这也是一种经过权威经典思想“圣化”的本质主义，是经由政治意识形态元叙事模式推演的结果，而从某种意义上来说，正是这种政治意识形态元叙事模式本身所具有的不容质疑性，使这一“过渡时期的文学理论”在20世纪90年代进入正统的文艺学教材，并成为文学理论的主流话语，一直延续至今。同时，可以肯定，如果这一理论不从政治意

---

① 参见支宇：《“反本质主义”文艺学是否可能？——评一种新锐的文艺学话语》，载《文艺理论研究》2006年第6期。

② 参见章辉：《过渡时期的文学理论——评童庆炳主编〈文学理论教程〉》，载《中国图书评论》2006年第8期。

③ 参见章辉：《反本质主义思维与文学理论知识的生产》，载《文学评论》2007年第5期。

识形态元叙事模式的症结入手，作出根本的理论立场的调整，其“滞后性”也就在所难免。如钱中文先生作为审美意识形态论的倡导者之一，在有关该理论的探讨中，重申将审美意识作为该理论的逻辑起点，并作出基于历史生成的分析。[①]这样的理论态度，笔者认为是必要而且可贵的，并在事实上，显示出了走出政治意识形态元叙事模式的理论努力。

故此，笔者以为，当代中国文学理论知识生产的根本弊端，其并不在于反本质主义者所简单归结的同于西方形而上学传统的本质主义思维模式，而在于当代中国语境下的政治意识形态元叙事模式。而反本质主义论者之所以有这样的误判，笔者认为，关键的原因之所在，是由于他们生搬硬套地运用西方理论（西方理论我们是要借鉴吸收的，只是不能生搬硬套）所致。诚然，反本质主义者也要并且往往要结合当代中国的社会生活与文学的实际状况，来对他们批判的对象进行批判，因为在他们看来，他们所批判的对象，存在着“语境抽离”的错误[②]，而这样的错误，正是他们要避免的。的确，他们避免了语境的“抽离”，但是机械地将西方理论照搬挪移到中国，却导致了这种理论在具体语境上的“误置”，从而不能对当代中国的文学现状及其问题，作出符合中国语境的分析与判断，这也自然是情理中事。

可以说，当代中国的文学理论，的确表现出了本质主义的思维模式，但如果像反本质主义者那样，把它视为当代中国的文学理论知识生产的根本弊端，以为运用“反本质主义”这把理论之剑，摧毁了“阶级工具论”和“审美意识形态论”这两套中国文学理论主流话语的理论根基，也就是他们所认为的本质主义，就可万事大吉，那无疑会遮蔽真正的弊端所在，亦即政治意识形态元叙事模式，而从根本意义上，无益于当代中国的文学理论知识生产现状的彻底改观。

三

在当代中国，文学理论的知识生产需要摆脱政治意识形态元叙事模式，但是，这里要指出的是，它需要摆脱的是政治意识形态元叙事模式的掌控，而不是说它与政治意识形态没有关系，相反，文学自主性的诉求正表明了它自身对政治

① 参见钱中文：《文学意识形态与不是意识形态论引起的论争——兼论文学审美意识形态的逻辑起点及其历史生成》。该文分三篇文章发表，即：《论文学审美意识形态的逻辑起点及其历史生成》，载《文学评论》2007 年第 1 期；《意识形态的多语境阐释——兼析“虚假意识”问题》，载《河北学刊》2007 年第 1 期；《对文学不是意识形态的“考论”的考论》，载《文艺研究》2007 年第 2 期。全文见《中外文化与文论——意识形态与文学研究》第 14 辑，四川大学出版社 2007 年版。

② 参见陶东风：《大学文艺学的学科反思》，载《文学评论》2001 年第 5 期。

意识形态的一种态度与关系，在这种关系中，人文知识分子能以一种公共知识分子的身份出现，其身份的独立性得到确认，并能作出基于社会良知（包括学术良知）与社会责任（包括学术责任）的自我表达，而不是在政治意识形态元叙事模式之下，一味作亦步亦趋的表述，而发不出充满个性化的声音。在这种关系中，人文知识分子作为一种公共知识分子，他们的理论态度，用萨特的一句话说，就是“对所有他们时代发生的问题，都有权利和义务，只依赖自身理智的力量，表达一个立场”[①]。诚然，正如反本质主义所认为的，在当代中国，文学自主性的缺失说到底是缺乏制度性的保证，但笔者要指出的是，如果因此而看不到，或者小看，甚至放弃制度性的确立也需要人的争取与捍卫，那无疑是犬儒主义的态度与做法。我们都知道，尽管在西方社会，独立的艺术场域的出现在18世纪，但艺术场域的独立规则，包括文学自主性的最终获得，却与19世纪晚期（1898年）发生在法国的一个历史事件的有力推动有关，那就是德雷弗斯事件，这一事件直接促成了艺术场域（包括文学）独立性的牢固确立。[②] 同时，我们可以设想，在当时的这一事件中，如果没有以左拉为代表的公共知识分子的挺身而出，那结果会怎么样？正如皮埃尔·布尔迪厄所指出的，德雷弗斯事件发生时，以左拉为代表的法国作家、艺术家和学者，宣称自己是知识分子（笔者按：intellectuals，这是“公共知识分子”概念的最初出现），并以这种具有某种权威的知识分子身份介入其中，而这种权威的基础，一方面在于他们属于相对自主的人文、科学和文学世界，而另一方面，也在于与这种自主性相联系的操守、无私和能力。[③] 而后者不正是当代中国人文知识分子所缺乏的吗？无须赘言，这在许多人的理论表达中已有十足的展示。

当代中国的人文知识分子应该有所作为，但应该何为才能有所作为？对这一问题的回答，随着20世纪90年代的到来与语境的变化，而变得愈加复杂。如果说80年代文学自主性的诉求，要求摆脱的是政治意识形态元叙事模式的掌控，那么90年代文学自主性的诉求，除此之外，在市场化的历史条件下，还要面临来自市场化的商业逻辑的掣肘。当然，我们对市场化不能作一刀切的简单判断。一方面，在这种市场化的背景下，遵循商业的逻辑，确实如有学者所说的，“一些文学理论批评干脆随波逐流，参与文化市场炒作谋取利益”[④]，放逐了文学的自主性诉求；而另一方面，在事实上，文学与市场的关系也并非截然抵牾，相

① 参见[法]皮埃尔·布尔迪厄：《现代世界知识分子的角色》，赵晓力译，载《天涯》2000年第4期。
② 参见[法]皮埃尔·布尔迪厄：《艺术的法则》，刘晖译，中央编译出版社2001年版。
③ 参见[法]皮埃尔·布尔迪厄：《现代世界知识分子的角色》，赵晓力译，载《天涯》2000年第4期。
④ 赖大仁：《新时期三十年文论研究》，载《文学评论》2008年第5期。

反,从一定意义上来说,还为文学摆脱政治意识形态元叙事提供了某种可能,正如有学者所言,“应该说市场化的时代为不同的写作个体提供了写作的资源”,“市场化时代文学和文化功能发生了很大变化。过去文学是意识形态的工具,而现在,在中国的现代性过程当中,文学就是建构民族国家的一个手段。与其说中国的文学走上了绝路,不如说是面临着某方面的重新的开始”,市场化“给文学的生产和传播带来了空间”。[①] 从这个角度而言,的确,市场化的时代,改变了以往文学“一体化”的处境,为文学提供了多样选择的可能,极大地改善了文学的生产与流通方式。

正是在这种情况下,20 世纪 90 年代以来文学理论的知识生产出现了一种摆脱政治意识形态元叙事模式倾向的“个人写作模式”,而在市场化之前,这几乎甚至是完全不可能的。有不少力主文学自主性诉求的学者曾认为,市场会导致文学自主性的丧失,而对“市场”深表忧虑。这一事实说明,对市场与文学自主性之间的关系,也不能持简单粗暴的看法。市场对文学的负面影响是客观存在的,但也为文学提供了更大更多的自由空间,关键是如何做到趋利避害。可以相信,只要我们不放弃与文学自主性相联系的“操守、无私和能力”,那么文学的自主性就不会在市场中迷失。记得德勒兹曾说过:“有人为成为纳粹而羞耻,有人为既不能也不知道阻止纳粹主义而羞耻,有人为作出妥协而羞耻”,而这种“做人的耻辱”我们有时也会在一些普通的场合感觉到,比如,“面对思想的过分庸俗”。[②] 从这个意义上来说,鲁迅先生曾发出的“为精神界之战士者安在”[③]的呼声,在当代的中国语境中也同样需要。正如有学者所指出的,“文艺理论教材从官方的固有程式向个人写作模式的转换,这应当是 20 世纪 90 年代中后期文艺理论教材写作值得注意的新气象”[④]。这种新气象既显示出了文学自主性在市场化历史语境中的某种令人期盼的可能,也体现了某些写作者令人敬佩的理论立场,这种理论立场的独立性,可能使其不会获得高额利润(一味遵循市场化的商业逻辑会获得),也可能使其不会获得很高的政治地位或所谓政治化的学术地位(一味遵循政治意识形态元叙事模式可能会获得,但并非一定会获得,这里还有一个政治机遇的问题),但正因此,才显得难能可贵。沈从文曾这样表达文学的自主性诉求:“我们虽需要国家对于文学作用有更深刻的认识,同时还需要文学作家自己也能认识自己,尊重自己,不要把‘思想’完全依赖在政治上,不要把‘出路’完全

---

① 参见陈晓明、张颐武:《市场化时代:文学的困境与可能性》,载《大家》2002 年第 3 期。

② 参见[法]吉尔·德勒兹:《哲学与权力的谈判——德勒兹访谈录》,刘汉全译,商务印书馆 2000 年版,第 196 页。

③ 鲁迅:《摩罗诗力说》,《鲁迅全集》第 1 卷,人民文学出版社 1981 年版,第 102 页。

④ 毛庆耆、董学文、杨福生:《中国文艺理论百年教程》,广东高等教育出版社 2004 年版,第 308 页。

寄托在收入上。若想到真理和热情是可传递的,这个工作成就,实包含了历史价值和经典意义,他就会相信明日的发展,前途如何远大。环境再困难,也必然不以为意了!”[①]这种见解在当代中国的语境下来看,对具体的文学创作实践,无疑也是很有现实意义的,而文学理论知识生产的“个人写作模式”又何尝不是如此呢?当然,这种“个人写作模式”的“新气象”才始见端倪,这就更需要当代中国的学人们拿出更多的理论勇气,并付诸真正的学术实践,在理论立场上的患得患失与鲜于践行的纸上谈兵都是不足取的。

可以说,当代中国市场化的历史语境,为文学摆脱政治意识形态元叙事模式提供了更自由的空间,也因此为文学理论知识生产的“个人写作模式”提供了前所未有的可能,然而这种“个人写作模式”的出现与践行,是否就意味着文学理论的知识生产不再存在问题了呢?笔者认为,就目前的情况来看,问题是存在的。比如在反本质主义者“个人写作模式”的成果之一——《文学理论基本问题》即有十分突出的表现。我们知道,反本质主义者对当代中国文学理论的现状与问题进行了批判,也开出了他们的“处方”,诚然,反本质主义者对当代中国文学理论的现状与问题也深感痛心,但他们开出的“处方”又如何呢?比较典型的一帖“方剂”,就是上述作为反本质主义者“个人写作模式”(同上文,指非官方固有程式的个人话语表达而并非指一人所写或所编)成果之一的《文学理论基本问题》,不难看出,在反本质主义者所谓的“知识社会学”的视野里,不仅摧毁任何形式的“本质化”。而且也拒绝再对文学作出任何形式的“本质化”,正如有学者所说的,这贴方剂“不是从文学文化现象出发提炼理论”,“而是以先在的文学理论问题为构架,然后寻找中西文献资料予以填充”,“文学理论知识反而被解构为碎片”,“看上去像一部中、西文学理论专题资料汇编”[②]。“所谓‘反本质主义’文艺学不仅拒绝抽象地回答‘什么是文学’这个问题,而且同样拒绝根据中国当前的文学现状和历史语境对此问题提出具体的看法和见解。人们甚至感受不到《文学理论基本问题》的正文和主体部分(附录《日常生活的审美化与文化研究的兴起》除外)有正面提出一种文学观念并建构一种文艺学知识话语的意愿。《文学理论基本问题》以‘不作结论,把问题敞开’的善良愿望伤害了人们对不同于传统‘本质主义’文论话语的文艺学知识的热情和渴望,同时也摧毁了文艺学面对当下社会变动和文学转型进行思想回应的理论能力,从而实际上损害了文艺学的理论尊

① 沈从文:《小说与社会》,载1942年9月29日《世界学生》。

② 章辉:《反本质主义思维与文学理论知识的生产》,载《文学评论》2007年第5期。

严。”[①]并提出质疑：“告别‘本质主义’之后，文艺学难道只能以一种‘反本质主义’、‘非本质主义’的破坏者、虚无者而存在吗？解构之后，文艺学难道不能试图重新建构点什么？我们能不能将‘反本质主义’作为一种文艺学思想语境，在没有独断‘本质’和永恒‘真理’的专制与暴政之下创造出各式各样暂时的、具体的、谦和的文学‘本质’和‘真理’？”[②]

四

笔者认为以上的看法与质疑是有价值的，尽管即便像一些学者指出的那样，抑或文学本来就没有什么本质，正如马歇雷所言，“因为‘什么是文学？’是一个虚假的问题。为什么呢？因为这是一个已经包含着答案的问题。它意味着文学是某事物，文学作为物而存在，是带有某种本质的永恒不变的事物”[③]。所谓“文学本质”只是被“自定义”的某种“虚构”，在“为文学规定了几乎独立的领域和功能”与“不加任何区别地把文学一股脑纳入其他社会活动之中”这两个极端之间[④]，一个个“文学本质”的发明“连绵不断地涌现，每一个独领风骚的文学思潮之后紧跟着一个不妥协的‘革命’，而且总是以一个新的均质化的、标准化的审美范式代替另一个同样是单一、狭隘的审美范式”[⑤]，而实现一个新的发明与“虚构”。但这是不是说不需要对文学的本质进行建构呢？而实质上，这种“虚构”本身就是一种建构。萨缪尔·亚历山大说得很有道理：建构是人类的一种本能，“当建构性的本能不再是实用的，它便成为艺术的；当本能以自身为追求的目标，当建构性的对象（如词语）被用来满足建构性的冲动本身时，本能便不再是实用的”[⑥]。很明显，这种建构的本能并不局限于某种实用目的，用在对文学本质的理解上也是如此。更何况，人的存在，需要自我的确认，“不同时代的人需要不同的文学样

---

① 支宇：《“反本质主义”文艺学是否可能？——评一种新锐的文艺学话语》，载《文艺理论研究》2006年第6期。

② 支宇：《“反本质主义”文艺学是否可能？——评一种新锐的文艺学话语》，载《文艺理论研究》2006年第6期。

③ 转引自[英]弗朗西斯·马尔赫恩编：《当代马克思主义文学批评》，刘象愚等译，北京大学出版社2002年版，第61页。

④ [加]伊娃·库什纳：《文学的历史结构》，马克·昂热诺等《问题与观点：20世纪文学理论综论》，史忠义、田庆生译，百花文艺出版社2000年版，第147～148页。

⑤ 赵大军：《被“自定义”的文学——透视“文学本质”的虚构性》，载《吉林大学社会科学学报》2008年第2期。

⑥ [英]萨缪尔·亚历山大：《艺术、价值与自然》，韩东辉、张振明译，华夏出版社2000年版，第31页。

态诠释自我"[1]，我们这个时代亦是如此。而这种"自我"的诠释，显然还得通过一种重新建构"自我"的本质化才能实现；否则，自我就会无所归依，而走向虚无的深渊。可以说，"个人写作模式"作为摆脱政治意识形态元叙事模式的一种文学理论知识生产样式，也应是一种重新建构"自我"的本质化，而这种建构无疑又是充满个性的，是一种重新本质化的个性表达，而不是像反本质主义者那样拒绝再对文学作出任何形式的本质化。

总之，笔者对反本质主义的批判进行再批判，并不是为批判而批判，而重在指出当代中国文学理论知识生产该反思与批判的，不应只是停留在反本质主义者所批判的所谓本质主义思维模式上；或者说，不能像反本质主义者那样，把当代中国文学理论知识生产的根本弊端，简单归结为同于西方形而上学传统的本质主义思维模式。否则，就没能击中当代中国语境下文学理论知识生产的根本弊端所在，相反，会对真正的弊端——政治意识形态元叙事模式形成遮蔽，而不利于对其进行深刻的解构。并且，中国文学理论也应该有所建构，不是也不应走向反本质主义者那样的极端解构(其学术实践，典型的如《文学理论基本问题》即是)，而应通过个人写作模式重新建构个性本质化，并有利于当代中国文学理论知识生产走出政治意识形态元叙事模式，而且这种个性本质化，也不应是有学者所指出的那种脱离现实的"私人化"倾向[2]，而应基于当代中国具体的历史语境，亦即当代中国社会生活与文学现状，对当代中国文学的现实问题，作出有力的回应与有效的阐释，予以某种个性本质化的建构；同时，还应倡导这种个性本质化的多元发展，"和而不同"，"同则不继"。唯有如此，才能为当代中国文学理论注入无限发展的新鲜活力，从而为它的创新发展提供无限的可能性。

（原载《学术探索》2009 年第 3 期）

---

① 赵大军:《被"自定义"的文学——透视"文学本质"的虚构性》，载《吉林大学社会科学学报》2008 年第 2 期。

② 参见郭德英:《论古典文学研究的"私人化"倾向》，载《文学评论》2000 年第 4 期;《文学传统的价值与意义》，载《中国文化研究》2002 年春之卷。

当前中国文艺理论发展检讨

一

新时期以来，是各项事业大发展的时期，也是文艺理论大发展的时期，当代中国文艺理论取得了前所未有的成绩，是不容抹杀的。但笔者同时认为，这并不等于说，当前中国文艺理论的发展就没有问题了；相反，如果我们多关注些问题，就会发现，当前中国文艺理论不仅不是没有问题，而是有些问题到了非常严重的程度，如果对此再没有足够清醒的认识，极有可能对当前中国文艺理论的发展造成根本上的戕害，职是之故，笔者觉得很有必要将这些问题予以清理，以引起疗治的注意。检讨当前中国文艺理论的发展，笔者认为，就大的重症而言，其症有四：

一是学术意识缺乏。

学术意识就是一种以学术为重的学术关怀意识，具体表现为，在对待学术问题上，多一些站在学术立场上的讨论与沟通，少一些从个人私欲出发的意气用事、党同伐异的非科学态度。当代中国文论研究对一些问题的讨论，不乏观点的碰撞与交锋，本来在一个正常的学术环境下，对待理论问题表达不同的观点是再正常不过的现象，正所谓真理是越辩越明，问题是越辩越清，并且有利于学术活动的正常与深入开展，关键是要以学术为重的学术意识为出发点与归宿点，是与名利意气水火不容的。但现在又是怎样的一种情形呢？在当前中国学界，谈文学与文论研究的学术意识，无论怎么说，都是一个沉重的话题。我们身处的现实，一言以蔽之，就是与名利意气相裹挟的低俗风气日盛，而严肃认真的学术意识日见匮乏。

中国学界曾经有过严谨的学术意识传统，即便是在新时期以前，如20世纪50年代的美学大讨论，李泽厚、朱光潜、蔡仪、吕荧等美学家也进行过相互论争，却是纯粹的学术探讨性质，少有意气之语，更无谩骂之辞。尽管随着“文革”的发生，这种严谨的学术意识传统有所中断，但从新时期以后，直至20世纪90年代的早期，学术界的论争与批评还是非常严肃认真、重学术的。那么，以学术为重的学术意识传统渐行渐远而名利意气之风愈行愈烈起于何时呢？笔者以为，要联系整个中国的社会转型来作出判断。20世纪90年代中后期以来，随着中国市场经济体制的确立，中国的文化体制也开始了市场化的转型。按照布迪厄的社会学理论，这无疑有利于中国文化艺术场域与政治权力场域作更深层的剥离，从而确立其自身的独立性。但另一方面，中国文化的市场化、产业化也使中国的学术被裹挟到了一种市场化甚至非学术化的状态下，以学术为重的学术意识受到侵蚀。如果说新时期以前，特别是"文革"之后，学术的政治化曾使中国的学术惨遭政治暴力，真正的学术成了"真空"，那么20世纪90年代中后期以来，学术的市场化则使中国的学术再度迷失自我，学术具有了商品的市场价值，并与学者的切身利益相联系，现在的学术探讨与论争已经不再那么纯粹。在这种市场化的背景下，遵循商业的逻辑，确实如有学者所指出的，许多人"干脆随波逐流，参与文化市场炒作谋取利益"[①]。不少人以学术之名，行个人之利，商业批评盛行，铜臭气息十足，用"相当严重"一词来形容，并非是骇人听闻。在很多人眼中，个人利益远比学术清誉重要，学问做得好不好，没有关系，关键是自身利益不能受损，否则，当然要还以颜色。同时，也不能否认，一些学术问题的讨论，可能也根本没有一些人所揣度的所谓"阴谋"动机，而在事实上，背后则可能还是要牵涉到探讨者与论争者之间的权力之争、利益分配、资源重组等问题。故此，很多人在学术问题上，有着唯我独尊的心态，并不欢迎别人的质疑与批评，因为质疑与批评很可能会被认为是学术水平低下，进而影响到他的学术声誉及与之相关联的种种利益。一旦受到质疑与批评，心理自然也就接受不了，遑论学术立场上的宽容与心平气和的学理探讨，甚至出现气急败坏式的谩骂也就不足为奇了。

二是问题意识缺乏。

一切文学艺术实践都是在一定的社会历史状况中产生的。因此，文学与文艺理论研究的问题，必然是根由一定的社会历史状况所提出的问题，是实践真正需要解决的问题。现实状况与实践需要的变化，使基于这种变化的重新发问成为必然。

然而，在当代中国的文论研究领域，问题意识的缺乏又是十分普遍而令人担忧的。中国文学与中国文论的现实状况如何呢？不少人是在没有搞清楚这一问题的前提下，在对当代中国文论发表着自己的意见。如在对待日常生活审美化、文学与文艺学的边界问题、文化研究等话题的态度上，都有此种表现。在对待日

① 赖大仁：《新时期三十年文论研究》，载《文学评论》2008年第5期。

常生活审美化的问题上，一方面，有人无视社会历史总体发展的大势与当代社会生活的转型向我们提出的新问题，无视一度是文学艺术的专属性能的审美性向日常生活渗透与扩张的事实，一概否认日常生活审美化的出现；而另一方面，又有人看不到中国前现代、现代、后现代并存的事实，盲目夸大日常生活审美化，同样也是无视现实，很大程度上只是照搬挪用西方理论，而“结合中国当下具体实际的本土化的问题意识尚不够自觉”[①]，这样“把人家的理论观点、理论照搬过来，用来套我们的现实”，“解决不了我们国家的问题”[②]。在对待文学与文艺学的边界问题上，一方面，有人无视文学自身在当代历史发展中产生的扩容与越界的事实，以坚持文学与文艺学的既有边界；而另一方面，又有人则无限放大这种扩容与越界，以至人为取消“文学”，也同样是不尊重事实。在对待文化研究的问题上，一方面，有人无视当代文艺理论学科自身内在逻辑发展必然引发的文化转向问题，否认文化研究的合理性因素，而对文化研究大加挞伐；而另一方面，又有人将文化研究万能化，无视其他文艺理论研究方法的合理存在。凡此种种，都不是基于中国文论的现实状况提出的问题与发出的议论，因而只能是“假”问题与“空”发的议论。

另外，还如有关中国文论“失语症”问题作为问题的提出。[③] 该论者认为，今天“我们所使用的全是西方的话语”，我们“失语”了。那么，果真如此吗？

首先，引进西方理论话语，包括西方文论话语，并不意味着我们“失语”。若从话语资源的来源看，马克思主义理论也是一种西方话语，作为主流话语，我们“失语”了吗？在“失语”论者看来，我们只有不使用西方的话语，换言之，只有拒绝西方的话语，将它们拒之门外，我们才不会“失语”，那岂不是要回到闭关锁国

---

① 党圣元：《新世纪文论转型及其问题域》，载《北方论丛》2009 年第 3 期。

② 童庆炳：《文学本质观和我们的问题意识》，载《社会科学》2006 年第 1 期。

③ 对于这个问题的提出，有学者甚至追溯到王元化于 1983 年所提出并引发的古文论“综合研究法”的探讨(参见陈雪虎：《1996 年以来“古文论的现代转换”讨论综述》，载《文学评论》2003 年第 2 期)。但真正引起理论界的广泛关注，则是始于 20 世纪 90 年代中期一些学者对当代中国文论现状的“失语症”判断(参见曹顺庆：《文论失语症与文化病态》，载《文艺争鸣》1996 年第 2 期)。此后，一直引起颇多争论，如近年来，就又曾在《文学评论》、《学术界》、《浙江大学学报》、《云南大学学报》、“文化研究网”等期刊与网站再度展开激烈论争(参见陶东风：《关于中国文论“失语”与“重建”问题的再思考》，载《云南大学学报》2004 年第 5 期；蒋寅：《对“失语症”的一点反思》，载《文学评论》2005 年第 2 期；曹顺庆、翁礼明：《“失语症”再陈述——兼与蒋寅教授商榷》，载“文化研究网”(http:/www. culstudies. com)，2005 年 11 月；曹顺庆：《再说“失语症”》，载《浙江大学学报》2006 年第 1 期；赖大仁：《中国文论话语重建：在传统与现代之间——近十年来“古代文论现代转换”及相关问题讨论述评》，载《学术界》2007 年第 4 期；赖大仁：《新时期三十年文论研究》，载《文学评论》2008 年第 5 期)。这个问题自 20 世纪 90 年代中期提出，算来已有十多年了，仅就其持续时间之久，在新时期以来的中国文论界也是引人注目的，一直到现在，这个问题的讨论也还没有终结，并存在颇多分歧并呈胶着状态，而有待作进一步的厘清。

的老路？可以说，无论是历史的教训，还是在当今全球化的语境下，国门是要打开的，西方的话语资源也是要引进的。而实际上，任何西方的理论话语在进入中国时都经历了一个“中国化”的重塑过程，在这个过程中都经过了基于主体需要的某种“扬弃”而获得“认同”，因而变成了某种具有中国本土特色的话语。全球化的语境下的任何西方理论话语，都经历了并正经历着包括中国等不同语言与文化的重塑与再造。在这个过程中，我们“失语”了吗？这是西方话语进入中国的现实情况，也是作出任何发问的前提与基础，很明显，“失语”论者误读了这一发问的前提与基础。

其次，在历史传承的过程中，中国古代文论并没有“失语”。可能有论者认为，“失语”论者所谓的中国文论“失语症”是有所特指的，指的是中国古代文论的“失语”问题。但笔者要进一步追问的是，中国古代文论真的“失语”了吗？其实，历史与传统是一个不断由过去、现在到未来不可割裂的连续体，可以说，整个20世纪以来的中国文论发展的历史，其本身就是一个不断进行着现代转型的历史。在这个贯穿整个世纪的现代转型的历史过程中，正如有学者所概括的，中国文艺理论经历了从20世纪初以“启蒙”与“救亡”为主调，到文艺学政治化，再到学科主体性的三次大的转换。① 而这三次转换都是在置于古今中外的历史背景中，并且是在中国民族文化和话语结构的根基上进行的，本身就包含着中国古代文论的现代转型，这种转型是历史发展与现实的需要。也正因此，“古代文论的概念、命题及其中包含的理论内容”，“死了的就死了，诸如‘比兴’、‘温柔敦厚’之类，转换也转换不了”，而“活着的自然活着，像‘意象’、‘传神’、‘气势’等”②，并在百年以来，特别是“五四”以来逐步形成一个现当代文化、文论“新传统”③。诚如有学者所指出的，“如果说‘一切历史都是当代史’的话，那么，古代文学思想，在本质上都具有当代性”④。中国古代文论中富有生命力的话语，在当代并没有消亡，并融入了当代中国文论的历史传承，在这一过程中，中国文论“始终在说着历史要求它说的话，时代要求它说的话，它说出了自己的思想理论，它并未‘失语’”⑤。这是当代中国文论与中国古代文论的实际状况，对中国文论及其古代文论的“失语症”诊断从何而来？显然，作为发问的前提与基础，又遭到“失语”论者的再次误读。

---

① 参见高楠：《中国文艺学的世纪转换》，载《文艺研究》1999年第2期。

② 蒋寅：《如何面对古典诗学的遗产》，载《粤海风》2002年第1期。

③ 朱立元：《走自己的路——对于迈向21世纪的中国文论建设问题的思考》，载《文学评论》2000年第3期；《当代文艺学和美学：没有说完的话》，载《学术月刊》2007年第5期。

④ 党圣元：《中国古代文论的“当代性”意义生成问题》，载《江西社会科学》2009年第4期。

⑤ 高楠：《中国文艺学的世纪转换》，载《文艺研究》1999年第2期。

三是世界意识缺乏。

所谓"世界意识"，就是一种放眼世界、融入世界，并在这一过程中所秉持的一种开放而平等的世界交往与交流意识，从而为不同民族国家文化文论间的对话沟通与共同进步提供可能。在当代中国，打开国门，放眼世界，融入世界，这是没有问题了，然而问题在于，在放眼世界、融入世界的过程中，不少人并没有形成这种开放而平等的世界交往与交流意识，而是多了拜倒于西方中心的崇洋意识。

对西方理论的借鉴与吸收，我们不仅不反对，而且是要提倡的，但是如果一味地盲目崇洋以致民族身份迷失却是危险的。在当前中国学界，许多人对西方理论不分青红皂白地亦步亦趋，顶礼膜拜，奉西方理论为标新立异之圭臬。诚然，其中不乏一些人"一门心思只顾照搬翻抄外国文论以显示学问获得实惠"①，但如果从文化心态上来看，这无疑又是一种十足的以"西方"为"世界中心"的崇洋意识，体现出了民族身份的丧失。而这又不仅仅表现在对西方理论不加分辨的追捧上，正如有学者所指出的，当代中国文论提出的许多理论命题，诸如："'现代转换'也好，'失语'也好，都是一种漠视传统的'无根心态'的表述，是一种崇拜西学的'殖民心态'的显露。'世人都晓传统好，唯有西学忘不了'，如此而已，岂有他哉？"②丧失了民族身份，在这种盲目的崇洋意识与心态下，当然只能是匍匐在别人的理论脚下，拾人牙慧而当作美味，体现出一种理论盲从的奴性，这显然与我们所主张的开放而平等的世界交往与交流意识相去甚远。诚如有学者所言："即使西方二流学者来到中国，就有些人崇拜之极，西方人自己也觉得十分了不起。这种做法完全丧失了民族文化的自信心。"③甚至让人怀疑：国人是否就真是天生的"奴性"？如果从这个意义上来理解当代中国文论不能与西方展开平等的对话与交流而导致的"失语"，就不能简单归结为话语层面上的问题，而是更深层次的民族"根性"上的"失落"问题。这确实与中国作为文化大国的身份不相称，也与当代中国崛起的事实不相称。

那么，反对崇洋意识下的西方中心主义，是不是就是要回到本土中心的民族保守主义的道上去呢？在当代中国，这种倾向与崇洋意识下的西方中心主义倾向一样，也是值得引起足够注意的，正如有学者所分析的，"20 世纪 90 年代以来，'国学热'和'读经热'在中国大陆迅速盛行起来，儒学热衷裹挟了民族主义情绪……文化保守主义在中国大陆应运而生，重新崛起"④，并给中国文艺理论的

① 赖大仁：《新时期三十年文论研究》，载《文学评论》2008 年第 5 期。

② 郭英德：《文学传统的价值与意义》，载《中国文化研究》2002 年第 1 期。

③ 曹顺庆、靳义增：《论"失语症"》，载《文学评论》2007 年第 6 期。

④ 代迅：《文明重心的东移与本土传统的复兴》，载《文艺评论》2008 年第 2 期。

发展带来了巨大影响，引起了人们对古代文论研究的重新重视，但同时也滋生出了一种文论研究的保守主义倾向，打着“民族传统文化”的旗号，以本土中心，抵制西方中心，将中国与西方重新推到了相互对立的位置上。显然，这同样是与我们所倡导的世界意识相背离的。

可以说，本土中心的民族保守主义与崇洋意识下的西方中心主义，尽管在当代中国相互竞胜，但都不是当代中国所需要的，当代中国所缺乏并需要的，是超越这二者的一种开放而平等的世界交往与交流意识，它既是对西方中心主义的超越，也是对狭隘的本土中心的民族保守主义的超越，主张不同民族国家文化文论间，包括中西文化文论间，进行开放而平等的对话与沟通，而不是以哪一个为中心或是片面的对立与封闭自守，从而促进不同民族国家文化文论间的共同发展。

四是创新意识缺乏。

创新意识缺乏是和学术意识、问题意识与世界意识的缺乏相联系的。缺乏应有的学术意识、问题意识与世界意识，就缺乏创新意识生成的动力与反思基础，创新就无从谈起。

当然，任何创新都不是天外飞来之物，都是建立在对人类已有文明成果的充分吸收与利用的基础之上的，中国当代文论并不缺乏吸收与利用的理论资源。新时期以来，如前所述，国门打开，中国文论界引进了极其丰富的西方文论资源，这种丰富性表现在中国文论界用近30年的时间引进了西方几千年来生成的古今文明成果。这种引进，一方面固然由于时间短、速度快、数量多，而使中国文论研究来不及对其进行充分的消化、吸收，更遑论在其基础上进行创新，即如李西建等所谓的“过度理论移植”所导致的问题。[①] 而另一方面，西方文论资源跨越古今的如潮涌入，也使西方文论的历时性生成，在中国变成了共时性存在。这种共时性存在，一是体现在西方文论的内部关系上，就是众多西方文论在当代中国的跨时代并存；二是体现在西方文论与当代中国其他文论之间的外部关系上，就是这众多的西方文论与马克思主义文论、中国古代文论在当代中国的共时性并存。而这可以说，为中国文论在当代的创新发展，提供了丰富的理论资源。

这也充分说明，中国文论的创新发展，在当前并不是资源匮乏的问题，而是创新意识缺乏的问题，这也导致当代中国文论的理论创新不够，正如有学者所指出的，新时期以来，当代中国文论，有“破”（破除过去各种僵化的文学观念与模式），有“引”（引进西方文论的古今资源），尽管也有“建”，但与“破”、“引”相比，后两方面的推进显得更为突出，特别是在“引”的方面，更是几近于与西方理论的产

---

① 参见李西建：《文化转向与文艺学知识形态的构建》，载《文学评论》2007年第5期。

生同步。但如上文所述，盲目崇洋、生搬硬套、食洋不化者多，而自身理论的重新建构却显得相对不足，即便是那些影响较大的理论命题，如文学主体论、审美意识形态论、新理性文学精神论等，也仍然存在较大争议，“从整体上看，真正富有时代精神和创新性的理论建构并不多见”①。

二

当前中国文论的研究与发展，为什么会有以上这些问题的出现呢？笔者认为，究其病根大致有二：一是文论研究中顽固的非此即彼的二元对立思维模式与唯我一元独尊观念（与学术市场化的利益驱动相联系）。二是在研究的立足点上，许多的研究与中国文论发展的现实语境相脱节（包括对现代性的理解），不能基于中国文论发展的现实语境提出有价值的理论问题并作出有效的理论应答，缺乏理论创新的增长点。这两方面的原因导致当前中国文论研究学术意识日益减少，问题意识、世界意识与创新意识匮乏。列出病症是为了疗治的需要，反思不足是为了未来更好地发展。当前中国文论的出路何在？它进一步的创新发展，如何才有可能？针对病根，笔者认为关键在于立足于当代中国文论发展的现实语境，破除非此即彼的二元对立思维模式与唯我一元独尊观念，并消除对现代性的曲解与狭隘理解，确立“可选择的现代性”这一现代性追求的文论发展与研究的新路向。

当代中国文论发展的现实语境是什么？大的背景是全球化语境的现代性进程。在这一背景下，中国作为后发现代性的国家，其文化形态呈现出前现代、现代与后现代杂糅共存的状态。全球化语境下的当代中国文论的发展，与文论研究中非此即彼的二元对立思维模式与唯我一元独尊观念相联系，至少有这样几个问题值得注意：一是对西方理论及话语资源的生搬硬套与对民族文论传统的抛弃，是否会导致民族立场的丧失与西方中心主义的出现？二是传统保守主义的抬头，是否会出现保守的本土中心主义，从而阻碍中国的现代性进程？三是如何理解后现代理论，特别是其中的差异性观点，一旦与这种传统保守主义实现文化结盟，是否会加速这种阻碍？而这些问题在当前中国文论的研究中都是存在的。如一些人弃中国实情与其他文论形态的存在于不顾，生搬硬套西方文论话语，而导致西方中心主义在中国语境的误置，典型的如，不问中国国情、被有些人

① 赖大仁：《新时期三十年文论研究》，载《文学评论》2008年第5期。

盲目放大为万能主义的文化研究理论等。而在传统保守主义那一方面，如“失语”论者对所谓中国文论“失语症”问题的分析，从其思路与逻辑上来看，中国古代文论才是中国文论的本体，而把其他文论排斥在外，尽管可以撷取西方现代文论的有益养分，也是以中格西，实际上是落入了东方—中国中心主义而且是古代东方—中国中心主义的窠臼，不过是晚清以来力主“中体西用”的传统保守主义在当代中国文论领域的复活，不仅不合时宜，其所谓思想原创的创新性也非常值得怀疑。而另外有些人则生吞活剥后现代理论（也因此，不少人对后现代存在很多误解，如将其与现代性作截然对立的看待，下文将作论析），或简单地奉之为理论圭臬，以标举反本质主义文学观念，或截取其中的差异性观点与传统保守主义的文论观相移接，为传统保守主义的文论观寻找现实的理论依据，却同样是落入本土中心主义的泥淖，实则加速阻碍了现代性进程。可以说，当代中国文论研究与发展中存在的非此即彼的二元对立思维模式与唯我一元独尊观念所暴露出来的问题，在全球化的语境下，显得尤为复杂与尖锐，这也是当代中国文论发展正面临的而又必须解决的问题之一。

正如有学者所指出的，在对待当代中国文论关涉到中西、古今几个维度的关系问题上，“相当一部分人在价值判断与选择上陷入了古今、中西二元对立的认识误区”[①]。这种非此即彼的二元对立思维模式与唯我一元独尊观念，使许多人在处理中西、古今文论的关系问题上，往往陷入某种地方性或历史性的中心主义之中，并与权力、利益相纠葛，而使不同文论话语之间的对话成为不可能。因为对话成为可能的前提条件与基础之一就是双方之间的平等，而不是以哪一方为中心；否则，就会变成一方对另一方的语言暴力，而谈不上什么对话。而“和而不同”，“同则不继”，没有不同文论话语的存在以及它们之间基于平等的对话沟通，何来当代中国文论的创新发展？

因此，如果说中国文论研究与发展需要有问题意识，那么首要的就是必须对这一极具普遍性与根本性的思维层面、思想观念上的问题要有充分的自觉与反思，并予以破除。如何破除？笔者认为，要从根本上破除，首先要做到两个超越：一是在中国文论界的内部关系问题上，超越狭隘的话语权力与利益层面的纷争与纠葛。在对待问题分歧时，多一些学术立场上的彼此宽容与理解，少一些计较个人、集团利益的排挤与打压；多一些学术意识与学术关怀，少一些权力之争与利益、资源分配的考量，从而消除某些利益驱动的话语霸权中心。二是在对待古

① 党圣元：《在传统与现代之间》，载《中国文化研究》2002年春之卷。

今中外不同文论话语的关系问题上，超越狭隘的或西或中、或古或今的时空区隔与褊狭的意识形态理解，放眼世界的同时，把关注的重点放在中外古今背景基础之上生成的当代中国文论的现实状况上，着眼于现实问题，从根子上解构任何或西或中、或古或今（时新或时髦）形态的中心主义。如果说必须要有一个中心，那么这个中心就是当代中国文论的现实发展问题，而任何或西或中、或古或今（时新或时髦）形态的文论都只是为这一问题的解决提供可资利用的资源，而不应构成什么中心。

破除非此即彼的二元对立思维模式与唯我一元独尊观念，解构任何形态的中心主义，是进行对话交流从而促进当代中国文论创新发展的最为基础性的第一步，但这只是为不同文论话语对内对外间的对话交流提供可能的平台，这种平台一旦建立，在这一平台上对话交流什么就显得尤为重要。对话交流的过程，实质上是一个知识与理论的反思过程。知识与理论的反思是为了知识与理论的发展、创新与完善，知识与理论的反思首先得从概念的反思开始。笔者认为，对当代中国文论而言，首先值得反思的一个概念是"现代性"，因为它关系到当代中国文论发展的方向性问题，如果不予以澄清，当代中国文论何去何从就成了大问题。

当今世界，在全球化的现代性进程中，每一个国家都不可避免地被纳入其中，并表现出种种不同的文化现实处境。显然，当代中国社会的现实语境及其现实问题，都是在全球化的现代性进程这一背景中显示出其鲜明的中国特色的。在这一背景下，中国作为后发现代性的国家，呈现出前现代、现代与后现代杂糅共存的社会文化样态。尽管在某些地区，已经出现了所谓"日常生活审美化"的后现代消费社会景观（这一事实，诚然不能作不切实际的过度放大①，然而也是不容否认的，但由于不少人对后现代存在很多误解而产生颇多抵触，如将其与现代性作截然对立的看待，下文将作论析），而更多的地方还处于前现代向现代的过渡阶段，甚至一些边远农村还处于刀耕火种、蒙昧落后的前现代状态。可以说，中国作为后发现代性的国家，现代性的推进是必需而且必要的；同时，西方社会的现代性历程也为我们提供了自身发展的参照系。很明显，在西方，现代性的最初形态是一种反传统的"启蒙现代性"，它标举理性精神，与蒙昧的传统决裂，极大地推动了现代生产力的发展，为整个社会的现代化开辟了道路，但它在带来

① 参见陶东风：《日常生活的审美化与文化研究的兴起——兼论文艺学的学科反思》，载《浙江社会科学》2002年第1期；金元浦：《别了，蛋糕上的酥皮——寻找当下审美性、文学性变革问题的答案》，载《文艺争鸣》2003年第6期。

社会物质方面的高度发展的同时，也走向了工具理性的极端，人的感性维度受到理性功能的压抑，使人变成了马尔库塞所说的“单面人”。正是基于对这种“启蒙现代性”极端发展所造成的弊端的质疑与批判，从而产生了另外一种现代性，亦即“反思现代性”。而中国作为后发现代性的国家，一方面，“启蒙现代性”的任务尚未完成，仍需要现代理性推进其现代性进程；而另一方面，又需要对这种理性主义的极端发展所带来的弊端有充分的认识与足够的反思，以避免在未来的发展过程中出现现代西方社会所曾出现的种种问题，从而更有利于维护和促进社会与人的健康全面发展，因此，“反思现代性”也是中国现代性进程中的应有之义。

何谓“现代性”？从历史学角度看，现代性标志着一种断裂和连续的统一，是连续中的断裂；从社会学角度看，现代性标志着现代化进程中非传统因素的积累和充填（帕森斯），乃整个社会大文化系统的跃迁；从心理学角度看，现代性乃现代人对现代（时间意义上的）变异的种种体验与认同。但不管从哪个角度都可看出，时间在“现代性”中占据着最深层的基础地位。现代性首先是与一种新的时间意识对应的，它在不可逆的时间之维不断地“去蔽”而达到“澄明”，这也许对作为后发现代性国家的中国的现实发展更具有实际意义。正如“现代性”的权威理论家哈贝马斯所指出的，“现代一旦成为现实，它就必须从被征用的过去的镜像中为自己创制规范。这些过去将不再被认为原本就是示范性的”[①]，从而体现出一种持续进步的、合目的性的、不可逆的发展的时间观念。现代性由“启蒙现代性”到“反思现代性（包括审美现代性）”的历史演进，其本身就体现出时间在“现代性”中所占据着的这种最深层的基础地位，而另一方面，人们嚷嚷不休的有着种种分歧的关于“现代性”与“后现代性”的关系问题（据认为在当今世界上，对现代与后现代争论最热烈的地方就是中国），二者不仅可能在同一时间维度呈现出并存的状态（特别是在当代中国表现得尤为明显，并且还包括前现代），而且实则也是可以在这最深层的时间维度达到统一，正如鲍曼所言：“后现代性并不必然意味着现代性的终结，或现代性遭拒绝的耻辱。后现代性不过是现代精神长久地、审慎地和清醒地注释自身而已，注释自己的状况和过去的劳作，它并不完全喜欢所看到的东西，感受到一种改变的迫切需要。后现代性就是正在来临的时代的现代性……”[②]可见，后现代性与现代性，也并非必然如很多人所认为是彼

① 转引自周宪主编：《文化现代性精粹读本》，中国人民大学出版社 2006 年版，第 12 页。

② Zygmunt Beman. *Modernity and Ambivalence*, Cambridge: Polity, 1991.

此逆忤的,相反,现代性完全可以后现代性为推动其进化的动力,并作为一种时间概念,“一种直线向前、不可重复的历史时间意识”,在与过去的区分中呈现自己的意义。“它体现了未来已经开始的信念。这就是一个为未来而生存的时代,一个向未来的‘新’敞开的时代。这种进化、进步的、不可逆转的时间观不仅为我们提供了一个看待历史与现实的方式,而且也把我们自己的生存与奋斗的意义统统纳入这个时间的轨道、时代的位置和未来的目标之中。”[①]而“人的现代观随着信念的不同而发生了变化。此信念由科学促成,它相信知识无限进步、社会和改良无限发展”[②]。从这个意义上来说,现代性追求,不仅在时间概念上,而且在价值观念上,都是指向未来的无休止创新的深层动力。

由是观之,具体到文学领域,没有现代性追求,就没有文艺理论的创新发展。钱中文认为,“新时期的一个重要成就,就是在现代性的指引下,大体明确了文学也包括文学理论的自主性问题,使文学理论初步回归自身”。有中国特色的当代文学理论的建设,是新时期以来文论界的热门话题,而“建设具有我国自身特色的文学理论,必须要有坚实的现代性思想为指导,通过对我国社会、文化、文学艺术历史与现状的科学分析,以现当代文学创作实践为立足点……综合地吸取各个文化资源、传统的长处,提出新的问题与思想,在多元的探索中渐渐形成当代文论的创新理论”[③]。这曾遭到一些人的非议,如有论者就压根不同意建设具有“我国自身特色”的文学理论方面以所谓的现代性思想为指导,而强调要以“马克思主义”为指导。[④] 综观论者全文,尽管基于问题的敏感性,论者语焉未详,但按照人所共知的理解,在论者这里,现代性是被视为了一种西方的信仰与意识形态,而与马克思主义互不相容。很明显,论者在看待现代性与马克思主义的关系问题时,对其作了褊狭的政治意识形态的理解,甚至政治图解,在论者看来,文艺理论的现代性指引,无疑会导致中国文论的全盘西化,这是中国的主流意识形态——马克思主义所不能容忍的,以现代性为指引,就意味着马克思主义指导地位的动摇与放弃,用极“左”路线时期的一句话来说,甚或就是所谓“两条路线的斗争”。

在笔者看来,实质上,钱中文认为构建有中国特色的文艺理论要以现代性为

---

① 汪晖:《关于现代性问题答问》,载《天涯》1999 年第 1 期。

② [德]哈贝马斯:《论现代性》,转引自王岳川、尚水编《后现代主义文化与美学》,北京大学出版社 1992 年版,第 10 页。

③ 钱中文:《文学理论三十年——从新时期到新世纪》,载《文艺争鸣》2007 年第 3 期。

④ 参见董学文:《近三十年中国文学理论的趋势》,载《文艺争鸣》2007 年第 7 期。

指引，这没有错；论者若是在真正意义上强调文艺理论以科学的马克思主义为指导，也没错；问题在于，论者否定现代性，并把它作为马克思主义的对立面而加以排斥，殊不知，马克思主义作为一种追求未来的文化形态，其本身就是现代性的产物而与现代性不相悖离，并可作为现代性追求的明证。正如有学者所指出的："中国自晚清时代以来遭遇西方资本主义，就可以看成是中国现代性初起的阶段，五四启蒙运动就是现代性精神的体现"，而"马克思主义在中国传播以及由此导引的社会主义革命无疑是一种现代性的激进形式"。[①] 因此，笔者认为，在全球化语境的现代性进程中，首先必须消除包括上述那种对现代性的误解在内的种种曲解，如果还有人对现代性视而不见或盲目排斥，无疑是自欺欺人的。

三

对现代性持拒斥的态度，是不行的，那么当今世界的现代性到底是一种什么样的现代性呢？对于"现代性"这一概念，美国学者布鲁斯·罗宾斯曾通过对"现代性"一词形态变化的考察指出："现代性"(modernity)这个词以前是个单数形式，以显示一种非常吸引人的特征。人们认为这种特征能突出西方社会，并使西方不同于"其他社会"。但是在新的表达方式中，"现代性"复数化了，并用来指非西方社会。它的特指性降低了，但仍然保持了其吸引力。这一复数用法表明，由于以不同的方式表现现代性，这些非西方国家的某些东西具有了积极意义。因此，我们当今面对的现代性，是"可选择的现代性"，这就意味着尽管只有一种全球化，却有多种现代性。[②]

这无疑颠覆了一些人对现代性一元的狭隘理解。对现代性一元的狭隘理解曾使很多人对现代性心存疑虑，认为全球化语境下的现代性进程，会致使不同民族文化的同质化而导致民族性的丧失，从而导致一个可怕的单向度世界的产生。就如有学者所讲的："'全球化'已经成为历史发展的必然趋势，每一个民族，它的任何行为，不仅经济的，而且文化的、艺术的，都将成为'世界的'"；但是，在事实上"'全球化'并不能将一切整合划一，它在将各民族的经济文化活动紧紧夹裹在一起的同时，也使各民族自身的文化传统与身份认同更加突出和鲜明"[③]。

现代性是我们需要的，民族性也不能丢。正如有学者所分析的，当代中国文

---

① 参见陈晓明：《现代性与当代文学史叙述》，载《文艺争鸣》2007 年第 11 期。

② 参见高文强：《文化研究与现代性国际高层学术论坛述评》，载《文学评论》2006 年第 5 期。

③ 丁国旗：《"世界文学"的民族指向》，载 2009 年 7 月 21 日《中国社会科学报》。

论在“身份认同”方面的内在失落，甚至产生所谓“失语症”的隐性焦虑，其症结在于我们的文学理论实际上是处于一种“无根”的状态[①]，从而导致“中国当代文艺学的文化无根性危机与古代文论的知识合法性危机”[②]。很明显，这种“根”关涉到一个民族性的问题。谭好哲曾在《现代性与民族性》中指出，现代性与民族性是中国当代文艺理论的学术语境，现代性是其价值追求，民族性是其文化身份的保证。二者并非对立，而是互为表里。[③] 的确如此，从历史上看，尽管现代性最早出现于欧洲，但在全球化语境的现代性进程中，任何民族与国家的现代性，都必须经过一个本土化的过程。在这个过程中，现代性与民族性构成一种交互重塑的关系：一方面，民族性通过现代性重塑而具有现代的价值追求；另一方面，现代性通过民族性的重塑而获得文化身份。但笔者要补充的是，现代性与民族性的关系不仅仅如此，现代性通过民族性的重塑不仅仅在于获得文化身份，更在于通过这种民族性的重塑，不同的民族与国家作为一种能动主体，都或多或少地根据自己民族与国家的实际需要有选择地创造性地赋予现代性不同的新的文化内涵，并使现代性呈现出多元发展趋向。而实质上，全球化发展至今使得即便是西方国家的现代性也不再是那么纯粹的“西方”了，这一事实也进一步说明，当今的现代性是不同民族、文化互动的结果，并逐渐生成一种现代意义上的多样共生的新型民族文化关系。[④] 因此，全球化不仅仅是现代性的扩展，而且构成了推动现代性进化的重要动力，并使当今的现代性呈现出多样性的特征——现代性并非一元，而是一源多元的。消除对现代性的疑虑及其狭隘的一元理解，以更加开放的理论态度清醒认识并确立这种全球化语境下“可选择的现代性”多元发展的新路向，深刻了解全球化语境下现代性进程的多样性，对中国文论的创新发展与现代转型无疑是有益的。文论发展的现代性是多样性的现代性，它需要对话交流，并通过对话交流，进行基于历史发展与现实需要的不同文化文论间的改造、融合与重塑。唯此，建构中国文论的现代形态才有可能，而这一过程本身就是一个创新发展的过程。

历史远未结束，因此，时下阶段的许多问题，包括对当前文艺理论发展的反

① 参见李西建：《文化转向与文艺学知识形态的构建》，载《文学评论》2007年第5期。

② 党圣元：《中国古代文论的“当代性”意义生成问题》，载《江西社会科学》2009年第4期。

③ 参见谭好哲在“现代性视域下的文学与文化论坛”学术研讨会上的发言《现代性与民族性》，黑龙江大学，2007年1月11～13日。

④ 参见吴晓都在“文学与民族意识”国际研讨会上的发言《跨文化：民族文化的多样共生》，中国社会科学院外国文学研究所，2006年10月10～11日。

思也还远未结束。怎样看待时下阶段的这一问题？这不禁使人想起曾一度被弄得“危言耸听”的有关解构文学经典的问题讨论，对此，有些学者的看法是富有启发意义的。历史是阶段性与连贯性的统一：一方面，它以某一时段的时代特征的展开而形成阶段性；另一方面，它又经由历史的统合作用而获得连贯性。这种连贯性是任何时下阶段的前在规定性，时下阶段以其时代特征的展开而构成的断代，有待于历史的统合而尚未统合，所以时下阶段的许多事实与问题，不仅包括对所谓“解构”文学经典的认识与评价[①]，而且包括时下阶段对当前文艺理论发展的诸多反思（包括笔者的这篇检讨），都尚待历史统合而具有进一步检讨与反思的敞开性，而这正是文艺理论发展和研究中每一个真问题的提出与深入探讨所需要的。

（本文删节后发表于《晋阳学刊》2009年第2期）

① 高楠：《文学经典的危言与大众趣味权力化》，载《文学评论》2005年第6期。

论中国形而上学传统对文学本质观念的影响

任何文学本质观念都有其哲学基础，并建立在这一基础之上。那么，值得追问的是，中国的文学本质观念，是建立在一种什么样的形而上学传统的哲学本质观念的基础之上的呢？对此，我们不妨在与西方形而上学传统的比较分析中作一些考察，进而探讨它对中国文学本质观念的影响。关于这个问题，笔者曾撰文作过初步的理论思考[①]，下面将进一步作些深入考察与分析。

一

在中国，如很多现代语汇一样，哲学含义上的"本质"一词也是西方的舶来词。[②] 这一西方舶来词，与西方的形而上学传统相联系，显然是一个具有形而上意义的概念。在古代中国，尽管有与"文"相对的"质"一词，但却是指内容的意思，并不是具有形而上意义的本质概念，而具有这种形而上意义的本质概念是"道"，即"形而上者谓之道"[③]。

对于中国这一传统概念，华裔美籍学者刘若愚也曾指出："依照大多数形上批评家的用法，'道'可以简述为万物的唯一原理与万有的整体"[④]，亦即世界的本质。据考，亚里士多德尽管建立了较柏拉图更为完备的"形而上学"体系，但这是后人追加的，他本人并没用过"形而上学"这一概念，对于"形而上学"，也就是关于世界本质之思的理论知识，他称为"第一哲学"。公元1世纪左右，安德尼柯(Andronikus)作为亚里士多德文集的第一位系统整理者，在编辑亚里士多德遗

① 参见李自雄：《当代中国文学理论反本质主义批判的批判》，载《学术探索》2009年第3期。

② 中国古汉语也有"本质"一词，按《辞源》的说法，是事物本来的形体的意思。如"凡光之所照，光体小于蔽，则大于本质"，其中的"本质"就是这个意思，而不是哲学涵义上的。（参见《辞源》，商务印书馆1988年版，第813页）

③ 《系辞·上传》，宋祚胤注译《周易》，岳麓书社2000年版，第343页。

④ 刘若愚：《中国文学理论》，江苏教育出版社2006年版，第20页。

稿时，将“第一哲学”之稿放在“物理学”（phusika）的后面，无以冠名，就用“ta meta ta phusika”来指称，直译即为“物理学后面的部分”，由于历史流转，其中两个冠词遗落，就成了“metaphusika”一词。非常巧合的是，“meta”这个前缀，除了有“在……之后”之意外，还有“超越”、“元”的意思，而这正好与“第一哲学”的本义相合，并符合《易》所谓“形而上者谓之道，形而下者谓之器”的中文意义，于是在进行中文翻译时，将其译成了“形而上学”。[①] 基于中西文化历史语境，并以此为出发点，我们认为，中文将亚里士多德世界本质之思的“第一哲学”译成“形而上学”，并以它作为中文语词来对应指称西方哲学的此类之思，确乎是比较切合的；只是值得注意的是，对此不能作脱离中西文化历史语境的抽象的甚至是简单的比附，而是要联系其不同的具体的文化历史语境来作出分析与判断。

我们知道，西方哲学传统的源头在古希腊。黑格尔在其《哲学史讲演录》中曾说：“一提到希腊这个名字，在有教养的欧洲人心中，尤其在我们德国人心中，自然会引起一种家园之感。”[②]据《古希腊哲学辞典》（*Historical Dictionary of Ancient Greek Philosophy*）所考，在西方，“哲学”一词语源于古希腊时期（the word “philosophy” is an ancient Greek invention）[③]，由 philo-“loving”与 sophia-“knowledge, wisdom”相组合并转变而来，意为“爱智慧”（love of wisdom）[④]。根据现存的历史记载，在西方哲学史上，毕达哥拉斯首先在自己的哲学探讨中使用了“哲学”这一词，并称自己是“爱智者”（philosophos），即哲学家。而事实上，在毕达哥拉斯之前，爱智求知已成为古希腊“富有生命力的传统”（lively tradition）[⑤]，古希腊人即素以“严肃”的“寻求真理”者（the earnest Greeks who seek the truth）相称许。[⑥] 可以说，哲学的意义从其诞生，就表现出西方哲学鲜明的爱智求知的“认知理性”取向，并由此形成一种在西方哲学中一直居于主导位置的传统。这样的一种西方哲学传统，以主客二分为入思前提，认为现象世界并不是真实的存在，其背后有一个唯一真实的存在本身、形而上的实体，亦即世界的本质，并以之作为自明公理，进行由“一”推及“一切”的逻辑演绎，以对具体事物的本质作出抽象揭示，此即为西方形而上学的逻辑思路与思维方式。

---

① 参见《中国百科大辞典》，中国大百科全书出版社 2005 年版，第 1144 页。

② ［德］黑格尔：《哲学史讲演录》第 1 卷，贺麟、王太庆译，商务印书馆 1959 年版，第 157 页。

③ Preus, Anthony. “Introduction”, *Historical Dictionary of Ancient Greek Philosophy*. Lanham: The Scarecrow Press, Inc. 2007, p. 1.

④ A. R. Lacey. *A Dictionary of Philosophy* (Third edition). New York: Routledge & Kegan Paul Ltd. 1996, p. 253

⑤ Preus, Anthony. “Introduction”, *Historical Dictionary of Ancient Greek Philosophy*. Lanham: The Scarecrow Press, Inc. 2007, p. 1.

⑥ ［罗马］卢克莱修：《物性论》，方书春译，商务印书馆 1959 年版，第 34 页。

而中国传统哲学对作为世界本质的“道”的思考，并不是像西方传统哲学那样以主客、天人二分为入思前提，其入思前提是天人合一。中国传统而正统的哲学思想是以儒学为主导的，这种天人合一的入思方式在儒学中有非常典型的表现（中国其他传统哲学思想，如道家哲学，也是以天人合一为入思方式，这是中国传统哲学思想颇为普遍而典型的一种入思方式）。中国先秦时期的孔子开启了儒学。儒学精典《论语》中有一句话概括得很准确，就是“子罕言利，与命与仁”（《子罕》）。“罕”，少之甚也，的确孔子一生“言利”甚少。“与”，是赞同、肯定的意思，“与命与仁”，即赞同、肯定天命和人伦的合一，从而知命、立命，内圣外王，使个体的自我道德在现世生活中得以践行与实现。

可见，在天人合一的入思前提下，儒学所表现出的理性，从它产生开始，就不同于我们前面所提到的传统西方哲学的“认知理性”。[①] 传统西方哲学建立在天人、主客二分的入思前提下，以爱智求知为运思取向，从而揭示抽象的存在意义，表现为一种认知理性意义上的形而上学；而开启于孔子的儒学，如上所述，尽管也谈到天、宇宙，但十分清楚的是，其关注的重心是现实人生，体现为一种“实践理性”。这种“实践理性”，贯注道德的“善”于日常人生，而这种儒学意义上的人伦道德之“善”，在天人合一的入思前提下，通过上升为天道，在获得终极意义的世界本质含义的同时，就获得了其普遍必然性的存在根据。这种普遍必然性的存在根据，亦即康德所说的“绝对律令”，并表现为一种“道德形而上学”，但正因此，有人却不加分辨，搬用康德“道德形而上学”的概念，并把它视为中国儒学的传统。[②] 我们认为，不能把中国儒学的传统，作这样简单的套用。

那么，中国儒学传统，到底是一种什么意义上的“形而上学”呢？显然，在儒学里，作为人伦道德的“善”，是一种圣人意义上的人伦道德之“善”，如何才能达至？在儒家看来，需要人的“内圣”。我们认为，在这里，有个概念是非常值得注意的，那就是“圣”，它的根源何在？与儒家之“内圣外王”的“王”相结合又有什么意义？对此，李泽厚曾分析指出：“圣”这个术语“最初是同宗教仪式、巫术活动等等联系在一起的。在远古时代，同神鬼交通的巫师成了圣者；此外，他还拥有至高无上的统治权力，他同时就是‘王’。后来，在儒家那里，‘圣’逐渐演化成了一种道德修养。‘仁、智、勇’最初本是对氏族首领作为典范的质量要求，到了儒家

---

① 黑格尔认为，包括中国在内的东方哲学，不是“真正的哲学”（详见黑格尔《哲学史讲演录》第1卷，贺麟、王太庆译，商务印书馆1959年版，第115页）。黑格尔此论，显然是基于这种传统西方哲学“认知理性”的立场，因而是有失偏颇的，然国内学界亦有人以墨子所谓“三表法”，以证明中国也曾有西方式的哲学，实则是并未看到中国哲学的主流是不同于西方的，也是站到了黑格尔的理论立场，作了缘于西方哲学的一种攀附。

② 参见汪涛：《中西诗学本体论比较研究》，载《江西社会科学》2008年第4期。

手中，则成了一种道德素养。‘王’自然是有关统治的，因而属于政治的范畴，这样一来，伦理就同政治融合无间了”[①]。“伦理”就是“政治”，“政治”就是“伦理”。因此，如果说“道德形而上学”在康德那里，是一种“宗教性道德”（李泽厚语）的形而上学，那么，在中国儒学中，由于“伦理”与“政治”的“融合无间”，实则表现为一种政治伦理意义上的形而上学，而不同于西方认知理性意义上的形而上学传统，并由此，中国文化传统中对“政治”的担负，具有了普遍必然性的“道义”含义，也正因此，以儒学为发端，这种政治伦理意义上的形而上学传统，对中国传统文学本质观的形成与发展产生了直接而主导的深远影响。[②]

二

正如前文所指出的，任何文学本质观念都是以一定的哲学本质观念为基础，由上分析，如何理解与把握中国传统的文学本质观念，是不能跳出作为其哲学基础的那种政治伦理意义上的形而上学传统的，所以，在中国传统的文学本质观视域里，文学离不开它的政治伦理诉求，但显然也并不是就将它等同于直接的政治说教，这也决定了它并不是要将“情”排斥在外，而是纳“情”入“道”，达到情志合一，给它的政治教化蒙上一层温情脉脉的面纱，并表现出文学不同于直接政治说教的独特本质（尽管它也服务于一定的政治教化）。可以说，无论是中国，还是西方传统，文学之为文学，总是通过与“他者”的“区分”，来言说自己的存在，但其存在的合法性却不是来自这种区分。这是因为，从理论上看，任何言说本身都无法证明其自身的合法性。按照利奥塔的观点，它的合法性的确立，必须借助于更高一层的“元叙事”才能达到（除了“制造出关涉它自身地位的合法性话语，一种我们谓之为哲学的话语”[③]之外）。由此不难发现，在中国以儒学为发端的政治伦理意义上的形而上学传统中，政治伦理诉求作为一种元叙事，亦即利奥塔所说的“具有合法化功能的叙事”，居于所有话语之上，在各种话语中占有一种优先和特权的地位，并发挥绝对的主导作用。它是判定一切“是与非”、“真与假”、“好与坏”、“美与丑”最高而唯一的标准，是包罗万象的准则，任何知识文化的生产都只能并必须遵循这一准则，并以此来决定自身的理论依据、言说立场与话语逻辑，从而才能获得合法性存在，否则，就会受到拒斥，甚至打压。而具体到对中国传

① 《李泽厚哲学文存》（下），安徽文艺出版社 1999 年版，第 734 页。

② 对中国政治伦理意义上的形而上学传统与西方的比较分析，也关涉到一个西方认知理性意义上的形而上学传统对其文学本质观的影响的差异性思考，拘于篇幅有限，笔者另外拟文专门探讨，以作某种理论参照。

③ 汪安民等：《后现代性的哲学话语》，浙江人民出版社 2000 年版，第 251 页。

统的文学本质观念的理解上，便是经由这样一种政治伦理诉求的元叙事模式以获得合法性认同，其经典的合法表述，就是中国传统而正统的“文学载道”说。

“文学载道”说，是中国传统文学本质观念的一种合法性认同表述，在这种合法性的认同表述中，政治伦理诉求构成文学是否合法的依据，文学本质言说必须经由这种诉求获得其合法性认同，否则，便无合法性可言。在中国，文学之“载道”，这一文学本质言说的合法性认同表述，其最初表述是先秦时期的“诗言志”（《尚书·尧典》）。孔子提出“思无邪”，便是明确对诗言之“志”所作出的符合儒家政治伦理之道的范畴规定；即是说，诗“情”的表达，要具有符合儒家政治伦理之道的“纯正”性而不能与之相偏离。这就是中国传统的情志合一的文学本质观念的实质所在。朱熹曾在《论语集注》中解曰：“思无邪，《鲁颂》、《駉篇》之辞。凡《诗》之言，善者可以感发人之善心，恶者可以惩创人之逸志，其用归于使人得其性情之正而已。”[①]朱熹这里的所谓“性情之正”，就是符合儒家政治伦理之道的“纯正”情感，而这也正是政治教化以“纯净”人心的目的。20 世纪 30 年代，周作人把中国文学作“言志”与“载道”的区分，对此，朱自清曾有异议，指出：“‘言志’的本义原跟‘载道’差不多，两者并不冲突。”[②]结合上面的分析，我们认为，这种观点无疑是中肯的。

《毛诗序》通过对《诗》的具体解读，对中国传统的情志合一的文学本质观念进行了比较系统而完整的理论总结与阐发。首先，它强调指出，诗言之“志”，要承载儒家政治伦理之道，正所谓“诗者，志之所之也，在心为志，发言为诗”，是故，“正得失，动天地，感鬼神，莫近于诗”，也正是在这个意义上，“治世之音安，以乐其政和；乱世之音怨，以怒其政乖；亡国之音哀，以思其民困”。在这里，文学成了王道政治兴衰得失的晴雨表，不仅如此，文学的走向也是以政治王道的兴衰得失为转移的，亦即“是以一国之事，系一人之本，谓之风；言天下之事，形四方之风，谓之雅。雅者，正也，言王政之所由兴废也。政有大小，故有小雅焉，有大雅焉。颂者，美盛德之形容，以其成功告于神明者也。是谓四始，诗之至也”，而“至于王道衰，礼仪废，政教失，国异政，家殊俗，而变风变雅作矣”，也就是说，风、雅（包括大雅、小雅）、颂、变风、变雅等文学意义的变化，都是政治王道的兴衰得失使然。其次，《毛诗序》强调诗言“志”，要承载儒家政治伦理之道，但并不就是直接的政治伦理说辞，而是“情”之所动的表达，正所谓“情动于中而形于言，言之不足，故嗟叹之，嗟叹之不足，故永歌之，永歌之不足，不知手之舞之足之蹈之也”。从这个意义上来说，诗是“情性”的“吟咏”，但这并不意味着能任由个性化的情感抒

① （宋）朱熹：《论语集注》，齐鲁书社 1992 年版，第 9 页。

② 朱自清：《诗言志辨·序》，开明书店 1947 年版，第 7 页。

发。它是有限度的，诗“情”不可滥发，而是将情感的抒发限定于并使之必须遵从于“礼仪”，也就是儒家的政治伦理所要求的“君君、臣臣、父父、子子”这样的等级关系，即所谓的“发乎情，止乎礼仪”，以获得合法性认同，并起到“经夫妇，成孝敬，厚人伦，美教化，移风俗”的政治教化作用，这就是孔子所谓的“温柔敦厚，诗教也”[①]的实质所在；否则，如果文学在情感表达上偏离了儒家政治伦理之道所要求的礼仪规范及其限制，便会招致合法性质疑。

扬雄在《法言·吾子》中提出“诗人之赋丽以则，辞人之赋丽以淫”，这里有两个词值得注意：一个是“则”，另一个是“淫”。“则”的意思即儒家的政治伦理之道所要求的礼仪规范，而对于“淫”的含义，我们也不妨结合孔子的一段话来做解读，孔子高度评价《诗经》的《关雎》篇说：“《关雎》，乐而不淫，哀而不伤。”（《论语·八佾》）对此，朱熹在《论语集注》中的解释是：“淫者，乐之过而失其正者也。”可见，扬雄对诗人之赋和辞人之赋的不同态度，并不取决于二者的文采（二者都有文采之“丽”），而是取决于二者的情感抒发是否符合儒家的政治伦理之道所要求的礼仪规范。显然，在扬雄看来，诗人之赋的情感抒发能遵从这种礼仪规范，因此也就能服务于政治教化的目的，而辞人之赋则放任了个性化情感抒发，超越了礼义的规范，故而“失其正”，所以不能起到应有的政治教化作用，甚至起到“劝而不止”的反作用，而贻害于王道政治，也正是在这个意义上，晚年的扬雄悔称自己早年的辞赋之好是“壮夫不为”的“童子雕虫篆刻”[②]，而否认它的合法存在。

两汉之后，魏晋时期，不同于正统儒学的思想，即玄学兴盛活跃，文学开始走向鲁迅所说的“自觉时代”[③]。陆机提出“诗缘情而绮靡”，南朝钟嵘也主张“缘情说”，突出文学的情感表达，中国传统的情志合一的文学本质观念发生了“情”与“志”（要承载儒家的政治伦理之道）的分离，文学的情感抒发，不再受是否载道的限制，也不再受制于它的合法性认同，而走向个性化的自由抒发，这在以儒学为正统而主导的中国历史上不能说不是一道“异彩”[④]，但毕竟不是“主调”。

而正是在这种情况之下，刘勰有感于“去圣久远，文体解散，辞人爱奇，言贵浮诡，饰羽尚画，文绣鞶帨，离本弥甚，将遂讹滥。盖《周书》论辞，贵乎体要，尼父

---

① （汉）郑玄注、（唐）孔颖达疏：《礼记正义》，北京大学出版社 1999 年版，第 1368 页。

② （汉）扬雄：《吾子》，汪荣宝《法言义疏》，中华书局 1987 年版，第 45 页。

③ 鲁迅：《魏晋风度及文章与药及酒之关系——九月间在广州夏期学术演讲会讲》，《鲁迅全集》第 3 卷，人民文学出版社 2005 年版，第 526 页。

④ 鲁迅：《魏晋风度及文章与药及酒之关系——九月间在广州夏期学术演讲会讲》，《鲁迅全集》第 3 卷，人民文学出版社 2005 年版，第 524 页。

陈训，恶乎异端，辞训之异，宜体于要；于是搦笔和墨，乃始论文”[①]，也就是作《文心雕龙》，但他也重视“情”，刘勰指出汉代《古诗十九首》“婉转附物，怊怅切情，实五言之冠冕也”，而此种肯定是在这样一个前提下给出的，即“诗者，持也，持人情性，三百之蔽，义归无邪，持之为训，有符焉尔”(《文心雕龙·明诗》)。这里的“诗者，持也，持人情性”之“持”，即为扶持，引申为教育培养之意，而刘勰所谓的“义归无邪”，则是溯源于孔子的“思无邪”之论，亦即是说诗“情”的抒发要符合孔子以来的儒家政治伦理之道，而不能偏离，并能起到政治教化作用，表现出了向情志合一的文学本质观念复归的努力。

到了中唐，由于现实政治的需要，儒学复兴，韩愈、柳宗元倡导的古文运动，即以“文以明道”为口号，以此为发端，唐宋散文及其文论主张总体上重“道”而不偏废“文”，极大推进了中国传统的情志合一的文学本质观念在古文层面的发展。到了宋代，理学家周敦颐以“车”为喻，明确提出“文以载道”，但重道轻文，中国传统的情志合一的文学本质观念再次发生了“情”与“志”(要承载儒家的政治伦理之道)的分离，而走向道德说教的极端，实则也就是以理学取消文学，而否定文学的合法存在了。

也正是在这个意义上，明前、后“七子”不满于宋人“专作理语”而“薄风云月露一切铲去不为”，倡言“文必秦汉，诗必盛唐”，发起诗文复古运动，这场运动的发起者之一李梦阳即在《张生诗序》中强调：“夫诗言志，志有通塞，则悲欢以之”，诗“发之情”、“情动乎遇”，尽管其拘泥于“尺寸古法”而必然带来某种形式桎梏及流弊，但这无疑是向传统的情志合一的文学本质观念的复归。而这种复归也必然意味着这种“情”并不是随性而发，李梦阳在他的《诗集自序》中，援引王叔武的话指出：“孔子曰：‘礼失而求之野。’今真诗乃在民间”，这些“真”诗“无不有比焉兴焉，无非其情焉，斯足以观义矣”。李梦阳的这段话，显然就是说，诗之真，在于“情”之真，而“情”之真，就是对“礼”的由衷的一种道德情感，而不是不受制约的个性化情感。在李梦阳看来，“真诗乃在民间”，在孔子所谓“礼失而求之野”的前提语境下，其存在的合法性依据在于这种诗“情”的抒发符合儒家政治伦理之道所要求的礼仪规范。可见，李梦阳对民间真诗的肯定，正是基于文学“载道”的意义及其政治教化立场，这既表现出了他对当时文学背“情”离“道”的某种倾向的忧虑，更体现出了他对传统情志合一的文学本质观念的有力维护。

在清代文论中，代表其主流方向的无疑是桐城派古文的文论观点。方苞作为桐城派的前驱，他认为：“文之清真者，惟其理之‘是’而已”，“文之古雅者，惟其

---

① (南朝)刘勰：《文心雕龙·序志》，周振甫注《文心雕龙注释》，人民文学出版社1981年版，第534～535页。

辞之'是'而已",而"依于理以达乎其辞者,则存乎气。气也者,各称其资材而视所学之浅深以为充欠者也。欲理之明,必溯源六经,而切究乎宋、元诸儒之说;欲辞之当,必贴合题义,而取材于三代、两汉之书;欲气之昌者,必以义理洒濯其心,而沉潜反覆于周、秦、盛汉、唐、宋大家之古文。兼是三者,然后能清真古雅而言皆有物"。[①] 方苞在这里通过对"理"、"气"、"辞"三者关系的分析,指出文学对儒家义理之道的表现必须"存乎气",也就是内化为某种道德情感,并受这种情感力量的感发,才能做到气"昌"而"达乎辞"。方苞之论,重"道"而不轻"文",并表现出对"情"的重视,注重它们之间的内在联系,在一定程度上深化了对中国传统的情志合一文学本质观念的理解。

而曾国藩作为"桐城古文的中兴大将"则指出:"为学之术有四:曰义理,曰考据,曰辞章,曰经济。义理者,在孔门为德行之科,今世目为宋学者也。考据者,在孔门为文学之科,今世目为汉学者也。辞章者,在孔门为言语之科,从古艺文及今世制义诗赋皆是也。经济者,在孔门为政事之科,前代典礼政书及当世掌故皆是也。"在这里,曾氏将所谓"义理"、"词章(辞章)"、"经济"、"考据",溯源于孔门德行、文学、言语、政事四科,以示儒门正宗,但在曾氏看来,这四科的地位又是不同的,他强调应"以义理之学为先,以立志为本",指出"苟通义理之学,而经济该乎其中矣",而要言之,"义理与经济,初无两术之可分,特其施功之序,详于体而略于用耳",正所谓"其事始于修身,终于济世"。[②] 在此,不难看出曾氏重"道"轻"文"的倾向,中国传统的情志合一的文学本质观念也再次出现了"情"与"志"(要承载儒家的政治伦理之道)的裂隙,而其后来者,及至范当世、姚永朴、姚永概等,更是渐行渐远,文学走向空洞的道德说教也就在所难免,而在五四新文化运动中被斥为"桐城谬种"也正是基于此层面的某种纠偏,尽管从反传统的角度来看也存在矫枉过正的因素,这在学界已有许多共识,这里就不多说了。

三

以上,我们对中国传统的情志合一文学本质观念作了历史考察。这种中国传统而正统的情志合一文学本质观念,是在文学"载道"这一文学本质言说的合法性认同表述中获得合法存在的,在这种合法性的认同表述中,政治伦理诉求是构成文学合法与否的依据,文学本质言说必须经由这种诉求获得其合法性认同,

① 方苞:《进四书文选表》,刘季高校点《方苞集》,上海古籍出版社1983年版,第581页。

② (清)曾国藩:《劝学篇示直隶士子》,《曾国藩全集·诗文卷》,岳麓书社1986年版,第442~443页。

否则，这种言说的合法性就会遭到质疑。而在这种合法性认同的表述下，我们并不难发现那些一直被抑制的文学本质观念，如“缘情说”、“童心说”、“性灵说”等标举文学情感本质的观点与主张，包括这种观念下的文学实践活动，在传统而正统的视域里，被视为某种“正统”之外的“异端”。

清人沈德潜认为，陆机的“诗缘情而绮靡”，其所谓“缘情”而“绮靡”云云，显然是强调情之所动的自然发露，并必然具有不同的个性色彩，也就偏离了儒家的政治伦理之道对情感表达的种种限制，所以是“先失诗人之旨”[①]，显然是有误导人“动作温柔乡语”[②]的嫌疑，亦即纪昀所谓的“引入歧途”[③]之弊。而公开反对儒学之道而主“童心说”的李贽，“师心不师道”而“独抒性灵，不拘格套”的公安派，也同样是这样被贴上标签的。正如有学者分析指出的，“李贽是被封建正统视为异端的，公安‘三袁’的影响在当时似乎也不及代表复古主义的前、后‘七子’”[④]，其存在身份都是不难想象的。清代的袁枚论诗，也力倡“性灵”，公然宣称“灵犀一点是吾师”，俨然是公安派所谓“师心不师道”的翻版。也正因此，在当时引发了文学史上颇为有名的沈、袁之争，即作为正统诗文观点代表的沈德潜与袁枚的论争，而力倡“性灵”的袁枚也同样是被视为“异端”而饱受讥议的。

也正是在文学“载道”这一文学本质言说的合法性认同表述下，中国历史上形成了茅盾（沈雁冰）所曾指出的这样一种文学创作与接受的主导倾向，即“随便翻哪个文学者的集子，总可以看见‘文以载道’这一类气味的话。很难得几篇文学是不攻击稗官小说的，很难得几篇文字是不以‘借物立言’为宗旨的。所以‘登高而赋’，也一定要有忠君爱国不忘天下的主意放在赋中；触景做诗，也一定要有规世惩俗不忘圣言的大道理放在诗中。做一部小说，也一定要加上劝善罚恶的头衔；便是著作者自己不说这话，看的人评的人也一定送他这个美号。总而言之，他们都认为文章是有为而作，文章是为替古哲圣贤宣传大道，文章是替圣君贤相歌功颂德，文章是替善男恶女认明果报不爽罢了”[⑤]。五四时期茅盾的这段话，从其反传统的命意而言，未免有偏激的成分在里头，但从大体上来说，也并非完全脱离了基本事实，这也构成了中国传统文学的“正统”，而那些充满个性化色

① （清）沈德潜：《说诗晬语》，郭绍虞主编《原诗、一瓢诗话、说诗晬语》，人民文学出版社 1979 年版，第 202 页。

② （清）沈德潜：《凡例》，沈德潜选编《清诗别裁集》（原名《国朝诗别裁集》），河北人民出版社 1997 年版，第 1 页。

③ （清）纪昀：《云林诗钞序》，孙致中等校点《纪晓岚文集》第一册，河北教育出版社 1991 年版，第 199 页。

④ 黄开发：《儒家功利主义的文学观与“文以载道”》，载《江苏行政学院学报》2005 年第 5 期。

⑤ 沈雁冰：《文学和人的关系及中国古来对于文学者身分的误认》，载 1921 年1 月10 日《小说月报》（第 12 卷第 1 号）。

彩的作品，充其量也就只是白居易所谓的“释恨佐欢”而已（尽管这样的作品是大量的），其被边缘化的地位也是显而易见的。

陈良运先生曾这样对中国诗学作出整体概括，他指出：“本体的与附庸的（指‘情’为‘志’的附庸）”、“审美的与功利的”、“正统的与变异的”两方面的矛盾与斗争“绵延两千余年，共同构成一部有对立有统一的中国诗学批评史”。[①] 陈良运先生认为，中国诗学在“本体的与附庸的（指‘情’为‘志’的附庸）”，“审美的与功利的”、“正统的与变异的”这两方面的关系是既有对立又有统一的，结合我们上面的分析，陈良运先生所作出的这种判断无疑是准确的，并适用于整个中国文学与文论。正如我们在前文所指出的，尽管在中国历史上，以魏晋时期的“缘情说”为发端，从来就不缺乏强调文学的情感本质的文论主张，特别是明中期以来，更是如此，比较典型的如李贽的“童心说”，还有公安派主张“师心不师道”而“独抒性灵，不拘格套”，袁枚标举“性灵说”，等等，但值得注意的是，都是被视为异端，或是作为异端而出现的。从这个意义上来说，我们认为这正体现出了陈良运先生所说的“正统的”也是“功利的”、“审美的”也是“变异的”，即作为中国传统文学本质观的合法性表述的“载道”说，与在这种正统观念的视域中被视为“异端”的观点，即强调文学的情感本质的观点，也就是陈良运先生所说的“审美的”观点二者之间的对立关系，表现出的是一种基于儒家的政治伦理要求而对个性化的“情”的排斥。但另一方面，这种对立与排斥并不意味着作为中国传统文学本质观的合法性表述的“载道”说，就是将“情”彻底排除在外，而是要将这种“情”纳入儒家的政治伦理之道所要求的礼仪规范，也就是对个性化的“情”的规训，并形成了中国传统的情志合一的文学本质观念。正是在这个意义上，“情”的抒发要符合并服从于儒家的政治伦理要求范畴，这样，也就成了陈良运先生所说的“情”变为了“志”（要承载儒家的政治伦理之道）的附庸，而非放任个性化情感抒发。我们前面已经提到，对于中国文学，在 20 世纪 30 年代，周作人曾作“言志”与“载道”的区分，并没能注意到二者的内在联系，而其把“志”作“个人情志”理解，也存在把“情”与“志”混而言之的理论误区。显然，陈良运先生这里的这种说法，是将“情”与“志”作了区分。结合上述分析，我们认为，陈良运先生的这种区分是有道理的，并有助于我们对中国传统的情志合一文学本质观念的准确理解与把握。

综而言之，笔者认为，中国政治伦理意义上的形而上学传统，作为中国文学本质观念的传统哲学基础，具体到对文学本质观念的影响及理解上，即是经由一种政治伦理诉求的元叙事模式以获得合法性认同，其经典的合法表述，就是中国传统而正统的文学载道说；中国传统的情志合一的文学本质观念，是在文学载道

① 陈良运：《中国诗学批评史·导言》，江西人民出版社 1995 年版，第 5 页。

这一文学本质言说的合法性认同表述中获得合法存在的，在这种合法性的认同表述中，政治伦理诉求是构成文学合法与否的依据，也正是在这个意义上，能为其所容纳的情感诉求也就往往表现为一种道德情感的认同，而不是放任个性化情感的抒发，以服务于现实政治教化的目的，并构成了中国传统文学的主导倾向与整体面貌。由此，我们联系目前学界影响甚广的所谓中国文学抒情传统的观点[①]，倒是真的不能作望文生义的理解，到底在中国文学传统的主导面上应该如何看待和理解这种情感的抒发？通过上文的分析，我想应该有了一个比较清楚的认识与把握；否则，诚如有学者所言，若“毫无辨析疏理，仅以抒情一辞笼统言之”[②]，岂不谬哉？

（2015 年 6 月 7 日）

① 参见陈世骧：《中国的抒情传统·陈世骧文存》，台北志文出版社 1972 年版；高友工：《美典：中国文学研究论集》，三联书店 2008 年版；萧驰：《中国抒情传统》，新加坡允辰文化出版公司 1999 年版；王德威：《抒情传统与中国现代性——在北大的八堂课》，三联书店 2010 年版。

② 龚鹏程：《成体系的戏论：论高友工的抒情传统》，载《美育学刊》2013 年第4 期。

反本质主义的“错位”与文学本质的重新言说

一

在当前中国文论界，固有的文学观念已经并正遭到一种前所未有的“撼动”，这种“撼动”来自一个不容忽视的概念——反本质主义。不少知名学者都参与了这一“撼动”，比如陶东风先生等人在学界都是颇有建树的，他们运用西方后现代反本质主义理论资源，认为当代中国文学理论“把文学艺术理解为具有‘普遍规律’、‘固有本质’的实体，热衷于生产‘普遍有效’的文艺学‘绝对真理’”，“以各种关于‘文学本质’的元叙事或宏大叙事为特征的、非历史的本质主义思维方式严重地束缚了文艺学研究的自我反思能力与知识创新能力”[①]，并由此把当代中国文学理论知识生产的根本症结，简单地归结为等同于西方哲学基础的那种形而上学传统的元叙事模式的本质主义观念及其思维方式。

诚然，一切文学的本质主义观念及其思维方式，都是建立在一定的哲学本质主义观念及其思维方式的基础之上的，都能归结到一定的哲学本质主义观念及其思维方式；但值得追问的是，作为文学本质主义观念及其思维方式之所由生的哲学基础与根由，对中西各自承袭的哲学本质主义观念及其思维方式，能否作这样简单“画等号”的归结？是否存在“错位”？在此追问下，就有必要厘清其差异所在，弄清其对中西各自文学本质观念及叙事模式的影响，而这也就成了思考当代中国文学理论知识生产出路时首先必须解答的前提性问题；否则，一切“药方”的开出，若不是对“症”下“药”，其有效性都是值得怀疑的，而无益于甚至有碍于当代中国文学理论知识生产走出困境。对此，笔者曾撰文作过一些前期思考[②]，本文将作进一步的深入探讨。

---

① 陶东风：《大学文艺学的学科反思》，载《文学评论》2001 年第 5 期。

② 参见李自雄：《当代中国文学理论反本质主义批判的批判》，载《学术探索》2009 年第 3 期。

如前所述，一切文学的本质主义观念及其思维方式，都是以一定的哲学本质主义观念及其思维方式为基础的，那么西方的文学本质主义观念及其思维方式，是建立在一种什么样的形而上学传统的本质主义观念及其思维方式的基础之上的呢？在西方，“哲学”一词，从希腊文“φιλοσοφos”（拉丁化希腊字母，即拉丁语为“philosophia”，由 philo-“loving”与 sophia-“knowledge, wisdom”组成）转变而来，意为“爱智慧”。[①] 可以说，哲学的意义从其诞生，就表现出西方哲学鲜明的认知理性与探寻理性“真理”的认知取向，并形成一种西方哲学的主导传统，即“认知形而上学”传统，并与中国哲学的主导传统，即“政治形而上学”传统相比，表现出不同的特质（二者的不同，后文将作比较分析）。西方哲学这种以认知理性为取向的形而上学传统，以主客二分为入思前提，认为现象世界不是真实的存在，其背后有一个唯一真实的存在本身、形而上的实体，亦即世界的本质，并以之作为自明公理，进行由“一”推及“一切”的逻辑演绎，以对具体事物的本质作出真理揭示，此即西方认知形而上学本质主义观念的逻辑思路与思维方式，表现在对文学本质的认识与揭示上，亦是如此，也正由是直接影响并形成了自柏拉图以降的西方文学的“真理”本质观传统。

在柏拉图的认知形而上学框架中，其所谓“理念”，就是世界的本质，并由此得出文学艺术是理念的再模仿的文学本质论，并因诗与之“隔着两层”，不能表现“真理”，而否认诗的合法存在，将诗人逐出“理想国”。[②] 亚里士多德则在柏拉图的基础上，致力于认知形而上学的体系化，形成了他所谓的“第一哲学”，并改造了柏拉图的“理念”概念。柏拉图认为理念是世界的本质，它不依赖于现象世界而独立存在，而亚氏在其“四因说”中，认为现实世界的事物由形式和质料构成，其中质料是偶性的，形式是事物“是其所是”的必然本质，并存在于现实事物之中。[③] 正是从这样的哲学本质观出发，亚氏提出文学艺术是对现实的模仿，并能反映世界本身所具有的必然性与内在本质，即“真理”，并由此确立了文学存在的合法性。[④] 随后的古罗马时期，古典主义代表人物贺拉斯，其对文学艺术模仿现实的肯定，大致沿袭了亚氏的文学本质观。跨越漫长的中世纪，文艺复兴到来，中世纪人对神的依附、迷信与盲从，被人对自身主体理性的发现与肯定所取代。人的主体理性获得空前倡扬，近代理性主义哲学由此产生。笛卡儿提出“我思故

---

① 参见田海平：《哲学还是爱智慧》，载《社会科学战线》2000 年第 1 期。

② 参见[希腊]柏拉图：《理想国》，郭斌和、张竹明译，商务印书馆 1986 年版。

③ 参见[希腊]亚里士多德：《物理学》，徐开来译，苗力田编《亚里士多德全集》第 2 卷，中国人民大学出版社 1997 年版，第 27～35 页。

④ 参见[希腊]亚里士多德：《论诗》，崔延强译，苗力田编《亚里士多德全集》第 9 卷，中国人民大学出版社 1997 年版，第 654 页。

我在”,无异于宣称世界的存在依托于人的主体理性,世界的本质是人的主体理性,这种以笛卡儿哲学为开端的理性主义及其理性本质观,尽管一度与强调人的感性经验与主观感受的经验主义及其本质观发生冲突,但并没有动摇其在西方现代启蒙以来哲学史上始终所处的主导地位,而到黑格尔,更是达到登峰造极的统治地位。以之为基础,从 17 世纪法国新古典主义文论到 19 世纪初黑格尔美学与文论思想(如:法国新古典主义的代表人物布瓦洛认为文学艺术是普遍、永恒的理性之产物,表现理性“真理”;席勒认为文学艺术是理性观念的感性形象表现;黑格尔认为文学艺术是理念,即绝对理性的感性显现,并因它不能纯粹表现“真理”——只有绝对理性才能表现,而预告文学艺术的终结,等等),在文学本质观上都表现为一种理性“真理”本质观,并在哲学与文学的本质观上都走向了理性主义的极端。正是基于此,肇始于叔本华、尼采的非理性哲学,批判并试图力纠传统认知形而上学的缺陷,为西方现代哲学的突围与重生提供新思路。这些非理性哲学,标举人的生命意志、直觉、情感与欲望等,实则是宣告理性主义所揭示的理性本质之虚无与理性本质观的破产,并因此被视为反本质主义观念的始作俑者,后经海德格尔、维特根斯坦、罗蒂等人进一步阐扬,在西方形成一股反本质主义思想大潮,并最终使西方哲学认知形而上学传统及其理性本质观走向终结,所谓理性“真理”不复存在,而以其为哲学基础的西方文学的“真理”本质观也土崩瓦解。

二

而在中国,和很多现代语汇一样,“本质”一词也是西方的舶来词,它与西方形而上学传统相联系,显然是一个具有形而上意义的概念。在中国古代,尽管有与“文”相对的“质”一词,却是指内容的意思,并不是具有形而上意义的本质概念,而具有这种意义的本质概念是“道”,即“形而上者谓之道”。在中国的哲学传统中,这种形而上的“道”,就是世界的本质,也正因此,中文将亚里士多德世界本质之思的第一哲学译成“形而上学”确乎是比较切合的。

当然,中国传统哲学对作为世界本质的“道”的思考,并不是像西方传统哲学那样以主客、天人二分为入思前提,其入思前提是天人合一,并在中国传统而正统的哲学思想——儒学中有非常典型的表现(中国其他传统哲学思想,如道家哲学,也是以天人合一为入思方式,这是中国传统哲学思想颇为普遍而典型的入思方式)。先秦时期的孔子开启了儒学,《论语》中有一句话概括得很准确:“子罕言利，与命与仁。"[①]"罕"，少之甚也，的确，孔子一生，"言利"甚少；"与"，赞同、肯定的意思，"与命与仁"，即赞同、肯定天命和人伦的合一，从而知命、立命，内圣外王，使个体的自我道德在现世生活中得以完满践行与实现。可见，在天人合一的入思前提下，儒学所表现出的理性，从它产生开始，就不同于传统西方哲学的"认知理性"。传统西方哲学在天人、主客二分的入思前提下，以爱智求知为运思取向，从而揭示抽象的存在意义，表现为一种"认知形而上学"；而开启于孔子的儒学，如上所述，尽管也谈到天，谈宇宙，但十分清楚的是，其关注的重心是现实人生，体现为一种"实践理性"，贯注道德的"善"于日常人生。这种儒学意义上的人伦道德之"善"，在天人合一的入思前提下，通过上升为天道，在获得终极意义的世界本质含义的同时，也获得了其普遍必然性的存在根据，亦即康德之所谓"绝对律令"，并表现为一种"道德形而上学"，但不能因此而不加分辨地套用康德"道德形而上学"的概念，并把它视为中国儒学的传统。[②] 那么中国儒学传统，到底是一种什么意义上的"形而上学"呢？显然，在儒学那里，作为人伦道德的"善"，是圣人意义上的。如何才能达至？在儒家看来，需要人的"内圣"。那么，何谓"圣"？其根源何在？与儒家之"内圣外王"的"王"相结合又有什么意义？李泽厚曾分析指出："圣"这个术语"最初是同宗教仪式、巫术活动等等联系在一起的"，"同神鬼交通的巫师成了圣者"，同时是"拥有至高无上的统治权力"的"王"，而"在儒家那里，'圣'逐渐演化成了一种道德修养。'仁、智、勇'最初本是对氏族首领作为典范的品质要求，到了儒家手中，则成了一种道德素养。'王'自然是有关统治的，因而属于政治的范畴，这样一来，伦理就同政治融合无间了"。[③] 如果说"道德形而上学"在康德那里，是一种"宗教性道德"的形而上学，那么在中国儒学中，由于"伦理"与"政治"的"融合无间"，实则表现为一种"政治形而上学"，并由此，中国人对"政治"的担负，具有了普遍必然性的"道义"含义。也正因此，以儒学为发端，这种"政治形而上学"传统，对中国文学"政治载道"本质观，产生了直接而主导的深远影响。

中国文学"政治载道"本质观，其最初表述是先秦时期的"诗言志"(《尚书·尧典》)，孔子提出"思无邪"，是明确对其作出"政治载道"的范畴规定，诗要承载儒家政治伦理之道，"迩之事父，远之事君"[④]，有巨大的政治教化作用。汉代《毛诗序》进一步阐发指出："诗者，志之所之也"，"先王以是经夫妇，成孝敬，厚人伦，

---

① 《论语·子罕》，钱穆《论语新解》，巴蜀书社1985年版，第208页。

② 参见汪涛：《中西诗学本体论比较研究》，载《江西社会科学》2008年第4期。

③ 李泽厚：《李泽厚哲学文存》(下)，安徽文艺出版社1999年版，第734页。

④ 《论语·阳货》，钱穆《论语新解》，巴蜀书社1985年版，第424页。

美教化，移风俗"，而诗"情"不可滥发，须遵从"礼仪"，亦儒家之政治伦理道德所要求的"君君、臣臣、父父、子子"这样的等级关系，即"发乎情，止乎礼仪"，以服务于政治教化。[①] 两汉之后，魏晋时期以来，不同于正统儒学的"异端"思想，即玄学兴盛活跃，文学开始走向自觉。陆机、钟嵘等提出"缘情说"，突出诗的情感表达，"政治载道"说在很大程度上受到遮蔽，这在以儒学为正统及主导的中国历史上不能说不是一道"异彩"，但毕竟不是"主调"。到了中唐，由于现实政治需要，儒学复兴，韩愈、柳宗元倡导古文运动，即以"文以明道"为口号，文学的"政治载道"本质得到重申与重视。中国传统文学的重心发生了由诗向古文的转移，而这正如有学者所分析的："由于古文有'载道'的专长——这一点非诗所能比，于是从唐宋古文，到明前、后'七子'的古文，一直到清末桐城派的古文，都位居中国文坛的主席。传统文类的尊卑正是根据其是否能够'载道'、有益于世道人心以及有益的程度来排定的，于是诗的地位下降了，词成了'诗余'。"[②]姚鼐承续古文"政治载道"余绪，指出："明道义、维风俗以昭世者，君子之志也；而辞足以尽其志者，君子之文也。"[③]"周之将亡，先王之典籍泯灭，而里巷传闻异辞。盖闻而识者，无知言裁辨之智，不择当否而载之"，于是"文武之道固坠矣"。[④]

及至19世纪末期的晚清，面临内忧外患，封建儒学因不能纾解民难而走向死胡同，"别求新声于异邦"是唯一出路，中国的现代启蒙也由此发端，西方传入的科学、民主思想，开始对封建儒学的束缚形成冲决，也为文学摆脱这一束缚提供了可能。但中国的现代启蒙根源于政治救亡的需要，很快又被政治救亡所压倒，诚如有学者所言："'紧张的民族矛盾和阶级斗争……把注意和力量大都集中投放在当前急迫的社会政治问题的研究和实践活动中……'从变法（维新运动）到革命（推翻清朝），政治斗争始终是先进知识群兴奋的焦点。"[⑤]正是在这种情势下，政治救亡作为一切活动的迫切主题，成为广泛的民族共识，文学之"政治载道"，在卸掉旧载之道的同时，又有了新的政治"道义"担当——担起新的政治救亡之道。1898～1907年，梁启超等人率先倡导诗界、文界和小说界等"三界革命"，是这种新的历史条件下文学"政治载道"本质观的初步确立，并成为20世纪文学革命之先声。而事实上，在中国饱经内忧外患的近现代历史上，这种与当时政治需要紧密联系的文学"政治载道"本质观，把文学视为政治救亡的载体，从文学革命，至革命文学，再到抗战文学，作为阶级动员及社会力量整合的一翼有效

---

① 参见《毛诗序》，郭绍虞编《中国历代文论选》第1册，上海古籍出版社2001年版，第63页。

② 黄开发：《儒家功利主义的文学观与"文以载道"》，载《江苏行政学院学报》2005年第5期。

③ （清）姚鼐：《复汪进士辉祖书》，《惜抱轩全集》，中国书店1991年版，第68页。

④ （清）姚鼐：《辨〈逸周书〉》，《惜抱轩全集》，中国书店1991年版，第51页。

⑤ 李泽厚：《启蒙与救亡的双重变奏》，东方出版社1987年版，第9页。

力量，在当时确实发挥了不可替代的历史作用，其功不可没的历史意义是不容抹杀的，并作为主导的文学观念，贯穿于整个中国近现代。而到了当代，直到新时期以前，在以极端政治化的“阶级斗争”作为主流话语的社会历史语境之下，文学成了“阶级斗争”的工具与载体，这一极具那一时代政治意义的文学“政治载道”本质观，也由此被推向极致。而在当前中国，这个“当代”，也正是反本质主义对所谓本质主义文学观念进行批判与清理的历史起点。

三

综观中西历史对文学本质的揭示与描述，不难发现，其显然都是基于一种形而上学意识形态的“完美”假设，“该描述法的‘意识形态’性之两大特征起了决定作用，它就是‘真理性’（其实是‘伪科学性’，即‘把特殊的东西说成是普遍的东西’）和‘权力性’（‘把普遍的东西说成是统治的东西’）（引自马克思《德意志意识形态》），再加上社会实体力量及其利益需要的强制执行”①。如果说西方文学的“真理”本质观传统所凸显出的是一种西方“认知形而上学”传统的所谓“真理”意识形态元叙事模式的本质主义观念与思维方式，那么中国的文学“政治载道”本质观所凸显出的，则是一种“政治形而上学”传统的政治意识形态元叙事模式的本质主义观念与思维方式。而在这种本质主义观念与思维方式中，无论是西方的所谓“真理”意识形态元叙事模式（以认知形而上学为基础），还是中国的政治意识形态元叙事模式（以政治形而上学为基础），其作为一种元叙事模式，即利奥塔所谓的“具有合法化功能”的叙事模式，以其自明而毋庸置疑的优先特权，处于所有话语之上的至高位置，并在各种话语中发挥绝对的主导作用，它是裁定一切“真与假”、“是与非”、“好与坏”、“美与丑”最高而唯一的准绳，而成为任何知识文化的生产都必须遵从的准则。它们唯有以此来确立自身的理论根据、价值立场和话语逻辑，才能取得合法性存在；否则，就会受到拒斥，甚至招致打压。职是之故，在西方，正是在所谓“真理”意识形态元叙事模式（以认知形而上学为基础）下，柏拉图因诗不能表现“真理”，而否认其存在的合法性，拒诗人于“理想国”之外；黑格尔也因文学艺术不能纯粹表现“真理”（只有绝对理性才能表现）而预告它的终结。而中国历代在政治意识形态元叙事模式的主导与支配下，大凡与这一元叙事模式相背离的文学观念，如明代李贽、公安“三袁”与清代袁枚等人强调性情抒发的文学观，还有近现代王国维的审美主义文学观、周作人的人道主义文

① 张志扬：《“历史小叙述”应邀的共在——序余虹〈革命·审美·解构〉》，余虹《革命·审美·解构》，广西师范大学出版社 2001 年版。

学观等，都一律被视为“异端”。而在当代中国新时期以前，与这一元叙事模式相背离的文学观念及思想，更是或被“剪除”（如张中晓等），或是被迫选择“沉默”，以至“失语”（如沈从文等）。

中国的历史步入当代，可谓是为启蒙提供了前所未有的理想条件，但由于种种原因，中国的启蒙之舟不仅再次搁浅，而且它所反对与批判的某些封建陈腐思想，通过改头换面，摇身一变，重新堂皇登场，如发动个人盲目崇拜的造神运动、六七十年代普遍施行的专政制度等。表现在文学领域，即是将文学统于“阶级斗争”这一尊独大，拒斥文学与文论的个性化话语表达，没有个人独立的品格尊严。对于此间的文学本质主义观念及其思维方式，也正如反本质主义者所认为的，其“把历史上各种各样的文学观点（无论是中国的还是西方的）统统归入‘唯心’与‘唯物’两种，实际上是也就是‘真理’与‘谬误’两种……也就是说，在各种各样的对于文学规律的认识中，只有一种是正确的、科学的，合乎文学‘本质’的”，标榜“其不容置疑的客观性、科学性与真理性”。[①] 诚然，中国近现代以来，伴随着西学东渐与对科学思维的重视，西方科学求真取向的认知形而上学为国人提供了新的运思方法，并对相应的知识生产形成影响，也为中国文论，包括中国当代文论的理论构建——就如反本质主义者所指出的——提供了西方“知识论”的“逻辑”支持（包括来自西方的马克思主义也体现出这种西方“知识论”的“逻辑”支持）[②]。但值得追问的是，这种“逻辑”支持，其支持的是什么呢？诚如有学者所指出的，这个时期的文学理论“在经济基础和上层建筑的二项对立中定位文学为上层建筑，在上层建筑中定位文学为意识形态。由于圣化和非历史化经典思想，文学的社会功能和本质规定也就具有了永恒的、超历史的普遍性。这套文学理论话语是特定时期的产物，其产生的社会机制包括计划经济、封闭文化、战争思维、简单化的社会结构、单一化的意识形态和社会政治目标等”[③]。显然是一种权威经典思想演绎的本质主义，其所谓的文学本质，实则是权威经典思想“圣化”而来，是此间凌驾一切的政治意识形态元叙事模式（以政治形而上学为基础，尽管也获得西方“知识论”的“逻辑”支持）在文学领域推演出的结论。

而新时期的到来，为启蒙的重新推进提供了某种可能，“对于中国文学来说，则是复活‘五四’作家的‘启蒙’责任和‘文人’意识，以及重建那种重视文学自身价值的立场”[④]，被反本质主义所批判的审美意识形态论，就是在这种历史语境

① 陶东风：《大学文艺学的学科反思》，载《文学评论》2001年第5期。

② 陶东风：《略论本质主义知识论和权威主义政治之关系——回应支宇、吴炫教授》，载《文艺理论研究》2009年第6期。

③ 章辉：《反本质主义思维与文学理论知识的生产》，载《文学评论》2007年第5期。

④ 洪子诚：《1956：百花时代》，山东教育出版社1998年版，第12页。

下的产物，并有力地推动了对文学自身价值的关注，而问题是，这种审美意识形态论，也正如反本质主义者所说的，其“最终依然把‘审美’（非功利性、情感性等）视做文艺的特殊性质或‘内在性质’，而把‘意识形态’（功利性、认识性等）视做与‘审美’对立的‘外在性质’，在‘审美’与‘意识形态’之间进行了一种二元拆分”。“依据罗蒂的《后哲学文化》，本质主义的基本特征就是内在与外在、实体与现象、中心与边缘的二元论。所以，关于文学的‘内在性质’/‘外在性质’的二元对立模式显然没有能够告别本质主义。”[①]诚然，这一理论也一样获得了这种西方“知识论”的“逻辑”支持，但同样值得追问的是，这种“逻辑”支持，其支持的是什么呢？显然，也正如有学者所言，这种审美意识形态论“具有明显的意识形态时代的印记”：“审美意识形态理论中的意识形态概念的内涵是两大阶级的对立，是‘左’的意识形态时期斗争哲学的表现”[②]，其“仍然以经典思想的社会结构论定位文学本质”，“圣化经典的倾向非常明显”[③]，同样也是一种权威经典思想“圣化”的本质主义，是经由政治意识形态元叙事模式推演的结果，而“审美意识形态这一规定之所以在思想解放初期获得普遍认可”，正在于“其保留了经典论述而取得了权威意识形态的支持，而且审美意识形态突出了文学的独立性，否定了前此的工具论文艺观，这也正好契合了政治上的拨乱反正”。[④] 也正是这种政治意识形态元叙事模式本身所具有的毋庸置疑性，使这一理论在90年代进入正统文学理论教材，并确立了其文学理论的主流话语地位，而这一“过渡时期的文学理论”[⑤]的“滞后性”，在很大程度上也是由于这一理论，基于当时种种政治与历史原因，没有，也没能从政治意识形态元叙事模式的本质主义症结着手并在理论立场上进行根本调整所致。

显然，反本质主义者把当代中国文学理论知识生产的根本症结，简单归结为等同于西方形而上学传统的元叙事模式，亦所谓“真理”意识形态元叙事模式的本质主义观念及其思维方式，是一种“错位”的归结，这无疑会“遮蔽”真正的症结所在，即政治意识形态元叙事模式的本质主义观念及其思维方式，而从根本意义上，无益于当代中国文学理论知识生产困境的改变。这也再次提示我们，任何理论，包括西方理论的运用，都必须在“理论”与“语境”的关系及其有效性问题上有

① 陶东风：《大学文艺学的学科反思》，载《文学评论》2001年第5期。

② 章辉：《过渡时期的文学理论——评童庆炳主编〈文学理论教程〉》，载《中国图书评论》2006年第8期。

③ 章辉：《反本质主义思维与文学理论知识的生产》，载《文学评论》2007年第5期。

④ 章辉：《反本质主义思维与文学理论知识的生产》，载《文学评论》2007年第5期。

⑤ 章辉：《过渡时期的文学理论——评童庆炳主编〈文学理论教程〉》，载《中国图书评论》2006年第8期。

足够清醒的认识；否则，就会导致这种理论在具体语境的"误置"，从而不能对当代中国的文学现状及其问题，作出符合中国语境的分析与判断。

四

在当代中国，文学理论知识生产首先需要摆脱政治意识形态元叙事模式的本质主义观念及其思维方式的束缚，这才是真正的症结所在。但要指出的是，它需要摆脱的是这种本质主义的桎梏，而不是说它与政治意识形态没有关系，相反，文学自主性的诉求正显示了它自身对政治意识形态的一种关系和态度，人文知识分子的身份独立性得以确认，并能从一种公共知识分子的身份与立场作出基于社会良知及其责任（包括学术良知及其责任）的自我表达，而不是在政治意识形态元叙事模式下的亦步亦趋表述。[①] 用萨特的话来说，就是"对所有他们时代发生的问题，都有权利和义务，只依赖自身理智的力量，表达一个立场"[②]。从这个意义上来说，在当代中国公民社会渐趋形成——这一新的历史语境下，文学自主性的诉求，同样"显示为一个政治民主的问题"[③]；只是这种政治层面的意义，不再是受现存政治意识形态元叙事模式的单一控制，而具有"作为公共领域自由行动"的意义[④]。正是在这种语境下，文学理论知识生产出现了一种摆脱政治意识形态元叙事模式倾向的"个人写作模式"。诚如有学者所指出的，"文艺理论教材从官方的固有程式向个人写作模式的转换，这应当是 20 世纪 90 年代中后期文艺理论教材写作值得注意的新气象"[⑤]，并为当代中国文学理论知识生产显示出某种令人期盼的可能。

这种"个人写作模式"的出现带来了文学理论知识生产的新气象，但是否就意味着形势一片大好了呢？笔者的看法是否定的。在作为反本质主义者"个人写作模式"（同上文，指非官方固有程式的个人话语表达而并非指一人编或写）的成果之一的《文学理论基本问题》即存在十分突出的问题。诚然，反本质主义者对于当代中国文学理论现状及其问题，开出了他们的"方剂"，但他们给出的这帖方剂不是从实际的文学存在出发，"而是以先在的文学理论问题为构架，然后寻找中西文献资料予以填充"，类似"一部中、西文学理论专题资料汇编"，而"文学

① 参见李自雄：《当代中国文学理论反本质主义批判的批判》，载《学术探索》2009 年第 3 期。

② ［法］皮埃尔·布尔迪厄：《现代世界知识分子的角色》，赵晓力译，载《天涯》2000 年第 4 期。

③ 余虹：《革命·审美·解构》，广西师范大学出版社 2001 年版，第 12 页。

④ 陶东风：《重建文学理论的政治维度》，载《文艺争鸣》2008 年第 1 期。

⑤ 毛庆耆、董学文、杨福生：《中国文艺理论百年教程》，广东高等教育出版社 2004 年版，第 308 页。

理论知识反而被解构为碎片”。[①] 其学术实践的结果是，不仅解构任何形式的本质界定，而且也不再对文学作出任何形式的本质言说。那么，值得追问的是：这是不是说文学就不需要作出某种本质言说了呢？对此作出回答，就有必要澄清有关文学“本质”的一些基本问题，即：文学有无本质？对文学作出某种本质言说是否必要？如何可能？

关于文学有无本质的问题，学界有着不同观点。一种看法，就是认为文学是有其本质的，并且是一元的，即所谓一元本质论文学观念，正如有学者所分析的，它对20世纪的文学理论所产生的影响是普遍而深远的，而它所带来的缺陷也是非常显著的，这种一元本质论，尽管在自身的范围内，触及到了文学本质的某些层面，但却力图以此来代替对文学全部本质的概括，无疑是犯了以偏概全的错误。[②] 正是基于此，依据恩格斯，特别是列宁“多级本质”的观点，有学者进一步发挥指出：事物、现象，“各有自己复杂的结构，多种因素，不同层面，以及层面的相互交叉。它们各有自己的发展过程，在各自的历史中，每个阶段表现为发展、流动着的一个环节，各个环节表现了每个阶段的本质方面”，是“不断被认识和难以穷尽的整体”。[③] 从上述观点出发，文学也是一个多层次、多本质的结构，“文学的本质是系统本质”[④]，具有多维性，是一个多元本质的系统构成。显然，这作为一种多元本质论文学观念，它虽是对一元本质论文学观念之褊狭的纠偏，但与后者一样，都是以承认文学本质的存在为前提的，而另一种文学观念，即反本质主义文学观念，则否认了这个前提。诚然，正如前文所述，综观中西历史，包括当代中国历史，对文学本质的揭示与描述，都是基于一种形而上学意识形态的“完美”假设，但笔者认为，并不能因此，就像当代中国的反本质主义者那样，认为文学的本质就仅仅是意识形态的历史建构[⑤]，从而否定文学本质的存在，并不再对文学作出某种本质言说。那么，究竟应该如何理解文学的本质呢？

对此，笔者以为，正如有的学者所指出的，应作两个层面的理解：“在作为基础的现实层面上，文学具有现实意义，主要是意识形态。文学的现实层面是历史地变化着的，现实意义是历史性的意识形态。”而在超越现实的审美层面上，文学具有超越现实与历史的审美意义，它“作为自由的生存方式和体验方式，是对意识形态的超越”[⑥]。因此，文学既具有历史意义，即其意识形态意义与本质，又具

---

① 章辉：《反本质主义思维与文学理论知识的生产》，载《文学评论》2007年第5期。

② 参见钱中文：《文学原理——发展论》，社会科学文献出版社1989年版，第92页。

③ 参见钱中文：《文学原理——发展论》，社会科学文献出版社1989年版，第94页。

④ 陆贵山：《试论文学的系统本质》，载《文学评论》2005年第5期。

⑤ 参见陶东风：《大学文艺学的学科反思》，载《文学评论》2001年第5期；《反思社会学视野中的文艺学知识建构》，载《文学评论》2007年第5期。

⑥ 杨春时：《后现代主义与文学本质言说之可能》，载《文艺理论研究》2007年第1期。

有超越历史的意义，即其审美本质。很清楚，反本质主义能解构或已经解构的是历史性的意识形态意义上的文学本质，而文学超越性的审美本质则是反本质主义没能解构，也解构不了的。可以说，文学是有本质存在的，并需要对其予以一定历史条件的意义言说。同时，正如人类在所有知识问题上，根源于人们对意义的追问一样，对文学本质的探究与言说问题，其根源于人们对文学意义的追问，对此追问，不容回避，也回避不了，还是需要文学理论作出一定历史水平的回答。进而言之，人的存在要通过自我确认，“不同时代的人需要不同的文学样态诠释自我”[①]，并需要一种“自我”本质的重新言说来实现；否则，就会导致自我走向无所归依的虚无深渊，这也是反本质主义不再作出任何形式的本质言说，势必造成的虚无主义后果。所以，“个人写作模式”，作为摆脱政治意识形态元叙事模式的一种文学理论知识生产方式，在当下这个日益多元的时代，显然也应是一种“自我”本质的重新言说，而且是充满个性的，是为一种开放而多元的本质个性化言说，并在具体的描述与文论构建中，可有，并应有不同的理论形态，没有谁的，或者哪一种言说具有“先验的”、“必然性”的优先性。在这一点上，就像中西历史上对文学本质的理解与言说一样，作为“文学”，它的存在，从来也没赋予任何言说以“自明”资格，这正是那些文学的本质主义观念能被反本质主义所解构的原因，也是这种开放而多元的本质个性化言说具有存在理由的根据。

概言之，笔者认为，反本质主义者把当代中国文学理论知识生产的根本症结，简单归结为等同于西方哲学基础的那种形而上学传统的元叙事模式，亦所谓“真理”意识形态元叙事模式的本质主义观念及其思维方式，是一种“错位”的归结，并形成对当代中国文学理论知识生产的真正症结，即政治意识形态元叙事模式的本质主义观念及其思维方式的“遮蔽”，而不利于对其进行深刻解构；而且，中国文学理论也应有所构建，不是也不应走向反本质主义者那样的极端解构，而应通过个人写作模式进行一种开放而多元的本质个性化言说，有利于当代中国文学理论知识生产走出政治意识形态元叙事模式的本质主义观念及其思维方式，从而面向当代中国具体的社会历史语境与文学现状，对当下中国文学的现实问题，予以有力而有效的理论阐释与回应，推进当前中国社会文明进步和人的自由健全发展[②]，并不断促进文学与文学理论的创新发展。

[原载《汕头大学学报(人文社科版)》2010 年第 5 期]

① 赵大军:《被“自定义”的文学——透视“文学本质”的虚构性》，载《吉林大学社会科学学报》2008 年第 2 期。

② 参见赖大仁:《新时期三十年文论研究》，载《文学评论》2008 年第 5 期。

中国形而上学传统与现代文学本质观念的历史嬗变

我们知道，对于“五四”对中国文化的影响，有不少人持这样一种“断裂论”的观点，即认为自“五四”始，中国的文化传统产生了“断裂”而走上了一条全盘西化的道路。这种观点具体到对文学及其文学理论的理解上，比较典型的，便是中国文论“失语症”问题的提出。那么，“五四”反传统是否导致了传统的断裂？在此，我们不妨从中国现代文学本质观念的历史嬗变这一角度，来对这一问题作一考察。

一

对于中国形而上学传统对中国文学本质观，包括现代文学本质观念形成的影响，笔者曾撰文作过初步探讨，在与西方认知理性意义上的形而上学传统的区分中，提出发端于中国孔门儒学的形而上学传统，即政治伦理意义上的形而上学传统，并作出了一定的理论论证与分析。[①] 可以说，中国传统的情志合一的文学本质观念，正是在“文学载道”这一文学本质言说的合法性认同表述中获得合法存在的。在这种合法性的认同表述中，政治伦理诉求是构成文学合法与否的依据，也由此能为其所容纳的情感诉求也就往往表现为一种道德情感的认同，即所谓“发乎情，止乎礼仪”，而不是放任个性化情感的抒发，以服务于现实的政治教化目的，从而形成了茅盾所曾指出的这样一种中国传统文学的主导倾向，即“随便翻哪个文学者的集子，总可以看见‘文以载道’这一类气味的话”，总离不了“忠

① 详见李自雄：《当代中国文学理论反本质主义批判的批判》，载《学术探索》2009年第3期；《反本质主义的“错位”与文学本质的重新言说》，载《汕头大学学报（人文社会科学版）》2010年第5期。

君爱国不忘天下的主意”，“规世惩俗不忘圣言的大道理”，云云。[①] 这也构成了中国传统文学的“正统”，而那些充满个性化色彩的作品，充其量也就只是白居易所谓的“释恨佐欢”而已（尽管这样的作品是大量的），其被边缘化的地位也是显而易见的，这在《论中国形而上学传统对文学本质观念的影响》一文已有具体论述，这里就不再多说。

而这种传统而正统的“载道”的文学，也正是五四文学革命所要反的。作为新文化运动的重要领袖，陈独秀即认为“文学本非为载道而设”，不满于唐宋八大家的古文“代圣贤立言”，而把后继而起的明前后七子、唐宋派的归有光及作为“桐城三祖”的方苞、刘大櫆、姚鼐等，斥为自明以来“称霸文坛”的“十八妖魔”。他批判说：“旧文学、旧政治、旧伦理，本是一家眷属。”[②]并结合中国“虎头蛇尾之革命”分析指出：“吾苟偷庸懦之国民，畏革命如蛇蝎，故政治界虽经三次革命，而黑暗未尝稍减，其原因之小部分，则为三次革命，皆虎头蛇尾，未能充分以鲜血洗净旧污。其大部分则为盘踞吾人精神界根深蒂固之伦理道德文学艺术诸端，莫不黑幕层张，垢污深积，并此虎头蛇尾之革命而未有焉。此单独政治革命所以于吾之社会，不生若何变化，不收若何效果也”，所以，“今欲革新政治，势不得不革新盘踞于运用此政治者精神界之文学”。[③] 而“文学者，国民最高精神之表现也”[④]，此“国民最高精神”，以陈独秀的观点，当是与“孔教”“不可相容”的“所谓平等人权之新信仰”[⑤]。

正是在这个意义上，我们不难看出，陈独秀等人反对“文以载道”，反的只是文学的旧载之道，即封建儒学的政治伦理观念，而在反掉这一旧载之道的同时，又赋予了文学的新载之道，有了新的政治“道义”担当。众所周知，中国的现代启蒙根源于政治救亡的需要，而正是在此意义上，中国现代语境中的这种“文学载道”说，更多是与这种现实需要相联系的，而不是一个基于所谓近现代历史划分与书写方便的历史时间的概念。也是从这种理解出发，中国的现代启蒙，至少可以追溯到康有为、梁启超、谭嗣同、蒋智由、严复等人率先发起的“新民”运动，并在五四新文化运动时期掀起又一个高潮。而在这一背景下，我们就不难理解，1899～1906 年，梁启超等人率先倡导诗界革命、文界革命和小说界革命等“三界革命”，实则也就成了 20 世纪文学革命的导路前驱。

---

① 沈雁冰：《文学和人的关系及中国古来对于文学者身份的误认》，载 1921 年1月10 日《小说月报》第 12 卷第 1 号。

② 陈独秀：《答易宗夔》，水如编《陈独秀书信集》，新华出版社 1987 年版，第 220 页。

③ 陈独秀：《文学革命论》，《独秀文存》（一），上海亚东图书馆 1933 年版，第135～139页。

④ 陈独秀：《〈寄会稽山人八十四韵〉记者识》，载 1915 年 11 月 15 日《青年杂志》（1 卷 3 号）。

⑤ 陈独秀：《宪法与孔教》，《独秀文存》（一），上海亚东图书馆 1933 年版，第 112 页。

梁启超等人倡言的“三界革命”，其中以小说界革命最为名巨，也影响最大。梁启超认为救亡图强首先在于开启民智，即“新民”。他指出：“苟有新民，何患无新制度，无新政府，无新国家？非尔者，则随今日变一法，明日易一人，东涂西抹，学步效颦，吾未见其能济也。夫吾国言新法数十年而效不睹者，何也？则于新民之道未有留意焉者也。”[①]而在梁氏看来，最能担当新民救亡之任的也莫过于小说了。他说：“欲新一国之民，不可不先新一国之小说。故欲新道德必新小说，欲新宗教必新小说，欲新政治必新小说，欲新风俗必新小说，欲新学艺必新小说，乃至欲新人心，欲新人格，必新小说。何以故？小说有不可思议之力支配人道故。”而这种“不可思议之力”，以梁氏之论，具体而言，就是所谓“熏、浸、刺、提”四力，此四力“可以卢牟一世，亭毒群伦，教主之所以能立教门，政治家所以能组织政党，莫不赖是……有此四力而用之于善，则可以福亿兆人；有此四力而用之于恶，则可以毒万千载。而此四力所最易寄者惟小说”[②]。很明显，以梁氏的看法，基于当时的政治需要，小说之于新民救亡的意义，与别的文体相比，更具有优越性，而这正是就它“载道”的有效与有益程度而言的。并由此，这种在新的历史条件下确立的“文学载道”说，它作为一种文学本质观的合法性认同表述，也决定了中国文论此后发展的主流，并与发端于王国维而标举“无功利性”的审美本质论观点正相反对，而抑制了后者在中国的发展。

二

正如前文所述，不难发现，五四时期陈独秀等人的思路，也是试图以文学为载体，通过“思想启蒙”达到“政治救亡”的目的，是以思想文化解决社会政治问题，亦即华裔美籍学者林毓生(Yu-sheng Lin)所谓“借思想文化以解决问题的途径”[③](而一直到后来包括对来自西方的马克思主义等理论，所遵循的思路，也是借这种思想以解决问题的途径)。在这一点的看法上，可以说，陈独秀的思路与梁启超是一脉相承的，并如出一辙。很明显，这在梁氏那里已是有迹可循，以此观之，梁氏可谓是文学革命之嚆矢，而被毛泽东曾誉为“五四运动时期的总司令”[④]的陈氏则是沿着这一轨迹更将其引向了深入。

---

① 梁启超：《新民说(1902年)》，《梁启超全集》，北京出版社1999年版，第655页。

② 梁启超：《论小说与群治之关系(1902年)》，《梁启超全集》，北京出版社1999年版，第884～885页。

③ 林毓生：《中国意识的危机——“五四”时期激烈的反传统主义》，贵州人民出版社1986年版，第43页。

④ 毛泽东：《“七大”工作方针》，彭明《五四运动史》，人民出版社1998年版，第522页。

对五四新文化运动，美国学者格里德也曾在《胡适与中国的文艺复兴》中分析指出："文学革命从其发端就是更广阔范围的思想改革运动的工具。"[①]司马长风曾以"反载道始，以载道终"来概括五四文学革命，指出它是"在推翻'文以载道'旧传统的凯歌声中启幕的"，"自文学革命开始，以及新文学诞生初期，那些披荆斩棘的先驱作家们，都一致地反对'文以载道'的古文传统"，但结果只是"反对旧文学载孔孟之道"，多数人又都成了新的载道派。[②] 司马长风的这种判断是有道理的，并大致反映出了当时文坛的基本面貌。

而事实上，在中国饱经内忧外患的近现代历史上，这种与当时政治需要紧密联系的"文学载道"说，基于历史发展与现实要求，尽管具有了新的时代内涵与历史意义，但其作为中国历史上一种主流的文学本质观的合法性认同表述及其主导地位，并没有发生变化，而在新的历史条件下再次获得广泛的共识，并对中国现代文学及其本质观念的发展嬗变形成了深刻的影响。具体到此间的文学本质观念，包括现实主义反映论与浪漫主义表现论的文学本质观念来理解，就是作为一种居于主导地位的文学本质言说的合法性认同表述，贯穿于反映论的文学本质观念从五四现实主义到革命现实主义的历史变迁，也贯穿于表现论的文学本质观念的历史流转，即五四浪漫主义表现论克服"旧有的个人主义"(郭沫若语)而向"革命"立场的转移及其向革命现实主义的扩散浸透(如左翼革命作家的现实主义作品往往同时表现出革命理想主义色彩，实则也可称为一种革命浪漫主义的变体)。它把文学视为政治救亡的载体，从文学革命，至革命文学，再到抗战文学，作为阶级动员及社会力量整合的一翼有效力量，在当时确实发挥了不可替代的历史作用，其功不可没的历史意义是不容抹杀的，并跨越于整个中国近现代。而到了当代，直到新时期以前，在以极端政治化的"阶级斗争"作为主流话语的社会历史语境之下，文学成了"阶级斗争"的工具与载体，这一极具那一时代政治意义的"文学载道"说，也由此被推向极致，表现在文学本质观念上，便是走向了庸俗的机械反映论极端。而以新时期为开端的思想解放运动，与以往包括五四新文化运动在内的思想解放运动一样，也同样经由的是林毓生所谓"借思想文化以解决问题的途径"，而这一时期伤痕文学的沉痛记忆、反思文学的痛定思痛、改革文学的高歌奋进，包括"审美意识形态论"这样的文学本质界说，作为对政治精英的合法性诉求的某种呼应，它所承载的政治含义也是不言自明的。

我们认为，若从作为中国传统的政治伦理意义上的意图伦理这一角度来看，上述现象的出现，也并非是没有来由的，并且有其来自传统的根由(尽管在不同

① [美]格里德：《胡适与中国的文艺复兴》，鲁奇译，江苏人民出版社 1989 年版，第 92～93 页。

② 司马长风：《中国新文学史》(上)，香港昭明出版社 1980 年版，第 4～5 页。

的历史语境及时代要求下具有不同的具体内涵）。

三

金观涛和刘青峰曾分析过中国传统社会的政治结构和意识形态结构的同构关系。[①] 我们认为，这种同构关系，正如李泽厚所言，是"通过以伦理（人）—自然（天）秩序为根本支柱构成意识形态和政教体制"，"由一种不可违抗的天人同一的道德律令展示出来"，"形成中国式的政教合一"，并提升到"宇宙论"的高度，[②]从而获得某种普遍必然的存在依据，这就是中国政治伦理意义上的形而上学传统的实质所在。在这里，我们认为，正是由于这种政治伦理意义上的形而上学传统及其政教合一结构，所以要动摇旧的政治秩序就势必需要破除相应的意识形态信仰，并予以重构，而为新的政治秩序的重建提供与之内在一体的支持。也正因此，中国现代政治革命往往是以意识形态革命为先导（也就是我们在前文曾提到的林毓生所谓"借思想文化以解决问题的途径"，而文学又往往是首当其冲），而中国现代政治秩序的重构，实际上也走了一条类似传统的路子，即通过新的意识形态信仰的重建，再度将中国建为一个政治结构和意识形态结构高度一体化的国家。而正是在此意义上，中国现代政治革命在事实上只是置换了政治结构和意识形态的时代内容，其现代政治秩序的重构，在政治结构和意识形态结构高度统一的传统模式上，并没有发生根本改变。

对于这种传统模式的影响，王元化曾用马克斯·韦伯所谓的"意图伦理"（an ethic of intentions）来概括。他指出，这种"意图伦理在我国有悠久的历史，许多观念改变了，但这一传统未变。'五四'时期反传统反得厉害，但意图伦理的传统却一脉相承下来"[③]。那么什么是"意图伦理"呢？按照王元化的解释，就是"把……当作某种意图的工具"。我们认为，王元化的这种解释是有道理的，但尚欠精准，未能把握住"意图伦理"这一概念中"伦理"一词所包含的那种应然而当然的意义，因此，我们认为，准确的解释应为"把……视为某种当然的非此不可的意图的工具"。而具体到对中国文学观念的理解上，即是把文学视为当然的"载道"的工具，但问题是，究竟是什么意义上的"载道"的工具？意义还是不够明确。因此，结合中国具体语境，在这里，我们认为，还有必要对王元化借用的"意图伦理"

① 参见金观涛、刘青峰：《兴盛与危机——论中国社会超稳定结构》，香港中文大学出版社 1992 年版，第 196～199 页。

② 李泽厚：《论语今读·前言》，安徽文艺出版社 1998 年版，第 7 页。

③ 王元化：《九十年代反思录》，上海古籍出版社 2000 年版，第 142 页。

这一概念作些追问，而不能简单满足于套用西方的概念，即：中国语境下的“意图伦理”，到底是什么样的一种传统意义上的意图伦理？

根据我们前面的分析，我们认为，中国传统的这种“意图伦理”，它根基于中国传统的政治伦理意义上的形而上学，是一种政治伦理意义上的意图伦理，正如有学者所指出的，“文学传统本是文学历史诸多因素的浑成一片，它既反映着文学史发展的许多显性特征，又体现着沉潜在各个历史时期文学运作过程中的一以贯之的精神范型”①。显然，在中国的文学传统中，这种政治伦理意义上的意图伦理正是这样一种一以贯之的精神范型，反映在中国的现代文学观念中，尽管经过五四时期“激烈”的反传统，也并没发生什么截然的变化或是“断裂”的变异，即仍是把文学视为政治伦理意义上的“载道”的工具（尽管在中国现代语境下具有不同的历史内涵，并表现出不同的显形特征），并由此主导、形成了我们对中国文学本质观念不同于西方的理解。

同时值得注意的是，对于中国这种传统的意图伦理（根基于中国传统的政治伦理意义上的形而上学）对文学本质观念的影响，我们认为，既不能全盘否定，也不能说没有问题，而需要看到其优长及带来的缺失，并作出辩证的扬弃。一方面，可以说，它是中国文学的优长所在，它使中国文学具有关注国事民瘼以天下为己任的政治使命感与优良传统（这正如我们前面所讲，看看在中国近现代史上文学所曾起到过的作用，还有在当代诸如《国家行动》这样反映中国三峡库区百万移民的作品，就能很好地明白这个道理）；但另一方面，它也带来了中国文学在整体上的缺失，很大程度上限制了对文学表现及其本质在丰富多样上的理解与理论阐释（特别是在个性化方面），甚至走向政治图解与政治口号的极端（如“文革”的极“左”路线时期），从而对文学作出某种相当“窄化”的理解。而当它在思维方式上产生出一种僵化而独断的元叙事模式的本质主义弊端的时候，就会束缚我们对文学的理解，就要值得我们反思，对此，笔者在以前的文章中已有一些探讨②，限于篇幅，笔者将另撰文予以进一步探讨。

（原载《黄海学术论坛》2014年第1期，后有充实、修改）

---

① 朱寿桐：《论中国现代文学的伟大传统》，载《中国社会科学》2002年第1期。

② 详见李自雄：《当代中国文学理论反本质主义批判的批判》，载《学术探索》2009年第3期；《反本质主义的“错位”与文学本质的重新言说》，载《汕头大学学报（人文社会科学版）》2010年第5期；《论本质主义之后的文学本质重新言说》，载《江汉大学学报（人文科学版）》2011年第1期。

论“反本质主义”之后的文学理论重建

一

在当前中国文论界，反本质主义文学观念的出现①，对中国文学理论知识生产现状产生了前所未有的冲击，由此，一切固有的文学观念都不再那么“坚不可摧”，而成了解构的对象。我们一方面要充分肯定这种尼采式的理论勇气，这种理论勇气也正是我们所需要的，可以说，没有一定的甚至莫大的理论勇气，我们就只能顶礼膜拜，而不能形成对罗网的冲决，我们的思想也会就此僵化；但另一方面，我们也要清醒地认识到，解构不是目的，解构的目的是为了重建。那么这里就有一个问题值得追问：在“反本质主义”之后，当代中国文学理论的重建之路何在？或者说，我们应该进行怎样的一种文学理论重建？

目前学界对于“反本质主义”之后的当代中国文学理论的重建思路与主张，尽管是智者见智、仁者见仁，几乎每位论者都有自己的不同见解，但大致说来，比较有代表性的，也是学界讨论较多的主要有三种：一种是反本质主义者的“建构主义”重建思路与主张，另一种就是“关系主义”的重建思路与主张，还有一种是“穿越主义”的重建思路与主张。

在这里，我们先说反本质主义者的“建构主义”重建思路与主张。我们知道，反本质主义者是不满于当代中国文学理论的知识现状而对其本质主义弊端及思维禁锢展开清理与批判的，经过他们的一番清理与批判之后，他们也为当代中国

① 其颇具标志性的事件为《文学评论》杂志在2001～2002年展开的关于“大学文艺学学科和教材反思”的讨论，具体可参见陶东风的《大学文艺学的学科反思》(载《文学评论》2001年第5期)。尽管对于当代中国文学理论的本质主义观念及其弊端，稍前已有论者作出过反思，并对这一问题的讨论也不乏启发意义(如汪正龙的《本质追寻和根基失落——从知识背景看我国当代文学理论存在的一个主要问题》，载《文艺理论研究》1999年第2期)，但影响所及与形成的冲击，显然不如这一次。这一次的讨论，旋即引发了一场文论界至今未绝的关于当代中国文学理论知识生产状况及其出路的理论探讨。

文学理论知识生产的出路与理论重建，提出了一条“建构主义”的路径。他们的这种“建构主义”思路，认为文学“不是一种‘客观’存在于那里等待人去发现的永恒实体，而是各种复杂的社会文化力量的建构物，不是被发现的而是被建构的”[①]，主张吸收“福科（柯）所说的事件化方法与布迪厄（又译布尔迪厄）所说的反思性方法”，进行一种“历史化与地方化”的理论建构。[②]

我们首先要承认这种“建构主义”的主张，它在充分吸纳当代西方理论资源的基础上，提出把福柯的事件化方法与布尔迪厄的反思性方法结合起来，对文学理论进行一种“历史化”和“地方化”的建构，显示出了某种理论综合的努力。但另一方面的问题是：这种理论综合是否可行？它到底能在多大程度为我们的理论重建提供思路与可能？正是在这个意义上，我们认为，这种“建构主义”主张的理论“重建”，又未免是令人生疑的。就拿其作为此种理论“重建”成果之一的《文学理论基本问题》[③]来看，正如有学者所指出的，这一理论“重建”，“不是从文学文化现象出发提炼理论”，“而是以先在的文学理论问题为构架，然后寻找中西文献资料予以填充”，“文学理论知识反而被解构为碎片”，“看上去像一部中、西文学理论专题资料汇编”。[④]“所谓‘反本质主义’文艺学不仅拒绝抽象地回答‘什么是文学’这个问题，而且同样拒绝根据中国当前的文学现状和历史语境对此问题提出具体的看法和见解。人们甚至感受不到《文学理论基本问题》的正文和主体部分（附录《日常生活的审美化与文化研究的兴起》除外）有正面提出一种文学观念并建构一种文艺学知识话语的意愿。《文学理论基本问题》以‘不作结论，把问题敞开’的善良愿望伤害了人们对不同于传统‘本质主义’文论话语的文艺学知识的热情和渴望，同时也摧毁了文艺学面对当下社会变动和文学转型进行思想回应的理论能力，从而实际上损害了文艺学的理论尊严。”[⑤]并提出质疑：“告别‘本质主义’之后，文艺学难道只能以一种‘反本质主义’、‘非本质主义’的破坏者、虚无者而存在吗？解构之后，文艺学难道不能试图重新建构点什么？我们能不能将‘反本质主义’作为一种文艺学思想语境，在没有独断‘本质’和永恒‘真理’的专制与暴政之下创造出各式各样的暂时的、具体的、谦和的文学‘本质’和

---

① 陶东风：《移动的边界与文学理论的开放性》，载《文学评论》2004 年第 6 期。

② 参见陶东风：《大学文艺学的学科反思》，载《文学评论》2001 年第 5 期；《文学理论基本问题·导论》，北京大学出版社 2005 年版；《反思社会学视野中的文艺学知识建构》，载《文学评论》2007 年第 5 期。

③ 陶东风：《文学理论基本问题》，北京大学出版社 2005 年版。

④ 章辉：《反本质主义思维与文学理论知识的生产》，载《文学评论》2007 年第 5 期。

⑤ 支宇：《“反本质主义”文艺学是否可能？——评一种新锐的文艺学话语》，载《文艺理论研究》2006 年第 6 期。

'真理'?"①

以上看法与质疑值得我们思考。综上所述,不难看出,在反本质主义者所提出的"建构主义"的理论"重建"过程中,不仅摧毁任何形式的本质,而且也不再对文学作出任何形式的本质重新言说。或者说没能对文学作出某种本质的重新言说,而这样的问题也同样存在于"反本质主义"之后的当代中国文学理论重建的另一种思路与主张,即"关系主义"的理论重建思路与主张之中。这种"关系主义"的重建思路与主张,与反本质主义者对待"本质主义"的态度颇有不同,此立论者声言:"即使冒着被奚落为'保守分子'的危险,我仍然必须有限度地承认'本质主义'的合理性。"②这种"有限度地承认"表现在他对文学本质的看法,持历史合理性的观点,认为"文学必须置于多重文化关系网络之中加以研究,特定历史时期呈现的关系表明了文学研究的历史维度"③,其辩证而多维度的理论视角,无疑能让人回归学理理性,并给人带来颇多的理论启迪。但让人未免遗憾的是:这种"关系主义"主张的理论"重建",主要是以西方理论,特别是西方现代理论为思想资源,来对文学理论概念与范畴进行某种"文献式"的阐释,并停留于这种"文献式"的阐释。我们认为,对文学理论概念与范畴进行某种"文献式"的阐释,能对文学理论知识,特别是相关基本知识起到纲举目张、便于了解掌握的作用,这在某种意义上说是必要的也是必需的,特别是对文学理论的刚入门者而言,尤是如此,这也是我们在进行文学理论构建时所要注意的。但问题是,在这种"关系主义"的理论重建视野中,这样的"文献式"的阐释,是以当代西方文学理论的某些关键词,事先拟订几个相关的问题并为此作出解释,而这也导致它没有也没能基于当代中国的现实语境及文学现状,提出新的理论命题,作出新的理论应答,而与反本质主义者的"建构主义"理论"重建"一样,不是从具体的生活现实与文学现象出发,而是以先在的文学理论问题为框架来组织文学理论知识,进行相关文献资料的编排与解释,也同样没能提出新的文学理论知识与新的文学本质规定。

那么,这是不是说在文学理论的重建上就不需要对文学作出某种本质言说了呢?显然,这是当代中国文学理论在"反本质主义"之后,在所谓"建构主义"与"关系主义"的重建路径中,其理论"重建"向我们提出的问题,也是我们进行理论重建所必须首先回答的问题。对于这个问题,"穿越主义"的重建思路与主张,也

① 支宇:《"反本质主义"文艺学是否可能?——评一种新锐的文艺学话语》,载《文艺理论研究》2006年第6期。

② 南帆:《文学研究:本质主义,抑或关系主义》,载《文艺研究》2007年第8期。

③ 南帆:《文学研究:本质主义,抑或关系主义》,载《文艺研究》2007年第8期。

许对我们是有启发意义的。这种“穿越主义”的观点认为,“不能轻易告别‘中国式文学本质论’、‘中国式文学本体论’建设努力”,并以此为出发点,实现对传统中西方文学“本质论”的“穿越”,也就是“通过对中国文学如何穿越意识形态、文化观念、艺术现实所构成的现实之束缚、建立一个区别于上述现实的存在世界,以直接建立‘中国文学何以成为自身’的问题来间接回答‘文学是什么’这一中国式的本质追问,从而与中西方各种文学本体论和文学本质观,构成‘不同而对等’的对话状态”①。对于“穿越主义”的这种重建路径,尽管究竟如何“穿越”,如何落到真正的理论重建层面,这也似乎始终是个问题,但有两点值得肯定,一是它所表现出的“中国问题”意识,二是它对文学本质言说之必要性的审慎态度,也同样给我们留下了对这一问题进行进一步探讨与思考的空间。

以此为出发点,我们认为有必要弄清有关文学“本质”的一些基本问题,亦即:文学是否有本质?对文学作出某种本质言说是否必要?如何可能?这就转入了下面我们所要讨论的问题。

二

对于文学是否有本质的问题,我们知道,在学界有着不同的观点。一是认为文学是有其本质的,我们比较熟知的就是所谓一元本质论。正如有学者所指出的,这种一元本质论的文学观念对 20 世纪的文学理论有着广泛的影响,并使这些理论表现出以下三个特点:其一,这些理论都力图以自己特有的观点来概括文学的全部本质,而实际上未能做到。其二,这些理论从不同方面触及到了文学本质的某些特征,并由于它们涉及的方面不同,它们说明问题的程度、它们的价值也各自相异。其三,这些理论,从它们的发展历史来看,成了一种不断更迭的现象。它们都标榜自己正确,一种观点的出现,往往是对前一种观点的否定或贬低,它们之间具有非常突出的排他性。它们在自己规定的范围内,自有其一定的合理性,但从文学的整体性理解,它们的那种以偏概全的缺陷就十分明显。②

基于此,这种一元本质论的文学观念,显然是值得推敲的。那么,事物的本质是否就是一元的呢?对此,恩格斯曾在《自然辩证法》中有不同的论述。他认为“每一种质都有无限多的量的等级,如色彩的浓淡、软硬、寿命的长短等等,而且它们都是可以度量和可以认识的,即使它们是不同质的”,“存在着的不是质,而只是具有质并且具有无限多的质的物”,而作为主体与个体的人的“不同的感

① 吴炫:《当前文艺学论争中的若干理论问题》,载《文学评论》2008 年第 4 期。

② 参见钱中文:《文学原理——发展论》,社会科学文献出版社 1989 年版。

官可以给我们提供在质上绝对不同的印象”。[①] 列宁也在《哲学笔记》里引述车尔尼雪夫斯基等人的观点时强调了这一看法。车尔尼雪夫斯基认为，每一事物都有很多不同的质，例如“树木可以生长，也可以燃烧，我们说，它有两种质：生长力和可燃性”。再如“冰坚硬而光亮”，也是不同的质，“由此我们可以看出，截然不同类别的质在一个物体中的结合是物的一般规律”。而在对黑格尔《哲学史讲演录》一书摘要所加的按语中，列宁更是指出：“人的思想由现象到本质，由所谓初级的本质到二级的本质，这样不断地加深下去，以至于无穷。”[②]上述观点表明：事物的本质不能只作一元的理解，而具有多层次性。据此，有学者作过进一步的发挥，指出事物、现象，“各有自己复杂的结构，多种因素，不同层面，以及层面的相互交叉。它们各有自己的发展过程，在各自的历史中，每个阶段表现为发展、流动着的一个环节，各个环节表现了每个阶段的本质方面。人们能够不断接近各种现象，把握现象的初级本质、二级本质……同时也要看到，现象、事物的本质、联系，不仅是纵向的，而且还有横向的联系的扩展，所以事物、现象又都是不断被认识和难以穷尽的整体”[③]。从这种观点来看，对文学而言，也是作如是观，它是一个“多层次、多本质”的结构，“文学的本质是系统本质”[④]，是多方面的，具有多维性，由一个多元本质的系统构成。

很明显，这是一种多元本质论的文学观念，它尽管不满于一元本质论的文学观念的褊狭，但与一元本质论的文学观念一样，还是认为文学是有其本质的。而另一种文学观念，即极端的反本质主义的文学观念则认为，所谓文学的本质只不过是“无中生有”的历史建构而已。显然，在当前中国文论界，反本质主义者之所以不仅摧毁任何形式的本质，而且也不再对文学作出任何形式的本质重新言说，其理论依据也正在于此。但是，问题是，即便姑妄如此，这种依据的可靠性又到底有多大呢？

我们认为，尽管，即若一些学者，典型的如特里·伊格尔顿等所指出的，抑或文学本来就没有什么本质[⑤]，但也并不意味着像反本质主义者那样不对文学作出某种本质言说与建构。正如萨缪尔·亚历山大所指出的，建构是人类的一种本能。“当建构性的本能不再是实用的，它便成为艺术的；当本能以自身为追求的目标，当建构性的对象（如词语）被用来满足建构性的冲动本身时，本能便不再

① 《马克思恩格斯选集》第4卷，人民出版社1995年版，第339～340页。

② 列宁：《哲学笔记》，人民出版社1974年版，第582、278页。

③ 钱中文：《文学原理—发展论》，社会科学文献出版社1989年版，第94页。

④ 陆贵山：《试论文学的系统本质》，载《文学评论》2005年第5期。

⑤ [英]特里·伊格尔顿：《文学原理引论》，文化艺术出版社1987年版，第11页。

是实用的。”[①]很明显，这种建构的本能并不局限于某种实用目的，而用在对文学本质的理解上毋宁说是基于人对文学的一种“信念”，尽管这种“信念”并非必然是某种“客观”立场，但除此之外，我们能找到更可靠的支撑吗？正如我们吃饭是为了活着，但活着就是为了吃饭吗？对于这样一个问题，谁能给出一个基于某种“客观”立场的回答？要作这样的回答，是毫无意义的，但并不等于说作这样的思考就毫无意义，相反，它是必要的。在这个意义上，诚如罗蒂所言，“确实，是我们的信念和愿望形成了我们的真理标准。但这不是因为真理是相对的，而只是因为我们没有一个天钩可以把我们吊离我们自己的信念和愿望，而达到某个较高的‘客观’立场”，而是“仅当我们知道假定这样一种立场会是什么样子”。[②]

然而这样说并不意味着我们认为对文学本质的建构与言说就是空穴来风。诚然，综观当代中国文论，我们不难发现，其对文学本质的揭示与描述，显然都是基于一种意识形态的“完美”假设：“该描述法的‘意识形态’性之两大特征起了决定作用，它就是‘真理性’(其实是‘伪科学性’，即‘把特殊的东西说成是普遍的东西’)和‘权力性’(‘把普遍的东西说成是统治的东西’)(引自马克思《德意志意识形态》)，再加上社会实体力量及其利益需要的强制执行”[③]；但我们认为，并不能因此就像当代中国的反本质主义者那样，认为文学的本质就仅仅是意识形态的历史建构[④]，或者说“虚构”，而不再对文学作出某种本质的重新言说。那么，究竟应该如何理解文学的本质呢？

对于文学的意义与本质，我们认为，正如有学者所指出的，应作两个层面的理解：“在作为基础的现实层面上，文学具有现实意义，主要是意识形态。文学的现实层面是历史地变化着的，现实意义是历史性的意识形态。”而在超越现实的审美层面上，文学具有超越现实与历史的审美意义，表现出超越性的审美本质，这种文学的超越性本质，即审美，“作为自由的生存方式和体验方式，是对意识形态的超越”[⑤]。因此，文学既具有历史意义，即其意识形态意义与本质，又具有超越历史的意义，即其审美本质。由此我们就可以清楚地看到，反本质主义能解构或已经解构的是什么，不能解构，也没有解构的是什么。显然，反本质主义能解

① [英]萨缪尔·亚历山大：《艺术、价值与自然》，韩东辉、张振明译，华夏出版社 2000 年版，第 31 页。

② 参见[美]理查德·罗蒂：《后哲学文化·作者序》，黄勇译，上海译文出版社 1992 年版，第 4 页。

③ 张志扬：《“历史小叙述”应邀的共在》，余虹《革命·审美·解构》，广西师范大学出版社 2001 年版。

④ 参见陶东风：《大学文艺学的学科反思》，载《文学评论》2001 年第 5 期；《反思社会学视野中的文艺学知识建构》，载《文学评论》2007 年第 5 期。

⑤ 杨春时：《后现代主义与文学本质言说之可能》，载《文艺理论研究》2007 年第 1 期。

构或已经解构的，是历史性的意识形态意义上的文学本质，没有解构，也解构不了的是文学超越性的审美本质（这也并不是意味着说它是能超越历史时空的，而是相对于文学作为人的自由生存方式而言，而事实上，它也必然与一定的历史现实相联系，并由此呈现出具体历史语境下的审美意义，而需要我们作出具体分析）。可以说，文学是有本质存在的，并需要对其予以一定历史条件的意义言说。

同时，正如人类在所有的知识问题上，根源于人类莫可名状的理解冲动对意义的追问一样，对文学本质的探究与言说问题，其根源于人们对文学意义的追问，而对此追问，不容回避，也回避不了。很明显，这种对意义的探寻，是建立在这样一个前提下的，即我们“如果想了解事物的某种性质或特点”，“仍然离不开哪怕最低限度的本质概括，否则便无法确立其‘不同’”[①]，而陷入认识的混乱。显而易见，对文学的认识也是如此，还是需要文学理论作出一定历史水平的回答，并在当下的现实语境下显得尤为迫切与必要。在文学边界的扩张中，文学成了一个越来越泛化而虚化的概念，这也同时意味着文学概念自身的解构，而需要对它进行重新界定，以确立我们研究对象的内涵与外延；否则，就只可能带来文学意义的更加弥散化。

况且，就文学理论这种理论学科而言，对文学本质作出某种必要的言说，也是文学理论作为一种理论构建与描述的需要，只要我们认为文学理论还成其为理论，还有理论构建与描述的必要，就离不开文学本质的言说，而这或许就是它作为理论而逃不脱的宿命。因为对于任何一种理论研究及其言说而言，都是有所指涉的，没有指涉，就不成其为言说，正如有学者所言，它或者总要揭示点什么，或者什么都不说。[②] 换言之，除非它什么都不要说（事实上这不可能），否则，它的这种揭示就必然是对某种内在之物的揭示。这种内在之物的揭示，显然是相对于表面现象而言的，用我们所熟知的一句话来说，就是“透过现象看本质”了。而反过来，也诚如有学者所指出的，“正如只有在对一个事物具有了理性认识之后，才有可能更好地感觉它；为了能真切地进入个别现象，我们需要借助于关于它的本质性把握。所以，不是‘透过现象看本质’，而是恰恰相反，‘通过本质看现象’，才是审美理解的基本轨迹”[③]。显然，这种“通过本质看现象”的基本轨迹，是以某种本质揭示为理论前提的，否则，一切都无从谈起。

所以，我们认为，在经过反本质主义的清算与解构之后，当代中国文学理论也理应是一种“自我”本质的重新言说，而不是走向极端解构，并且这种重新言说

① 吴炫：《当前文艺学论争中的若干理论问题》，载《文学评论》2008年第4期。

② 参见李春青：《反思文艺学》，北京师范大学出版社2009年版，第109页。

③ 徐岱：《美学新概念：21世纪的人文思考》，学林出版社2001年版，第303页。

在我们现在这个日益多元化的时代,无疑又是充满个性的,是一种开放而多元的本质个性化言说,从而展开文学本质观在当代的多种理论形态的重建。毋庸置疑,在这一理论重建的过程中,对文学本质的言说,在具体的描述与文论构建中,可有并应有不同的理论形态。对于这种开放而多元的本质个性化言说,没有谁的,或者哪一种言说具有"先验的"、"必然性"的优先性。在这一点上,就像中西历史上对文学本质的理解与言说一样,作为"文学",它的存在,从来也没有赋予任何言说以"自明"的资格,这正是那些文学的本质主义观念能被反本质主义所解构的原因,也是进行这种开放而多元的本质个性化言说具有存在理由的根据,是为一种多元文学本质观的理论重建构想。

三

对于"反本质主义"之后的当代中国文学理论,我们主张进行一种开放而多元的本质个性化言说及本质观的理论重建,但需要指出的是,我们主张的这种开放而多元的本质个性化言说及本质观的理论重建,并不是也不应意味着走向另一个"怎么都行"的相对主义极端[①],而要保持必要的理论反思与价值尺度及其张力,做到"有所为"与"有所不为";否则,就势必带来理论认识上的混乱,而不利于理论的建构。具体而言,我们认为,有以下几点是值得注意的:

(一)应有的反思立场

任何理论都是需要反思的,反思构成其不致僵化的内动力。按照柯林武德的看法,"反思"(reflection)不仅仅只是涉及对象客体,而更为重要的是,它对那种与对象客体相关联的主体的"思想"以及包含主体自身的思维方式的一种自觉反观。因此,他指出,"反思"的真正意义,并不仅仅在于它所"关怀"的对象客体,也还包含着"思想对客体的关系",也正是在此意义上,"它既关怀着客体,又关怀着思想",甚至尤为至要的,是对这种"思想"及其思维方式的反思。[②] 从这个意义上讲,我们主张的这种开放而多元的本质个性化言说及本质观的理论重建,不能不坚持应有的理论反思立场,防止以各种面目出现的"本质主义"理论话语及其思维方式的重新登场。事实上,对文学本质的个性化言说与理论重建,在当代

① 葛红兵:《价值多元时代的批评——对当代批评状况及走向的一个观察》,载《社会科学》2006年第7期。

② 参见[英]柯林武德:《历史的观念·译序》,何兆武、张文杰译,商务印书馆1997年版,第2~3页。

中国的文论界也不是没有成功的例子(比较典型的如王一川撰写的《文学理论》[①],其感兴修辞论的文学本质规定,从当代中国现实的文化文学语境,也就是中国现代性体验下的现代生存处境出发,并在西方和中国传统的冲突中,揭示文学审美的现代特性,表现出鲜明的学术个性),显示出进行这种文学本质的个性化言说与理论重建,并不是只停留在纸面上的某种理论设想,只是这种对文学本质的个性化言说与理论重建,需要更多元的出现,这也是我们所期待的。而联想到有学者将王一川的“感兴修辞学”追加为“本土主义”[②]的理论重建思路与主张,这一追加的概念是否已是预设了某种排他性?而这种排他性也正是本质主义观念及其思维方式所具有的,这也许是“感兴修辞学”的理论构建者所没能想到的。我在这里并非是有求全责备之意(有些学者这样说,也许也是无意的,或者根本没有想这么多),只是想说明这种本质主义观念及其思维方式的盘踞之深(也许很多人即便是反“本质主义”的同时,也还没有充分自觉),而应该引起我们足够的理论反思。

我们的观点很明确:我们主张文学本质的重新言说,并不是要重回到文学观念的本质主义老路。诚然,文学的本质主义观念及其思维方式,也必然是文学本质的言说,但却是对文学本质言说的封闭的、独断论的一元产物,这正是我们要反思的地方。因此,我们主张的这种文学本质的重新言说及本质观的重建,是开放的,也是多元的,并在这种开放与多元中,与封闭的、一元的也是独断的本质主义观念及其思维方式区分开来,而需要保持必要的理论反思。

正如前文所提到的,在“反本质主义”之后,包括反本质主义者在内的许多学者对当代中国文学理论的重建提出了自己的思路与主张,比如有反本质主义者的“建构主义”思路,还有主张将文学“置于多重文化关系网络之中加以研究”[③]的“关系主义”思路等,这里还想就这两种思路谈点看法。我们知道,反本质主义者的“建构主义”思路,是主张利用“福柯所说的事件化方法与布迪厄(又译布尔迪厄)所说的反思性方法”而进行一种“历史化与地方化”[④]的理论建构的;而主张将文学“置于多重文化关系网络之中加以研究”的“关系主义”思路,其理论旨趣,实则也是福柯在所谓“权力的关系网”中所重在揭示的历史与文本的关系。

罗蒂曾说:“反本质主义通过虚构它自己的元叙说,它自己关于在什么地方可以发现力量的终极杠杆自私的故事而在最后关头又推了本质主义一把,结果

① 王一川:《文学理论》,四川人民出版社2003年版。

② 方克强:《文艺学:反本质主义之后》,载《华东师范大学学报(哲学社会科学版)》2008年第3期。

③ 南帆:《文学研究:本质主义,抑或关系主义》,载《文艺研究》2007年第8期。

④ 参见陶东风:《大学文艺学的学科反思》,载《文学评论》2001年第5期;《文学理论基本问题·导论》,北京大学出版社2005年版;《反思社会学视野中的文艺学知识建构》,载《文学评论》2007年第5期。

反本质主义倒使自己变得可笑了。”[①]由此来看,如果说在当代中国,反本质主义者的“建构主义”主张,其对福柯-布迪厄(又译布尔迪厄)等西方理论话语(当然也还包括伊格尔顿的文学意识形态理论)的为“我”所用,进而“虚构”出了它自己的“元叙说”,那么主张将文学“置于多重文化关系网络之中加以研究”的“关系主义”观点,则正如有学者所指出的那就是对福柯的权力话语的膜拜,不能不将其作为一种‘元理论’”,而同样“蕴含了另外一种本质主义”。[②] 由此可见,无论是反本质主义者的“建构主义”主张,还是主张将文学“置于多重文化关系网络之中加以研究”的“关系主义”观点,其本身作为一种“主义”,事实上都已成为“本质主义”之后的另外一种形式的“本质主义”观念与思维方式的变体或新体,其绝对化、独断论的理论倾向,同样也应引起必要而足够的理论反思。

这也再次提示我们,在开放而多元的本质个性化言说及本质观的重建过程中,亦要坚持应有的理论反思立场,防止以这样或那样的面目出现的“本质主义”理论话语的“死灰复燃”,而对当代中国文学理论的知识生产及其理论重建造成新的思维禁锢。

(二)应有的现实关怀

从某种意义上来说,当代中国是一个理论繁荣的时期,特别是大量西方理论资源的引入,以至于我们对诸多理论目不暇接,而且每个人都似乎有自己适用的一套理论,并且是如数家珍,但这也许就是一种“理论幻觉”。这种“理论幻觉”,正如有学者所指出的,“以为滋生于西方社会文化与文艺现实基础之上的文艺理论具有放之四海而皆准的普适性,因此可以不必考虑中国文化与艺术的特殊语境,只要拿来就可以点石成金,产生效用。沉湎于这一幻觉中的理论家们往往醉心于对西方理论追新逐‘后’的欢愉,醉心于能用西方的话语与西方人接轨与对话,而忘记了理论引进的目的在于解决我们自己实践中和理论上的问题,在于创造属于我们自己的现代理论”[③]。

也正是在这个意义上,我们认为,理论不是炫耀知识的资本,不是博得名利的手段(尽管在我们当今学界,并不乏凭借某种“理论”的炒作,以捞取种种好处的人),更不是脱离现实的“私人化”呓语,或是诳语。法国思想家莫兰曾说:“一个理论不是认识,它只是使认识可能进行的手段;一个理论不是目的地,它只是一个可能的出发点;一个理论不是一个解决办法,它只是提供了处理问题的可能

① [美]理查德·罗蒂:《后哲学文化》,黄勇译,上海译文出版社 1992 年版,第 158 页。

② 赵牧:《“重返八十年代”与“重建政治维度”》,载《文艺争鸣》2009 年第 1 期。

③ 谭好哲:《文论引进:从“拿来”到“创构”》,载《文学评论》2004 年第 2 期。

性。换句话说，一个理论只是随着主体的思想活动的充分展开而完成它的认识作用，而获得它的生命。”[①]胡塞尔在谈到理论研究时也曾指出，这种研究的动力“必定不是来自各种哲学，而是来自实事与问题”[②]。可以说，理论的意义，在很大程度上取决于对现实的思考、回应及对现实问题的解答。

文学理论不能作茧自缚。就如我们在前文所说过的，反本质主义者对当代中国文学理论的清理与批判，正是基于当代中国文学理论的本质主义弊端所形成的这种思维束缚。在反本质主义者看来，这种思维束缚直接导致了文学理论与发展着的社会生活及其文学状况相疏离，而不能根据这种社会生活及其文学状况的发展变化来更新自己，实现文学理论的知识创新。尽管我们也曾指出，反本质主义者对当代中国文学理论的清理与批判不无偏差[③]，但他们在这一点上的判断无疑是很有道理的。当代中国文学理论的确存在着与当下的社会生活及文学发展现状相脱离，也就是理论与现实相脱节的问题，也正因此，文学理论日益丧失了它应有的对社会生活及文学发展现状的回应能力。一方面，不能基于当下中国的文学现状及其发展要求提出有价值的理论问题，缺乏理论创新的增长点；而另一方面，也给当前的批评实践带来致命的戕害。正如有学者所言，“任何理论都只有在实践的尺度面前，才能真正鉴别它的真伪”[④]。现在我们经常能看到许多对文学“高谈阔论”的理论著述，但值得深思的是，这样的著述到底是在多大的程度上谈论着与文学有关的“事实”？是否在“高谈阔论”中已是游离于“事实”之外的“离弦说象”了呢？而更为严重的是，这种“离弦说象”的理论倾向，在当今文学理论界并不仅仅是个别现象。

对于这种情况，徐岱也曾尖锐地指出：“艺术实践需要的是真正的批评艺术而不是胡说八道的批评理论。如何尽早地让批评实践从声名狼藉的批评理论的蹂躏中得到解放，让关于艺术的审美批评恢复名誉，这对于仍沉浸于批评理论的自慰游戏的当代中国文艺理论界来说，还是十分沉重的话题。”[⑤]

正是在这个意义上，当代中国文学理论，在反本质主义之后，我们主张进行开放而多元的本质个性化言说及本质观的理论重建，并不是为理论重建而重建，而是应立足于当代中国具体的历史语境，亦即当代中国社会生活与文学发展现状，恢复它与现实维度不可或缺的应有联系，在对当代中国变化了的，并正发生

---

① [法]埃德加·莫兰：《复杂思想：自觉的科学》，陈一壮译，北京大学出版社2001年版，第270页。

② [德]胡塞尔：《哲学作为严格的科学》，倪梁康译，商务印书馆2007年版，第69页。

③ 参见李自雄：《反本质主义的“错位”与文学本质的重新言说》，载《汕头大学学报（人文社会科学版）》2010年第5期。

④ 朱立元：《接受美学导论》，安徽教育出版社2004年版，第460页。

⑤ 徐岱：《艺术新概念：消费时代的人文关怀》，浙江大学出版社2006年版，第411页。

变化的文学现象有着独特的感悟与个性化理解的基础上，进行某种富有个性的本质言说，提出具有独特学术个性与洞察力的文学本质新说。

这种理论重建，可以并应该借鉴包括当代西方理论在内的古今中外优秀的理论成果，任何理论构建都不是天外飞来之物，而都是建立在对人类已有文明成果的充分吸收与利用的基础之上的。但这正如有学者所指出的，“把人家的理论观点、理论照搬过来，用来套我们的现实”，“解决不了我们国家的问题”。[①] 对任何的理论的吸收、利用以及在此基础上的理论构建，首先是要有“中国问题”意识[②]，是为解答“中国问题”，并解答的是“中国问题”，而不是人云亦云，或是制造噱头，更不是“与世隔绝”地闭门造车。

这种理论重建，也应不仅仅是适应当代中国社会及文学发展的要求，更要“敏”于这种时代发展的要求，而得时代之“先气”，并以个性化的话语表达与思想表述，在对当代中国所出现的新的文学现象与问题作出理论应答的同时，也对文学的未来发展形态与趋势作出有效的应对，而不至成为转瞬即逝的“明日黄花”，或“总是滞后”的文学理论，而保持文学理论作为理论学科应有的理论阐释能力。

(三)应有的阐释关系

我们主张的这种开放而多元的本质个性化言说及本质观的理论重建，显然也不是说要重新建立一种试图包罗文学所有本质(事实上是不可能穷尽的)的多维本质观，而最终像以往那样“统于一”，否则，就难免独断论的本质主义文学观念再次出现，而是呈现出多元发展的开放空间与富有个性的构建格局。对此，正如童庆炳所言，就像“同一房子的不同窗户，打开任何一个窗户都可以看到不同的景色”[③]，“一枝独放不是春，百花齐放春满园”，而这不正是我们所期盼的吗？它既不同于以往那种“统于一”的本质主义构建，其所形成的“一元独尊”理论话语霸权，也正是反本质主义者所要反的，但也不是像反本质主义者那样不再作出任何形式的本质言说，而是展现出一种开放而多元的本质个性化言说与本质观构建态势。这中间不可避免地有分歧与论争，那么应如何看待这种分歧与论争呢？

回顾中国当代，包括新时期之前，尽管我们对“百花齐放，百家争鸣”(这一方针于1956年提出)并不陌生，但我们都不难理解这种“百花齐放，百家争鸣”到底

---

① 童庆炳：《文学本质观和我们的问题意识》，载《社会科学》2006年第1期。

② 也正是在这一点上，“穿越主义”作为“反本质主义”之后的理论重建思路之一，与“建构主义”与“关系主义”相比，正如我们前文所指出的，它所表现出的“中国问题”意识是值得肯定的，尽管这种重建路径，究竟如何“穿越”及如何落到真正的理论重建层面，似乎始终还是个问题。

③ 赖大仁：《当代文学研究：一种新视野》，载《文艺评论》2001年第3期。

是什么意思。从这个意义上来说,包括新时期早期关于人性、人道主义及人的异化等问题的论争所带有的政治话语"强暴",是不用我们再多说的。然而问题并不止于此,就说后来诸多的论争,比如"人文精神大讨论"、关于"重写文学史"问题的讨论、关于"文学经典"问题的讨论、关于"日常生活审美化"问题的讨论、关于"文学研究的文化转向"问题的讨论、关于"文艺学边界"问题讨论,包括我们本文所讨论的"文学本质"问题等等的论争,虽然这些问题的讨论似乎是在学术化的层面上不断推进,但值得我们深思的是,这种讨论与论争到底在多大的程度上推进了学术的发展?我们到底从这种讨论与论争中获得了什么样的理解?显然,我们需要的不是各执己见的自以为是,也不是自言自语的众声喧哗,然而这种情况却那么真实地存在于上述诸多的讨论与论争中。我们的确在讨论与论争,但我们的讨论与论争只是为了陈述各自的观点,并为自己的观点立法吗?真正的理解与沟通在什么地方?

为此,我们认为,进行开放而多元的本质个性化言说及本质观的理论重建,应该在重建身份上实现由立法者向阐释者的转变,建立一种以他者为对话对象的理论阐释关系。我们这里主张的阐释也是一种理解,但它不同于立法,如果说立法具有规约的意义,它是单向度的,那么我们主张的阐释则是建立在互为主体基础上的对话活动,并由此与对方形成一种双向交互的阐释关系。

可以说,我们的文学理论是太习惯于以往的那种"立法"了,但问题是,这样的"立法"只可能适合于过去那种全面一体化的时代,而在现在这个日益多元的时代,这样的"立法"很可能遭遇的就是这样的一句流行语:"你以为你是谁?"所以,就我们的文学理论来说,走向阐释,并建立一种双向交互的阐释关系,就意味着言说者放下我们过去已经习惯的那种居高临下的立法姿态,放弃那种单向度的立法企图。这种阐释,是把自己的理论阐释建立在与他者对话的语境中,它并不要求对方能符合自己的理论阐释,也不是将自己的理论阐释强加给对方,而是在双向交互过程中达成某种理解。这种阐释关系,不仅应存在于文学理论与文学的双向交互过程中,以改变文学理论对文学的单向度规约(乃至束缚),促成文学对文学理论"从拒斥而走向接受",而且也应该存在于不同的理论阐释及阐释者之间,这也是他们之间能达成某种理解与沟通的前提。

毋庸讳言,这种理解与沟通,正是我们当前学界所缺乏的,而联想到诸如日常生活审美化、审美意识形态论、文化研究问题,还有本文所讨论过的反本质主义等问题的讨论与论争,其中的"你死我活",更是令人回味。所以,从这个意义上来说,进行开放而多元的本质个性化言说及本质观的理论重建,有必要也应该实现由立法者向阐释者的转变,除了在文学理论与文学的双向交互维度之外,也应在不同的理论阐释及阐释者之间,建立一种以他者为对话对象的理论阐释关系;否则,就只能形成众声喧哗、各自为阵、各自为是的局面,而造成新的某种封闭,并不利于当代中国文学理论的创新发展。

总之,笔者认为,当代中国文学理论在“反本质主义”之后也应该有所构建,不是也不应走向极端解构,而应进行一种开放而多元的本质个性化言说及本质观的理论重建,从而拓展出更为广阔的个人话语空间,但也并不意味着走向另一个“怎么都行”的相对主义极端,而要坚持应有的理论反思立场,避免以这样或那样的面目出现的“本质主义”理论话语及其思维方式的重新出现;保持应有的现实关怀,重新建立起它与现实维度不可或缺的应有联系,从而对当代中国文学发展的现实问题作出有力而有效的理论回应;实现由立法者向阐释者的转变,建立一种以他者为对话对象的理论阐释关系,从而在双向交互过程中达成某种理解与沟通,而不是也不应在封闭自守中造成新的隔绝,带来新的思维僵化。唯此,才能为当代中国文学理论的知识生产注入不竭活力,并为它的创新发展提供无限可能。

(原载《文艺争鸣》2012 年第 1 期)

反本质主义与文学理论的重建

——近十年来反本质主义文学观念所引发的理论探讨述论

目前，中国文论的建设发展在许多方面发生了巨大变化，这其中的一个重要方面即是：当代中国文论遭到了解构，这种解构是来自反本质主义的，并已构成了我们对中国文论进行深刻反思与重建思考的理论语境，而不能也不容回避。从某种意义上来说，反本质主义文学观念及其引发的论争在很大程度上影响了当代中国文论的发展格局，也正是基于此，我们有必要对这场论争作出及时回顾与总结，并反思其所存在的问题和不足，以期有利于当代中国文论的未来发展与建设。

一

在学界，对于反本质主义文学观念的最初出现，甚至可以追溯到 20 世纪 80 年代[①]，显然是与后现代思潮涌入中国相联系的，而具有外源性的理论特征。

在西方，反本质主义文学观念是建立在反本质主义的哲学基础之上的。一般认为，反本质主义肇始于叔本华、尼采等的非理性哲学。我们知道，西方由古希腊哲学所开启的爱智求知的形而上学传统，其对认知理性的倚重，已潜含着对"人"的遮蔽，而随后在西方哲学探寻事物"本质"的形而上学进程中，越来越疏离人的生活与现实生命，只是为人提供抽象的存在依据。文艺复兴以来，发端于笛卡儿的近代理性主义哲学，以对人的自身理性的空前肯定摆脱了宗教神学的束缚，但在经过德国古典哲学的大发展而完成于黑格尔并达到理性主义哲学"顶峰"的同时，也进一步将这种形而上学的认知理性取向推向了极端，西方哲学形而上学传统也因此陷入困境，并最终引发了对它的"反动"。此种"反动"，最早起于叔本华、尼采等人的非理性哲学。叔本华、尼采等人的这种非理性哲学批判并

① 参见金元浦、曾军：《问题意识·边界之争·对话主义》，载 2005 年 5 月 26 日《社会科学报》。

试图力纠自柏拉图以降西方传统形而上学的缺陷,为西方现代哲学的突围与重生提供新的思路,此即所谓现代哲学的“非理性”转向,其标举人的非理性,强调人的生命意志、直觉、情感与欲望等,实则是宣告理性主义所揭示的理性本质之虚无与理性本质观的破产,并因此被视为反本质主义观念的始作俑者。这种反本质主义观念,后经海德格尔、德里达、罗蒂、维特根斯坦等人的进一步阐扬,在西方形成一股反本质主义的思想大潮,并最终使西方哲学形而上学传统及其理性本质观走向终结,所谓的理性“真理”不复存在,而以其为哲学基础的西方文学本质观也土崩瓦解。

在中国文论界,这种反本质主义理论资源作为一种来自西方的批判武器,对当代中国文学理论生产状况产生前所未有的“撼动”,则始于《文学评论》杂志在2001～2002年展开的关于“大学文艺学学科和教材反思”的讨论。[①] 这一次的讨论,旋即引发了一场文论界至今未绝的关于当代中国文学理论生产状况及其出路的理论探讨。

这场理论探讨从2001年开始,算起来到现在已经十多个年头。要说与此相关的比较集中的几次讨论,姑且撇开就此召开的大小不等的理论研讨会不论,仅就理论刊物而言,在新世纪的第一个十年里,除了《文学评论》在2001～2002年拉开这场理论探讨序幕的那一次,还有《文学评论》2004～2005年展开的“关于‘文学理论边界’的讨论”,2007年第5期关于“文艺学知识形态批判性反思”的讨论;《文艺研究》2004年第1期关于“当代文艺学学科反思”的讨论,2005年第7期、第9期关于“学科反思”的讨论,2006年第10期作为“理论专题”的讨论。而更多相关的学术论文,则是散见于各类文学理论刊物、社科期刊和众多大学学报。可以说,十多年来的这场理论探讨,从《文学评论》在2001～2002年的那次讨论一石激起千层浪而成为理论热点开始,在接下来的连续几年里,我们浏览与回顾“2003年文学理论批评”[②]、“2004年文学理论和批评状况”[③]、“2005年文艺

① 参见陶东风:《大学文艺学的学科反思》,载《文学评论》2001年第5期;李珺平:《文艺学学科建设与教材建设的思考》,载《文学评论》2002年第1期。

② 参见张炯:《2003年文学理论批评一瞥》,载《文学评论》2004年第4期。

③ 参见杨经建、吴志凌:《2004年文学理论和批评状况要览》,载2005年2月18日《光明日报》。

学热点问题”[①]、“2006 年文学理论批评热点问题”[②]、“2007 年文艺学热点问题”[③]、“2008 年文学理论批评热点问题”[④]，不难发现，学界关注的理论话题都或多或少地与这一理论热点相关联。到 2009 年，《文艺争鸣》展开关于“文艺学的建构论与本质论问题”的讨论，一直延续至 2010 年，连续刊发了此类的理论文章 25 篇，可谓盛矣[⑤]，并进而在新世纪的第二个十年之初再次掀起新一轮的论争[⑥]，而将问题的探讨不断引向深化，相关的讨论仍在持续。

毫不夸张地说，10 多年来的这场由反本质主义文学观念所引发的论争和理论探讨，几乎成了我们对当代中国文学理论进行理论反思与重建思考不容轻易绕开的理论话题，其引起的理论关注之巨之广，在当代中国文论界无疑是引人注目的。

二

这场由反本质主义文学观念所引发的论争和理论探讨主要围绕两方面的问题与焦点而展开，即：怎样认识当代中国文学理论的本质主义弊端及其症结？当代中国文学理论应如何走出本质主义的困境进行理论重建？并由此衍生出一些基本理论问题：文学有没有本质？到底应该如何理解文学的本质？它是否仅仅就是历史的建构？还有与之相关联的一系列的概念的界定问题：如何界定“本质”？如何界定“本质主义”？如何界定“反本质主义”？等等。许多人发表了不同看法，也不乏观点碰撞。大致来说，主要包括“反本质主义”的观点与被反方的观点回应，以及与上述双方不尽一致的来自第三方的看法。

① 参见吴子林：《面对挑战的文艺学研究——2005 年文艺学热点问题研究一瞥》，载《南京师范大学文学院学报》2006 年第 1 期。

② 参见汪正龙：《2006 年文艺学热点透视》，载《南京师范大学文学院学报》2007 年第 3 期；余虹、马元龙：《意识形态·知识·底层——2006 年文学理论论争扫描》，载 2007 年 1 月 30 日《文艺报》；葛红兵、宋红岭：《分化与缝合——2006 年文学理论批评热点问题述评》，载《当代文坛》2007 年第 1 期。

③ 参见章辉：《文学理论知识创新的焦虑与新媒介文化的冲击——2007 年度文艺学热点问题述评》，载《社会科学》2008 年第 2 期。

④ 参见葛红兵、赵牧：《中国经验·现实维度·反思视角——2008 年文学理论批评热点问题评述》，载《当代文坛》2009 年第 1 期。

⑤ 参见曾军、贲前方：《历史意识·本土意识·问题意识——2009 年度文艺学研究热点扫描》，载《社会科学》2010 年第 1 期；马建辉：《2009 年文艺理论热点回眸》，载 2010 年 1 月 8 日《文艺报》；汪正龙：《2009 年文学理论研究扫描》，载《文艺争鸣》2010 年第 13 期。

⑥ 相关的论争，可参见李自雄：《论“反本质主义”之后的文学理论重建》，载《文艺争鸣》2012 年第 1 期；王伟：《反本质主义、文论重建与中国问题》，载《文艺争鸣》2013 年第 1 期；李自雄：《关于反本质主义的三个关系问题》，载《文艺争鸣》2013 年第 5 期；等等。

“反本质主义”的观点，无疑是起到了一石激起千层浪的作用。如何对当代中国文学理论的本质主义观念及其思维方式进行清理、批判与破除呢？反本质主义者采用了具体的文本批判的策略，也就是从大学文学理论教材入手，对当代中国文学理论的本质主义观念及其思维方式进行清理与解构。

因为在反本质主义者看来，对于当代中国文学理论的本质主义观念与思维方式的形成及其积弊，文艺学教科书扮演了不容忽视的角色。在这一点上，诚如反本质主义者所言，“自从大学成为知识生产的主要机构化场所以后，文艺学就被纳入了这个体制。大学的文艺学教学成为文艺学知识生产、传播以及人才培养的最主要渠道，而教科书则是这个主渠道的中心环节”①，所以“大学文艺学教科书也就最典型地集中了本质主义的弊端”②。从某种意义上讲，如果说本质主义是一种“病毒”的话，那么大学的文艺学教科书及教学则起着散播“病毒”的作用。因此，从文学理论教材入手，对当代中国文学理论的本质主义观念及其思维方式进行清理与解构，对反本质主义而言，确乎能更好地观照“本质主义的弊端”，而基于“中国大学中从事文艺学教学与研究的人数之庞大，更为世界之首”③的事实，则无疑更能起到拔“寨”起弊、当头棒喝的作用。

具体来说，反本质主义者主要是通过对以群主编的《文学的基本原理》(上海文艺出版社 1963 年第 1 版，1979 年第 2 版，1983 年第 3 版)、蔡仪主编的《文学概论》(初稿完成于 20 世纪 60 年代，1979 年人民文学出版社出版)、童庆炳主编的《文学理论教程》(高等教育出版社 1992 年第 1 版，1998 年第 2 版，2004 年第 3 版)等文学理论教材的文本分析，来对当代中国文学理论的本质主义观念及其思维方式进行清理与解构的。以反本质主义者的观点来看，当代中国的文学理论深受本质主义观念及其思维方式的影响，对于这种影响及其实质，在此，为了尽量避免某种曲意附会(客观地说，目前中国学界，对反本质主义者的这种曲意附会并不少见，为此，他们也作过回应，而他们的回应也可能存在同样的情况④，这确实是值得注意的问题)，我们倒是更愿意用他们一段多次同义反复的话来作出概括，即“总是把文学视作一种具有‘普遍规律’、‘固定本质’的实体”，其“不是在特定的语境中提出并讨论文学理论的具体问题，而是先验地假定了‘问题’及其‘答案’，并相信只要掌握了正确、科学的方法，就可以把握这种‘普遍规律’、‘固有本质’，从而生产出普遍有效的文艺学‘绝对真理’”。并在这种观念及思维

---

① 陶东风：《大学文艺学的学科反思》，载《文学评论》2001 年第 5 期。

② 陶东风：《文学理论基本问题·导论》，北京大学出版社 2005 年版，第 2 页。

③ 陶东风：《文学理论基本问题·导论》，北京大学出版社 2005 年版，第 1 页。

④ 陶东风：《文学理论：建构主义还是本质主义？——兼答支宇、吴炫、张旭春先生》，载《文艺争鸣》2009 年第 7 期。

方式的驱使下,“似乎文学是已经定型且不存在内部差异、矛盾与裂隙的实体,从中可以概括出所谓放之四海而皆准的‘一般规律’或‘本质特点’”,而“这个意义上的‘文学’与‘文学理论’实际上只是一个虚构的神话,这个意义上的所谓‘规律’实际上也只是人为地虚构的‘规律’”①,这就是当代中国本质主义文学观念的“虚构”实质。而更为严重的是,“以各种关于‘文学本质’的元叙事或宏大叙事为特征的、非历史的本质主义思维方式严重地束缚了文艺学研究的自我反思能力与知识创新能力,使之无法随着文艺活动的具体时空语境的变化来更新自己。这直接导致了另一个严重的后果,即文艺学研究与公共领域、社会现实以及大众的实际文化活动、文艺实践、审美活动之间曾经拥有的积极而活跃的联系正在丧失。大学的文艺学(在很大程度上也是一般的文艺学)已经不能积极有效地介入当下的社会文化与审美/艺术活动,不能解释改革开放尤其是90年代以来文学艺术的生产方式、传播方式以及大众的文化消费方式的巨大变化”②,妨碍了它“及时关注与回应当下日新月异的文艺/审美活动,使之无法解释当代文艺/文化活动的变化”,还“导致文艺学在研究的对象上作茧自缚”,拒绝研究新近出现的审美及文化现象,而将它们拒斥在文艺学的研究范围之外③,而“对于新近出现的文艺活动的深刻变化的一味回避或拒斥,又反过来强化了文艺学中原有的本质主义倾向”④。可以说,当代中国文学理论的本质主义观念及其思维方式,不仅束缚了自身的创新发展,而且致使文学理论不能对当代中国社会生活及其文艺实践活动作出有效的回应与理论阐释,而这又进一步加剧了这种文学理论的本质主义观念及其思维方式。很明显,当代中国的文学理论正处于这样一种恶性循环的怪圈之中,要使当代中国的文学理论走出这一恶性循环的怪圈,对这种本质主义观念及其思维方式进行清理、批判与破除势在必行。

面对反本质主义者的批判,被反方也以不同的方式,包括正式的诉之笔端,或者以非正式的言语方式作出了回应,这种回应也是基于对本质主义观念及其思维方式摈弃。其中比较正式而有代表性的回应是:在中国“本质主义与反本质主义的战争其实早就已经结束,已经没有了悬念”,中国近代以来的思想解放运动,包括“‘五四’新文化运动、延安整风运动和新时期以来的思想解放运动,总的来看都是反本质主义的”⑤,而“审美意识形态论”的提出以及它对“社会意识形

① 陶东风:《大学文艺学的学科反思》,载《文学评论》2001年第5期。

② 陶东风:《大学文艺学的学科反思》,载《文学评论》2001年第5期。

③ 参见陶东风、王瑾、和磊、喻书琴、陈晓华:《日常生活审美化:一个讨论——兼及当前文艺学的变革与出路》,载《文艺争鸣》2003年第6期。

④ 陶东风:《大学文艺学的学科反思》,载《文学评论》2001年第5期。

⑤ 童庆炳:《反本质主义与当代文学理论建设》,载《文艺争鸣》2009年第7期。

态论”的更替，就是这种思想运动的反本质主义的产物。对此，反本质主义者则认为，“文学是一种审美意识形态”和“文学是一种社会意识形态”，在理论的思维方式层面，并没有什么实质上的区别，二者“都是一种本质主义的理论话语”，用“审美意识形态”对“意识形态”进行置换，只是在“本质主义理论框架内的具体内容的调整，不能改变文学本质主义的理论性质”。①

对反本质主义的批判，除了被反方的回应之外，更多的是来自第三方的声音，我们不妨称之为“反思派”（当然，无论是反方，还是被反方，都有自己不同意义上的反思，这里称他们为“反思派”，只是为表述方便）。他们的这种声音，是由反本质主义所引发的论争而引发的进一步反思，并同样表现出对本质主义观念及其思维方式的摈弃与批判。他们中的绝大多数，包括来自老、中、青几代的学者，对中国文学理论研究中存在的本质主义观念及其思维方式几乎都采取了批判的态度，近乎是“一边倒”。② 这与“反本质主义”并无二致，而与反本质主义的巨大分歧，则很大程度体现在对于当代中国文学理论应如何走出本质主义困境进行理论重建的问题上的分野，他们中的绝大多数与反本质主义者提出的“建构主义”理论重建思路不同，而提出了一些各不相同的理论构建方略，比较典型的有“关系主义”的理论重建思路与主张，还有“穿越主义”的理论重建思路与主张等，并与反本质主义者提出的“建构主义”理论重建思路一起，在不同程度上推进了相关问题的讨论，但和反本质主义者的“建构主义”一样，也各自暴露出了其在理论重建过程中的问题。

对于以上几种观点，也有学者，如王元骧、杨春时、支宇、章辉等人都提出了质疑，表达了不同观点。但总体来说，对相关问题的理论探讨与思考，能形成的理论共识还不多见，理论建构也不足，并且不够系统，特别是对文学本质的认识，缺乏历史与哲学维度的纵深考察，而对文学本质的重新言说及其本质观重建是否必要与如何可能等当代中国文论建设的理论命题，也有待作出更富有建设意义的深层探讨与理论前瞻。

三

正是基于上述研究现状，我们认为对文学本质及其本质观的理解与认识，有

① 参见单小曦：《文论教材建设中的本质主义与反本质主义——关于中国高校文学理论教材改革与建设的思考之一》，载《长江师范学院学报》2008 年第 3 期。

② 参见曹顺庆、文彬彬：《多元的文学本质——对本质主义和建构主义论争的几点思考》，载《文艺争鸣》2010 年第 1 期。

两方面的问题值得作出更为深入的理论追问、澄清与探寻:一是从历史与哲学维度(特别是在中西比较的基础上),进一步厘清当代中国文论知识生产的本质主义症结所在,即它要并应该反思的是何种中国语境意义上的本质主义。二是在此基础上,进而对当代中国文论知识生产的困境作出应对思考,并为其理论重建及走向提出相应的理论设想。

对于前一方面的问题,笔者曾撰文通过与西方认知理性意义上的形而上学传统相区分,指出反本质主义把当代中国文论知识生产症结,简单地等同于西方形而上学传统的那种"真理"意识形态元叙事模式(以认知理性意义上的形而上学为基础)的本质主义观念及其思维方式,是一种"错位"的归结,并形成对真正症结,即政治意识形态元叙事模式(以政治伦理意义上的形而上学为基础,尽管也获得西方"知识论"的"逻辑"支持)的本质主义观念及其思维方式的"遮蔽",而不利于对其进行深刻解构。[①] 这是必须首先予以厘清的,因为若不是对症下药,其有效性都是值得怀疑的。这种中国文学的本质主义观念及其思维方式,作为一种政治意识形态元叙事模式,是由政治意识形态所主导,并获得政治伦理意义上的形而上学传统的背后支持(尽管在不同历史语境与时代要求下具有不同的特定内涵)。金观涛、刘青峰曾分析过中国传统社会的政治结构和意识形态结构的同构关系[②],这种同构关系,正如李泽厚所言,它是"通过以伦理(人)——自然(天)秩序为根本支柱构成意识形态和政教体制",并"由一种不可违抗的天人同一的道德律令展示出来","形成中国式的政教合一",并提升到"宇宙论"的高度[③],从而获得某种普遍必然的存在依据,这就是中国政治伦理意义上的形而上学传统的实质所在。而正是由于这种政治伦理意义上的形而上学传统及其政教合一结构,所以要动摇旧的政治秩序就势必需要破除相应的意识形态信仰,并予以重构,而为新的政治秩序的重建提供与之内在一体的支持。正是在此意义上,中国现代政治革命在事实上只是置换了政治结构和意识形态的时代内容,其现代政治秩序的重构,在政治结构和意识形态结构高度统一的传统模式上,并没有发生根本改变。有不少人论及前苏联模式对当代中国文学本质观念从反映论到审美意识形态论的影响,我们认为,这只是外因,而正是这种政治伦理意义上的形而上学及其政治结构和意识形态结构高度统一(政教合一)的传统模式,在国家意志的背景下赋予政治意识形态以其特定的时代内涵的同时,使高度政治化

① 参见李自雄:《当代中国文学理论反本质主义批判的批判》,载《学术探索》2009年第3期;《反本质主义的"错位"与文学本质的重新言说》,载《汕头大学学报(人文社会科学版)》2010年第5期。

② 金观涛、刘青峰:《兴盛与危机——论中国社会超稳定结构》,香港中文大学出版社1992年版,第196～199页。

③ 李泽厚:《论语今读·前言》,安徽文艺出版社1998年版,第7页。

的前苏联模式在当时被接纳过来是那么顺理成章。

在对上述前提性的问题作出厘清之后，那么还有第二方面值得思考与探讨的问题，即：当代中国文论知识生产的出路何在？文学本质的重新言说及本质观的理论重建是否必要？如何可能？这些问题就成了当代中国文论建设必须思考和回答的问题。

正如我们前面所提到的，对于这一理论重建问题，目前学界比较有代表性的有反本质主义者的"建构主义"思路，还有"关系主义"、"穿越主义"等主张，但都值得进一步商榷。反本质主义者不满于当代中国文论知识现状而对本质主义文学观念及其思维方式展开清理与解构，尽管如上文所述，他们的这番清理与解构还不够彻底，而需要作出必要的再清理与澄清，但正如他们所认为的，解构的目的是为了重建，他们反对企图对文学作出"一劳永逸"的揭示，其本质在于历史建构，并以此为自己是"'反本质主义'，而不是'反本质的主义'"[①]作出辩护，而由此提出了一条"建构主义"的理论重建思路。但这一理论"重建"，不是从具体文学文化现象出发提出问题，而是从预先的文学理论问题出发进行中西文献资料的填充，并没有提出新的文学理论知识。职是之故，正如有学者所指出的，这种反本质主义文论，"从理论的创造、生成及深化角度看"，其"在中国学界所得到的实质性拓展并不令人乐观"，"它无法完成'破'中有'立'的理论革新任务，因而也无力引导中国当代文论走向未来"。[②]

不难看出，在反本质主义者所谓"建构主义"理论"重建"过程中，不仅摧毁任何形式的本质，而且也不再对文学作出任何形式的本质重新言说，或者说没能对文学作出某种本质的重新言说；"虽然声称是建构"，但得到的只是"一种知识的集合"，而对当下文学理论的建构"并没有提出任何实质性的意见"。[③] 而这样的问题也同样存在于另一种重建思路，即"关系主义"之中。这种重建思路，与反本质主义者对待本质主义的态度颇有不同，指出"必须有限度地承认'本质主义'的合理性"[④]，对文学及其界定持历史合理性的观点，认为要在历史维度及其多重文化关系网络中研究与理解文学。这在很大程度上避免了观点的偏激，但问题是，这种关系主义主张的理论"重建"，主要以西方理论，特别是西方现代理论作为思想资源，满足于对文学理论概念与范畴进行某种"文献式"的阐释。而这也

① 陶东风：《文学理论：建构主义还是本质主义？——兼答支宇、吴炫、张旭春先生》，载《文艺争鸣》2009年第7期。

② 张婷婷：《文艺学本体论的建构与解构》，载《中国社会科学院研究生院学报》2006年第4期。

③ 曹顺庆、文彬彬：《多元的文学本质——对本质主义和建构主义论争的几点思考》，载《文艺争鸣》2010年第1期。

④ 南帆：《文学研究：本质主义，抑或关系主义》，载《文艺研究》2007年第8期。

导致它与反本质主义者的"建构主义"理论"重建"一样，不是从具体的生活现实与文学现象出发，而是以先在的文学理论问题为框架来组织文学理论知识，进行相关文献资料的编排与解释，也同样没能提出新的文学理论知识与新的文学本质规定。

那么，这是不是说在文学理论的重建上就不需要对文学作出某种本质言说了呢？对于这个当代中国文论在其理论重建过程中不容回避的问题，"穿越主义"的重建思路，也许不乏启发意义。正如我们前文所提到过的，这种观点认为，"一个没有真正告别'意识形态'思维、而且不自觉地以'新意识形态'代替'旧意识形态'的民族"，不能轻言放弃"对文学独立的本质性理解"，而要对传统中西方文学"本质论"实现"穿越"，以建立中国文学本质论的当代理论形态。① 这种重建路径，尽管究竟如何实现"穿越"以落到真正的理论重建层面，似乎始终是个让人费解的问题，但它所表现出的"中国问题"意识与对文学本质言说之必要性的审慎态度，是值得肯定的。

首先，从文学理论这种理论学科来说，对文学本质作出某种必要的言说，也是文学理论作为一种理论构建与描述的需要，只要我们认为文学理论还成其为理论，还有理论构建与描述的必要，就离不开文学本质的言说，而这或许就是它作为理论而逃不脱的宿命。正如有学者所言，对本质言说的放逐，"不相信有什么确定性、实质性的东西可以把握，也不相信有什么真理性或普世性的价值存在，于是就会轻易放弃对问题应有的思考，往往会停留在表面，以对某些现象的描述、阐释代替对问题的'思考'，导致'思'的弱化与消解"②，只是"在一些看似理论化的研究论题之下，其实并未研究多少实质性的理论问题（这在有些人看来似有'本质主义'之嫌），也并不注重理论的系统性和逻辑性，不追求多少研究的学理深度，而是热衷于引述各家各派的西方理论，借以显示知识的丰富与广博"，并"成为一种'知识生产'或'再生产'的新范式"，也正是在这样一种情况下，"一些新编的文学理论教材，或类似于教科书之类的读物，并不注重自身的理论建构，而是在某些理论框架之下，罗列介绍各种中外文论知识，成为一种平面化理论知识的集束式堆集，差不多就是一个文论知识的杂烩'大拼盘'"③，而其造成的后果则是，"现象描述阐释有余而对问题的思考不足，缺乏思想的力量和力度"，而让人"普遍感觉"到理论的"疲软"。④

---

① 参见吴炫：《当前文艺学论争中的若干理论问题》，载《文学评论》2008 年第 4 期。

② 赖大仁：《当代文论研究：反思、调整与深化》，载《文艺理论研究》2013 年第 3 期。

③ 赖大仁：《当代文论嬗变：知识生产与理论重建》，载《杭州师范大学学报（社会科学版）》2012 年第 6 期。

④ 赖大仁：《当代文论研究：反思、调整与涤化》，载《文艺理论研究》2013 年第 3 期。

钱中文先生也曾指出："说实在的，很多事物本质的东西，我们不是研究的太多，而是难以研究，于是就拿文学理论来说事了！既然文学研究可以去探讨象征与修辞现象，多种体裁与形式现象，文学和其他学科的共性特征，那么为什么就不能探讨文学自身的本质特征呢？你说本质特征说不清楚，那么其他诸如象征、修辞、形式、体裁、流派、思潮都已一劳永逸地说清楚了吗？你不愿意研究文学本质，难道别人也不能研究吗？况且文学现象的本质研究，十分艰难，形成一个观念极为不易，很可能要凝聚研究者一生的心血才能做到，而且也不可能是终极真理，事物的真理性只能被不断地接近与认识。其实，文学理论不仅需要提供知识，也应该提供思想。"[①]可以说，作为文学理论的基础问题，对文学本质的研究及其言说是其应有之义，也正是其思想品格使然，而应引起我们理论重建的足够重视，并作出富有深度的开掘与理论建构。就当代中国文学理论而言，这种本质言说与理论建构，是立足于当代中国社会及文学现状与问题的，并且在现在这个日益多元化的时代，无疑又是充满个性的。而正是在这个层面上，我们提出从"中国问题"出发，主张进行一种开放而多元的本质个性化言说及理论重建，并重新建立其回应现实的理论建构能力，也许是一条可行的思路，而庶几能为推进我们当前的理论建设提供有益的参考。[②]

总之，这场由反本质主义文学观念引发的论争和理论探讨，促使我们对当代中国文学理论知识生产的本质主义症结进行深刻反思，并不能将其简单归结为等同于西方形而上学传统的那种"真理"意识形态元叙事模式（以认知理性意义上的形而上学为基础），而在于政治意识形态元叙事模式（以政治伦理意义上的形而上学为基础，尽管也获得西方"知识论"的"逻辑"支持）。并且，当代中国文学理论在反本质主义之后，也不应走向极端解构，而应进行开放而多元的本质个性化言说及本质观的理论重建，并有利于当代中国文论知识生产走出政治意识形态元叙事模式的本质主义观念及其思维方式。但要指出的是，它需要摆脱的是这种本质主义束缚，而不是说它与政治意识形态没有关系；相反，文学自主性诉求及其本质个性化言说，正表明了它自身对政治意识形态的一种态度与关系。就此而言，在当代中国公民社会渐趋形成——这一新的历史语境下，这种诉求与言说，更显示为一个"公共政治"问题，只是这种政治层面的意义，不是再受从于现存政治意识形态元叙事模式的单一控制，而具有"作为公共领域自由行动"的

① 丁国旗：《文艺理论要为文学创造思想——文艺理论家钱中文访谈》，载2012年10月26日《文艺报》。

② 详见李自雄：《论"反本质主义"之后的文学理论重建》，载《文艺争鸣》2012年第1期；《值得追问的"中国问题"》，载《文艺争鸣》2013年第1期；《关于反本质主义的三个关系问题》，载《文艺争鸣》2013年第5期。

意义[1]，从而推进当代中国社会文明进步与人的自由健全发展，这也是马克思主义人学的终极目标，亦应是这种多元发展的主导倾向。因此，我们主张进行开放而多元的本质个性化言说及本质观的理论重建，并不意味着没有主导的取向而走向理论上的混乱，而是一种"主导多元"的理论构建。唯此，才能避免新的理论误区，并有利于当代中国文学理论的重建与发展。

（本文删节、修改后发表于《文艺理论与批评》2012 年第 6 期，后又有思考与充实）

① 陶东风：《重建文学理论的政治维度》，载《文艺争鸣》2008 年第 1 期。

值得追问的“中国问题”

——兼与王伟博士商榷

我们的文艺理论研究需要有“问题”意识，并且需要有“中国问题”意识，这无疑是正确的。通观王伟博士的《何谓文艺学论争的“中国问题”》一文（以下简称“王文”）[①]，王伟博士和他所批判的“理论家”对此并无意见上的分歧，他们的分歧概括起来，大致有三：一是什么才是“真正的中国问题”；二是西方理论研究“中国问题”的有效性问题；三是具体到对“本质主义”与“反本质主义”的认识问题。

一

对于什么才是“真正的中国问题”这一问题，王文指出其所批判的“理论家”把“立足于现实感受来说的问题”，譬如“下岗工人问题，失学问题，贫富悬殊问题，能源利用高成本问题，医疗问题”等，视为“浮浅的问题”——是有问题的。很明显，在王文看来，“立足于现实感受来说的问题”，也是问题，并且也是“真正的中国问题”，这种判断显然有其合理性。但值得追问的是，这些“立足于现实感受来说的问题”是不是能停留于“现实感受”？作为理论研究者，我们是否能放弃深层次的理论追问？如果不能放弃，将其经由“穿越”而到达“理论问题”层面的探讨——这种“理论家”的研究套路也就具有了合理性。我们强调对现实的介入，但并不意味着我们的这种介入就停留于“现实感受”，更重要的是需要具有某种“反思、批判和超越的品格”[②]，这就是它对现实的意义。就此而言，“立足于现实感受来说的问题”，不仅是王文所指出的，“必须经由‘穿越’而到达‘理论问题’才算合格”，并且由此形成理论研究的必然过程与应有之义。正如有学者所曾指出

① 王伟：《何谓文艺学论争的“中国问题”》，载《文艺争鸣》2012 年第 7 期。以下引文凡出自该文不再另注。

② 曾繁仁：《中国文艺美学学术史》，长春出版社 2010 年版，第 217 页。

的,任何问题的思考,“总是在一般性(也必然是趋于本质性的——作者注)中提取自己的构成,而提取过程又总是遵循着简化原则。它注定要把很多充满生机的东西过滤掉,使留存的东西更适于理论的一般性”[①]。

这一理论研究的必然过程与应有之义是无法否定的,王文也“并不反对把生活的经验加以概括总结,从而上升到理论的高度”,其实也是它反对不了的。固然,任何问题的理论思考,都不能离开其现实的经验的维度,否则就丧失了现实基础,但是否能以这种现实的经验的维度而否定其理论概括的应有维度?更何况,不同的人由于看问题的视角和方式不同,在理论思考的路径上,有的偏重于现实的经验的维度,有的偏重于理论概括的维度,但这并不意味着一定会由此走向两个不同的极端,更不能由一个极端否定另一个极端,可以说,这种否定本身就是极端化的。我们不能以柏拉图对理论维度的重视,而否定其对现实维度的关注,柏拉图的“理想国”也是有其现实土壤的;同样的道理,我们也不能以亚里士多德对现实经验的重视,而否定其对理论维度的专注,亚里士多德的“形而上学”就是这种专注的理论结晶。就拿王文所批判的“理论家”的观点——“真正的中国问题”是指“在每个人真正的自主能力、创造能力、独特理解世界能力不能具备的情况下,多元和自由还是会呈现世俗的、从众的、低程度创新的状况”——来看,的确没有王文所认为的“真正的中国问题”,诸如“下岗工人问题,失学问题,贫富悬殊问题,能源利用高成本问题,医疗问题”等——来得具体可感,但何尝不是一种基于现实维度,甚或包括后者这些具体问题的理论思考?

“真正的中国问题”应是也必然是基于中国现实语境而提出的问题,对此,我们可能从不同的维度看到的是不同的方面,但如果纠缠于、拘泥于某一维度或某一方面,甚至抹杀其应有的理论意义,就难免陷入王文所谓的“被狭隘化的‘中国问题’”了。

二

对于西方理论研究“中国问题”的有效性问题,王文认为其所批判的“理论家”一方面否认西方式理论的有效性——“用西方式理论看中国不是‘中国问题’”;而另一方面,又面临着自身设置的逻辑困境,即“既然承认用西方式理论‘看中国’,再否认中国问题未受关注从逻辑上就无法讲得通”。一言以蔽之,王文的逻辑是,用西方式理论看中国就一定关注的是“中国问题”。果真是这样的

① 高楠:《批评的生成》,载《文学评论》2010年第6期。

吗？这显然也是一个值得追问的问题。诚如王文所言，“我们曾经在援引西方理论时有过‘拿来主义’的热诚而少有批判性反思的经历，譬如新文化运动、20世纪80年代的新启蒙等，即便如此，也不能说投身其中的知识分子关注的就不是中国问题”，但王文似乎没有注意到，中国近现代以来，用西方式理论看中国就一直存在着语境“错位”的问题，西方有那么多理论，并有许多理论不乏“先进”，几代中国知识分子并非没用借用西方理论，但并不意味着都能解决得了中国问题，而几代中国知识分子的痛苦也正在于此（王文所举的林则徐的例子也经历过这样的痛苦），包括新文化运动、20世纪80年代的新启蒙所遭遇的问题也概莫能外，中国“启蒙”的艰难历程，也印证了这一问题。

王文批判其所批判的“理论家”——“忽略了近代以来中国‘文学’（西方理论意义上的‘文学’）曾经走过的风风雨雨”，却没能意识到自己忽略了近代以来中国“文学”（西方理论意义上的“文学”）走过风风雨雨之后也并未见到期盼中的彩虹。诚如王文所言，我们“不能把多元与自由在中国特殊条件下有可能产生的所谓不良结果作为否定它们的理由”，但值得深思的是，这种结果的出现，是什么原因导致的？我们尽管不能把这种结果仅仅归咎为看问题的理论方式，但显然与此是有关系的。也正如王文所指出的，“中国问题”还关涉到一个“全球问题”，从某种意义上来说，“中国问题”也是一个“全球问题”，“中国问题”不可能置身于“全球问题”之外，并构成我们探讨“中国问题”的题中之义与理论背景，但也正是在这种背景下，有这样一个问题更值得我们深思，即：无论我们如何强调“中国问题”与“全球问题”的密不可分（这种密不可分的确也是事实），我们也无法否定“中国问题”的特殊性，我们既然无法否定“中国问题”的特殊性，那我们用西方理论看到的“中国文学”到底有多少是真正意义上的中国问题？诚然，正如王文所指出的，中国“无法逃脱全球版图的‘魔掌’”而要面对并思考这样一个问题，即“西方的先行者又有哪些可供借鉴的良好经验及应避开的陷阱等等”，但从另一个角度而言，是否正是面对西方的先行者这种利弊共在的事实而更需要我们不能无视“中国问题”的特殊性？在这一点上，不少人谈论“中国问题”的理论前提，包括王文都存在这样的误区，即：如果忽视西方理论与中国语境可能存在的“错位”问题，用西方理论看到的就只是西方理论虚构中的中国，实质上是远离了真正的现实的中国，在这种虚构中的“中国问题”，还是“真正的中国问题”吗？更遑论关注什么真正意义上的“中国问题”。

而同时，王文也再次提醒了我们，当我们现在回过头来对近现代以来包括新文化运动、20世纪80年代的新启蒙在内的历史进程进行反思时，如果对上述问题还没有足够清醒的认识，我们就会永远沉迷于西方理论的幻影与幻觉之中，而离真正的现实的中国及其“真正的中国问题”渐行渐远。正是在这种“理论幻觉”之下，我们的文学研究“在术语、概念和措辞的移植和更新方面倾注了过多的热情，而对这些概念术语由以产生的现实根源，对它们指称外在于理论话语的文学实在的确当性问题，常常缺乏严谨的考校和细心的鉴别，因此往往给人以名实错位、似是而非、言不及义、隔靴搔痒的感觉”①。这确乎不是个别现象。我们的许多研究，不是从中国的历史语境与现实状况出发，而是从“西来”的话语与概念出发，由这些话语与概念“自生出许多与我们本土文论问题无关的‘假问题’”，而“真正属于我们自己的问题并没有从批评研究中生发出来”，或是揭示出来，正如有学者曾形象指出的，“只是借用他人的概念术语衣装演练了一场堂皇而缺乏神采的戏”②。

三

具体到对“本质主义”与“反本质主义”的认识问题，王文指出其所批判的“理论家”犯了一个前提性的认识错误，即：认为“一个文艺理论家即便认为自己的文学观是真理，只要不利用权力和势力去要求别人接受而是靠理论本身的力量影响别人，那就是十分正常的”③，由此将当代中国文学理论知识生产的症结作了“权力主义”、“意识形态”与“本质主义”的切割，并将前者归结为一种“本质化的行为”，认为当代中国文学理论该反的是这种“本质化的行为”，而不是什么“本质主义”。④

能否作这样的“切割”？正如王文所分析的，这种“切割”本身就是有问题的，“权力关系”与“意识形态”对“本质主义”的渗透是无法作出这种简单的“切割”的。的确，综观中西历史，我们不难发现，对文学本质的揭示与描述，其显然都是基于一种形而上学意识形态的“完美”假设。在这个意义上，历史表现为波林·

---

① 沈立岩：《关于文论“失语”和“话语重建”的再思考》，载《南开学报》2001年第3期。

② 林岗：《语言变迁与20世纪文论》，载《文学评论》1998年第3期。

③ 王晓华：《什么是文艺学论争的“中国问题”》，载《文艺争鸣》2011年第5期。

④ 参见支宇：《“反本质主义”文艺学是否可能？——评一种新锐的文艺学话语》，载《文艺理论研究》2006年第6期；章辉：《反本质主义思维与文学理论知识的生产》，载《文学评论》2007年第5期；吴炫：《当前文艺学论争中的若干理论问题》，载《文学评论》2008年第4期；乔焕江：《文学：从“是什么”到“怎么样”》，载《文艺争鸣》2009年第3期；王晓华：《什么是文艺学论争的“中国问题”》，载《文艺争鸣》2011年第5期。

罗斯诺所说的逻各斯中心，它在造就“神话”的同时，也就成了“意识形态和偏见的源泉”。我们往往以所谓历史的局限性来为它的这种意识形态偏见开脱，并不意味着我们能逃避这种意识形态偏见，它“是一种封闭的方法”，并以这种封闭的方法进行历史特许，“历史特许‘这一个或那一个主体为最高的中心……而所有其他的事物必须借助于那些术语才得以被理解和被解释’”。[①] 也正是在这个意义上，“该描述法的‘意识形态’性之两大特征起了决定作用，它就是‘真理性’(其实是‘伪科学性’，即‘把特殊的东西说成是普遍的东西’)和‘权力性’(‘把普遍的东西说成是统治的东西’)(引自马克思《德意志意识形态》)，再加上社会实体力量及其利益需要的强制执行”[②]。简言之，“本质主义”不可能没有“权力关系”与“意识形态”的渗透，更不可能作出水是水、油是油的“分离”与“切割”。在这一方面，王文的判断无疑是准确的。但另一方面，值得追问的是，这种渗透和影响是否同样需要考虑一个西方理论方式与中国语境可能存在的“错位”问题？显然，王文沿着其前文的逻辑，是把这一问题排除在其“逻辑”之外了。

对于这一问题，很重要的一点在于不能脱离中国文化传统及其文化理念来理解，以此为出发点，我们认为反本质主义把当代中国文学理论知识生产的症结简单地等同于西方形而上学传统的那种“真理”意识形态元叙事模式(以认知理性意义上的形而上学为基础)的本质主义观念及其思维方式，是一种“错位”的归结，并形成对真正症结，即政治意识形态元叙事模式(以政治伦理意义上的形而上学为基础，尽管也获得西方“知识论”的“逻辑”支持[③])的本质主义观念及其思维方式的“遮蔽”，而不利于对其进行深刻解构。这是我们反思当代中国文学理论知识状况必须首先予以厘清的，因为若不是对症下药，其有效性都是值得怀疑的。在此，我们想作些进一步的说明，这种中国文学的本质主义观念及其思维方式，作为一种政治意识形态元叙事模式，是由政治意识形态所主导，并获得政治伦理意义上的形而上学传统的背后支持(尽管在不同历史语境与时代要求下具有不同的特定内涵)。金观涛和刘青峰曾分析过中国传统社会的政治结构和意识形态结构的同构关系[④]，这种同构关系，正如李泽厚所言，它是“通过以伦理(人)—自然(天)秩序为根本支柱构成意识形态和政教体制”，并“由一种不可违

---

① [美]波林·罗斯诺:《后现代主义与社会科学》，张国清译，上海译文出版社 1998 年版，第 92 页。

② 张志扬:《“历史小叙述”应邀的共在》，《革命·审美·解构》，广西师范大学出版社 2001 年版。

③ 陶东风:《略论本质主义知识论和权威主义政治之关系——回应支宇、吴炫教授》，载《文艺理论研究》2009 第 6 期。

④ 金观涛、刘青峰:《兴盛与危机——论中国社会超稳定结构》，香港中文大学出版社 1992 年版，第 196～199 页。

抗的天人同一的道德律令展示出来”，“形成中国式的政教合一”，并提升到“宇宙论”的高度[①]，从而获得某种普遍必然的存在依据，这就是中国政治伦理意义上的形而上学传统的实质所在。而正是由于这种政治伦理意义上的形而上学传统及其政教合一结构，所以要动摇旧的政治秩序就势必需要破除相应的意识形态信仰，并予以重构，而为新的政治秩序的重建提供与之内在一体的支持。而正是在此意义上，中国现代政治革命在事实上只是置换了政治结构和意识形态的时代内容，其现代政治秩序的重构，在政治结构和意识形态结构高度统一的传统模式上，并没有发生根本改变。有不少人论及前苏联模式对当代中国文学本质观念从反映论到审美意识形态论的影响，我们认为，这只是外因，而正是这种政治伦理意义上的形而上学及其政治结构和意识形态结构高度统一的传统模式，在国家意志的背景下赋予政治意识形态以其特定的时代内涵的同时，使高度政治化的前苏联模式在当时被接纳过来是那么顺理成章。[②]

在当代中国，文学理论知识生产首先需要摆脱政治意识形态元叙事模式的本质主义观念及其思维方式的束缚，这才是真正的症结所在。但要指出的是，它需要摆脱的是这种本质主义的桎梏，而不是说它与政治意识形态没有关系，相反，文学自主性的诉求正显示了它自身对政治意识形态的一种关系和态度，人文知识分子的身份独立性得以确认，并能从一种公共知识分子的身份与立场，作出基于社会良知及其责任（包括学术良知及其责任）的自我表达，而不是在政治意识形态元叙事模式下的亦步亦趋表述，用萨特的话来说，就是“对所有他们时代发生的问题，都有权利和义务，只依赖自身理智的力量，表达一个立场”。从这个意义上来说，在当代中国公民社会渐趋形成——这一新的历史语境下，文学自主性的诉求，更显示为一个“公共政治”问题，只是这种政治层面的意义，不是再受从于现存政治意识形态元叙事模式的单一控制，而具有“作为公共领域自由行动”[③]的意义，从而推进当代中国社会文明进步和人的自由健全发展，并呈现出多元发展的开放空间。“和而不同”，“同则不继”，这样，当代中国文学理论的创新发展才会有更多令人期盼的可能。

追问“中国问题”，是为了解决“中国问题”，所以有了我上面的文字，而我们的“理论”显然也是为了这个目的。理论不是目的，而是为我们解决问题提供某种可能的方式。就“中国问题”而言，无论是历史的教训，还是当今的全球化进

① 李泽厚：《论语今读・前言》，安徽文艺出版社1998年版，第7页。

② 参见李自雄：《反本质主义与文学理论的重建》，载《文艺理论与批评》2012年第6期。

③ 参见陶东风：《重建文学理论的政治维度》，载《文艺争鸣》2008年第1期。

程，“与世隔绝”的理论方式显然是不可取的，也是行不通的，对西方理论资源的拒斥无疑是闭目塞听，但这并不意味着我们就可以无视中国问题的特殊性——王文的得与失也正在于此。这也再次提示我们，任何理论，包括西方理论的运用，都必须在“理论”与“语境”的关系及其有效性问题上有足够清醒的认识；否则，就难免胶柱鼓瑟，同样陷入一种理论的僵化，而最终无益于问题的解决。

（原载《文艺争鸣》2013 年第 1 期）

关于反本质主义的三个关系问题

——兼答王伟博士

拙作《论“反本质主义”之后的文学理论重建》(载《文艺争鸣》2012 年第 1 期)受到了王伟博士《反本质主义、文论重建与中国问题》[①]一文的质疑,从某种程度来说,笔者要首先感谢王文的质疑,因为它至少引发了笔者对相关问题的更深入思考,而这显然是必要的。这种思考大体包括三个方面的关系问题:一是反本质主义与本质主义的关系问题;二是反本质主义与文学本质的关系问题;三是反本质主义与中国问题的关系问题。如果对反本质主义的这三个关系问题不予以厘清,简单地对号入座或许是容易的,但圆凿方枘也就在所难免,而这也正是王文所暴露出来的问题。

一

怎样理解反本质主义与本质主义的关系问题?如何认识反本质主义,避免重蹈本质主义的覆辙?对此,王文是在对反本质主义的两种区分中予以解读的。王文指出:

> “反本质主义”可作两种稍有差别的读解:反-本质主义与反本质-主义,它们都反对那种一成不变的僵化本质,但在此后有没有文学本质上出现了分歧:因为前者之中就包含了数量可观的一部分学者,他们反对一元本质,但主张应该有多元本质;而后者则认为根本没有什么本质。可以看出,前者在反对本质主义之旅中打起了退堂鼓,实际上又重新回到了本质主义的老路上。

从这段文字可以看出,王文是重视反本质主义的“构成”部分的,并从构成结

---

① 王伟:《反本质主义、文论重建与中国问题》,载《文艺争鸣》2013 年第 1 期。以下简称“王文”,下文引文凡出自该文不再另注。

构上加以界定与区分，那么，我们就从它的这种构成结构的界定与区分来作些分析吧。在王文对反本质主义的构成部分，也就是所谓“反-本质主义”与“反本质-主义”的区分中，稍有语法知识的人都会清楚地认识到，“反-本质主义”这一构成结构中，“反”是修饰语，“本质主义”是中心语，其“反”的对象显然是“本质主义”；而在“反本质-主义”构成结构中，“反本质”是修饰语，“主义”是中心语，其“反”的对象不仅是“本质主义”，而且连“本质”也一同反掉了。不难发现，这两种构成结构的“反本质主义”，都是反对“本质主义”的，只不过一个并不根本否定本质及其言说，而另一个则“认为根本没有什么本质”，更谈不上什么本质言说。显然，在王文的逻辑里，其所钟情的“反本质主义”，也就是一种，即根本否定文学本质及其言说的“反本质主义”，而且只有这种“反本质主义”，才能避免重蹈本质主义的覆辙。

其实，对反本质主义稍有常识的人都知道，反本质主义也并非是铁板一块，王文所说的罗蒂与德·曼的论辩和分歧就反映出了这种情况，而王文对反本质主义的区分，也表明其并非不具有这种常识，但却作出了这种铁板一块的分析与结论，这也许就是王文所谓的“在行文逻辑上”的“掉链子”吧。何以如此呢？其实，对于其中的原因，王文自己也很清楚，只是缺乏用来反观自身，用王文自己的话来说，就是“将反本质主义整体化，以为它就是铁板一块；从理论到理论，不对其构成部分详加分析，即便是分析了也是稀里糊涂”，是“间歇性出没的本质主义思维”所致，其绝对化、排他性、独断论的理论倾向，同样也应引起必要而足够的理论反思，而这也正是笔者在拙作中所强调的“应有的反思立场”[①]。行文至此，究竟是谁在口口声声地反本质主义，却在反对本质主义之旅中打起了退堂鼓，并重蹈了本质主义的覆辙，已是昭然若揭，也不必笔者再赘言了。

另外还需指出的是，笔者曾在拙作中引用了罗蒂的一段话，即：“反本质主义通过虚构它自己的元叙说，它自己关于在什么地方可以发现力量的终极杠杆自私的故事而在最后关头又推了本质主义一把，结果反本质主义倒使自己变得可笑了。”[②]罗蒂的这段话本来是针对德·曼而言的，在这一点上，王文没说错，但需要提请作者注意的是，笔者在拙作中引用罗蒂的这段话却并不是，也不可能是针对德·曼而言的，亦不是王文所谓的将罗蒂的话用来毫无辨别地“批判反本质主义”，而是针对当代中国文论在反对本质主义中所出现的，并事实上已成为本质主义之后的另外一种形式的本质主义观念与思维方式的变体或新体而言的，只不过这一变体或新体，往往是以反本质主义的面目出现的，而更能障人眼目罢

① 李自雄：《论“反本质主义”之后的文学理论重建》，载《文艺争鸣》2012年第1期。

② 理查德·罗蒂：《后哲学文化》，黄勇译，上海译文出版社1992版，第158页。

了(王文也是这般障人眼目的)。对此,拙作中已是言之凿凿,如果不是论者有意忽略,那么这种南辕北辙的判断除了让人匪夷所思之外,或许就是其所谓“掐头去尾、无视语境”的结果,用王文的话来说,也就“真是莫大的讽刺”了。

二

如何理解反本质主义与文学本质的关系问题?在王文看来,拙作“一方面认为自己反对本质主义,而另一方面却又对文学的‘本质’难以忘情”,是不合逻辑的,这个不合的“逻辑”显然是王文的“逻辑”,这个逻辑是:反本质主义就一定是对“本质”,包括文学“本质”毫不留情的——不仅是要否定,而且是要在情感上予以拒斥。仿佛有了这种情感上的拒斥,那它就不存在了,更不用言说。

王文的此种逻辑显然令人质疑的,对于文学本质的理解与看法,笔者已在拙作中作过非常明确的阐述,为了进一步以正视听,现摘引如下:

> 对于文学的意义与本质,我们认为,应作两个层面的理解,“在作为基础的现实层面上,文学具有现实意义,主要是意识形态。文学的现实层面是历史地变化着的,现实意义是历史性的意识形态”;而在超越现实的审美层面上,文学具有超越现实与历史的审美意义,表现出超越性的审美本质,这种文学的超越性本质,即审美,“作为自由的生存方式和体验方式,是对意识形态的超越”[①]。因此,文学既具有历史意义,即其意识形态意义与本质,又具有超越历史的意义,即其审美本质。由此,我们就可以清楚地看到,反本质主义能解构或已经解构的,是历史性的意识形态意义上的文学本质;没有解构,也解构不了的是文学超越性的审美本质。[②]

对于拙作的这段论述文字,王文确乎是有“选择性”的,其选择的是“反本质主义能解构或已经解构的,是历史性的意识形态意义上的文学本质,没有解构,也解构不了的是文学超越性的审美本质”这句话,认为是将审美视为超历史的“永恒”本质了,却将这句话前面的相关文字忽略掉了,显然是断章取义的结论,当然,这种忽略,也便于给笔者扣上一顶审美本质主义的帽子。笔者从来就反对将审美作非历史的形而上的本质主义的理解,文学具有超越性的审美本质,但并不意味着它能超越历史时空而作为空洞之物存在,而是相对于文学作为人的自由生存方式而言,事实上,它也必然与一定的历史现实相联系,并由此呈现出具体历史语境下的审美意义,而需要我们作出具体分析。比如王文也指出,汉代将

① 杨春时:《后现代主义与文学本质言说之可能》,载《文艺理论研究》2007 年第 1 期。

② 李自雄:《论“反本质主义”之后的文学理论重建》,载《文艺争鸣》2012 年第 1 期。

《诗经》的《关雎》篇“当成‘后妃之德’的赞歌”，而今天我们把它“视为一曲爱情的歌吟”。但这只能说是不同历史时期审美意义发生了变化，而并不是说审美意义不存在，这种审美意义的变化，显然是基于不同的历史现实与历史语境的产物，但其审美意义的存在，并不因为你现在是反本质主义，就可以把它反掉，而是相反，仍需要作出一定历史条件的解释与意义界定。汉代将《诗经》的《关雎》篇“当成‘后妃之德’的赞歌”，现在把它“视为一曲爱情的歌吟”，正是这种解释与意义解读的结果。

反本质主义反对对文学本质作出非历史的“一劳永逸”的理解，对此，笔者是认同的，这种僵化的形而上的本质主义思维是要反的，并是应该反的。对文学的理解不能割裂历史，但这并不意味着我们这样理解文学，文学本质就不存在了，或是否定它的存在，而不用言说了。正如有学者所指出的，“我们当然承认历史发展观，承认事物是与时俱变的，从文学形态到文学概念定义都会在一定程度上随着时代和社会的变化而发展变化，这是个常识。但问题在于，事物的与时俱变是不是应该有一个‘度’的考量。说得更确切一些，就是作为一个事物，是不是应当有一个最起码的‘质的规定性’，如果某一事物的变化已经超出了或基本不具有了这种质的规定性，那么还能不能继续叫做该事物就值得怀疑了。在过去千百年中外文学史上，无论文学的形态和概念怎么变，作为文学‘质的规定性’的东西并没有根本改变”[①]。这就是文学作为语言艺术和想象艺术的审美意义，而人们也正是以此来界定文学，并对文学作出解释的。比如王文所提到的《诗经》的《关雎》篇，就是以此来界定它是文学，而不是其他的什么东西，并作出合乎这种界定的解释的。

有学者曾深刻指出，反本质主义可“分为‘反本质主义’与‘反本质的主义’两种，建构主义属于‘反本质主义’，而不是‘反本质的主义’”，“建构主义反对本质主义，但它同时也可以是一种关于本质的言说”，“也就是说，建构主义不是认为本质根本不存在，而是坚持本质只作为建构物而存在，作为非建构的实体的本质不存在”，并由此，将反本质主义的建构特性与后现代式的“反本质的主义”相区分。这种区分在于：反本质主义并不否定本质的存在，也不反对关于本质的言说，它反对的只是作为非建构的实体的本质；而后现代式的“反本质的主义”则“认为本质根本不存在”，并“彻底否定关于本质的一切言说”。[②] 正如前文所述，王文也把反本质主义作了两种区分，即“反-本质主义与反本质-主义”，以王文之

① 赖大仁：《当前文学面临的危机不容忽视》，载《学术月刊》2006 年第 6 期。

② 参见陶东风：《文学理论：建构主义还是本质主义？——兼答支宇、吴炫、张旭春先生》，载《文艺争鸣》2009 年第 7 期。

见，“反-本质主义”在反对本质主义的过程中半途而返，自然也就成了口诛笔伐的对象，而其津津乐道的“反本质主义”也就是“反本质-主义”，即“认为根本没有什么本质”，更遑论什么本质言说。这显然是一种后现代式的“反本质的主义”，而与上文所指出的反本质主义的建构特性相去甚远，不能不令人费解：如何在这种后现代式的“反本质的主义”视域中，在否定文学本质及其言说的前提下，实现王文所说的“文学本质的建构性”？

显然，王文在以这种后现代式的“反本质的主义”（即王文所谓的“反本质-主义”）否定文学本质及其言说的同时，也使自身陷入了自相矛盾的理论与逻辑困局。而实际的情况是，对于任何一种理论研究及其言说而言，都是有所指涉的；没有指涉，就不成其为言说。正如有学者所言，它或者总要揭示点什么，或者什么都不说。[①] 换言之，除非它什么都不要说（事实上这不可能），否则，它的这种揭示就必然是对某种内在之物的揭示。这种内在之物的揭示，显然是相对于表面现象而言的，用我们所熟知的一句话来说，就是“透过现象看本质”了。即便是王文所谓的“反本质-主义”，如果其还承认是某种理论言说的话，对此显然也是无法回避，并回避不了的，陷入自相矛盾的理论困局也就在所难免。而反过来，对于文学而言，也诚如有学者所指出的，“正如只有在对一个事物具有了理性认识之后，才有可能更好地感觉它；为了能真切地进入个别现象，我们需要借助于关于它的本质性把握。所以，不是‘透过现象看本质’，而是恰恰相反，‘通过本质看现象’，才是审美理解的基本轨迹”[②]。显然，这种“通过本质看现象”的基本轨迹，是以某种本质揭示与言说为理论前提的，否则，一切都无从谈起。[③]

明眼人大概一看就知道笔者基本上也是援引了拙作对这一问题的相关论述，对此，论者若不是“选择性无视”，那么王文所谓“这是一知半解还是言不由衷”的质疑倒是正合其身。

三

对于反本质主义与中国问题的关系问题，王文是从西方思想对中国的影响谈起的。王文指出，“自近代尤其是新文化运动以来，西方的思想对中国产生过深远的影响，就连我们的语言都有了翻天覆地的刷新”，“然而，面对经受西方思潮洗礼过的、更别说直接翻译过来的文论资源，一个习见的貌似永远正确的指责

① 参见李春青：《反思文艺学》，北京师范大学出版社 2009 年版，第 109 页。

② 徐岱：《美学新概念：21 世纪的人文思考》，学林出版社 2001 年版，第 303 页。

③ 参见李自雄：《论“反本质主义”之后的文学理论重建》，载《文艺争鸣》2012 年第 1 期。

就是脱离中国经验或中国问题”,反本质主义就是这样的文论资源,并“必须直面这个挑战”。诚然,对于来自西方的理论资源,包括反本质主义,不加分辨地予以指责是不足取的,但并不意味着运用这些理论资源就可以忽视中国问题的特殊性。对此,我们应持怎样的理论态度?

近代以来大量西方思想涌入中国,用王文的话来说,“没有它们的大范围普及与接受,恐怕我们还没那么快就不用跪伏于地山呼万岁,而可以脱掉长袍马褂、男女同校、抛开父母之命媒妁之言自由恋爱,等等。毫不夸张地说,曾经是西方的那些思想早已在我们的血液中流淌,又岂止是‘膜拜’?如若我们觉得这些都是理所当然,那为什么独独对借鉴福柯的权力话语如此耿耿于怀?”的确,西方思想曾对我们产生了很大影响,但值得追问的是,这些理论资源的普及与接受,乃至在我们的血液中流淌,是王文所说的“理所当然”的吗?显然不是。我们不要以为这一切的发生都是理所当然的而不需辨别分析(这显然不是王文所谓“头脑发热”所能做到的,而需要理性的分析判断),因为这里关涉到一个理论的适用性与有效性问题,王文似乎没有注意到,中国近现代以来,几代中国知识分子对西方理论的运用并不在少数,但并不意味着都能解决得了中国问题,而几代中国知识分子的痛苦也正在于此,包括新文化运动、20世纪80年代的新启蒙所遭遇的问题也概莫能外,中国“启蒙”的艰难历程也印证了这一点。[①]

也诚如王文所言,“在现今‘地球村’的时代,思想与理论市场上的角色形色各异,相互影响,相互渗透”,“我们不可能隔绝于世,幽居空谷去练某个包打天下的理论神功”,从某种意义上来说,“中国问题”也是一个“全球问题”,“中国问题”不可能置身于“全球问题”之外,并构成我们探讨“中国问题”的题中之义与理论背景。但也正是在这种背景下,有这样一个问题更值得我们深思:无论我们如何强调“中国问题”与“全球问题”的密不可分(这种密不可分的确也是事实),我们也无法否定“中国问题”的特殊性,并需面对这种特殊性。[②] 笔者并非反对借鉴西方理论资源,只要能解决中国问题,为什么不能借鉴?更谈不上“独独”对借鉴福柯的权力话语“耿耿于怀”,借鉴福柯的权力话语没有什么错,可怕的是唯权力话语的独断论(必然是本质主义)的出现,这是其一;其二便是借鉴福柯的权力话语,却仅仅满足于福柯的权力话语,而脱离了中国经验与中国问题,并对中国问题的解决无能为力。西方理论资源,包括福柯的权力话语,都是可以借鉴的,只是不能忘记我们的这种借鉴已经发生了理论语境的变化,它所面临的是中国问题。

---

① 参见李自雄:《值得追问的“中国问题”》,载《文艺争鸣》2013年第1期。

② 参见李自雄:《值得追问的“中国问题”》,载《文艺争鸣》2013年第1期。

具体到反本质主义这种理论资源，如何理解它所面临的中国问题？对此，笔者也曾撰文探讨[①]，在这里，还想作些进一步的说明。在当代中国文论界，反本质主义的出现，对中国文论知识生产现状产生了前所未有的冲击，它对本质主义僵化思维的消解，也无疑给我们带来了新的知识空间的拓展，但需要注意的是，我们的反本质主义不能背离当代中国的现实语境及文学现状。一方面，当代中国文论的本质主义思维弊端是我们要反的；但另一方面，正如有学者所指出的，在一个"没有真正告别'意识形态'思维、而且不自觉地以'新意识形态'代替'旧意识形态'的民族"，还未能使自己"对文学独立的本质性理解化为现实"，就"彻底放弃'本质论'或'本体论'思维"，这样"不仅会使已经问题重重的文艺学走不出困境，而且会使中国人文社会科学理论的'自主化'建设更加遥遥无期"，所以"不能轻易告别'中国式文学本质论'、'中国式文学本体论'建设努力"。[②] 毋庸置疑，中国当代文论需要反本质主义，需要反对本质主义的思维弊端，对其进行必要的解构，但这种解构显然是有限度的，并要建立在中国问题的基础上，也正是在这个意义上，王文如获至宝的后现代的反本质主义(也是其所理解的片面的极端化的反本质主义)，在根本否定文学本质及其言说的同时，也远离了它所要面临的中国问题。诚如有学者分析指出的，这种后现代的反本质主义"所批判的概念、对象与其所操持的理论一样多舶自西方，与中国现实则有相当的疏离感，比如类似主体、真理这样的被颠覆概念在中国语境中还远没有成为事实上的权威"，而远离了中国问题的真实对象，职是之故，"在现代性反思亟须具体深入而成为一个中国式反思的今天"，正确理解"当下中国具体文化实践中的生长性力量"及其现实依据，而不是与之相疏离，乃是"判断当下文学现实和提出文学本质问题的关键"；否则，"恐怕只能在西马传统和后现代理论的视域中一味移植文化工业、消费文化、女性主义、后殖民等等术语，而它们既不能与中国现实完全对称，也实际上偏离了对文学本体的建构路径"[③]，而王文的问题也正在于此。

理查德·舒斯特曼曾说："我希望哲学的命运，不依赖那种单一的、一致的和与语境无关的哲学推理的本领的假定。"[④]他还说："对哲学中的语境性的认可，并不必然导致一种排除所有普遍化的不可救药的相对主义。"[⑤]我想很多借鉴西方理论资源的人都对这两句话并不陌生，只是不少人对西方理论资源的运用，包括王文，仅仅依赖的是"与语境无关的哲学推理的本领的假定"，而疏离了具体的

---

① 参见李自雄：《值得追问的"中国问题"》，载《文艺争鸣》2013年第1期。

② 吴炫：《当前文艺学论争中的若干理论问题》，载《文学评论》2008年第4期。

③ 乔焕江：《文学：从"是什么"到"怎么样"》，载《文艺争鸣》2009年第3期。

④ [美]理查德·舒斯特曼：《实用主义美学·中译本序》，彭锋译，商务印书馆2002年版，第1页。

⑤ [美]理查德·舒斯特曼：《实用主义美学·中译本序》，彭锋译，商务印书馆2002年版，第2页。

中国语境与真正的中国问题；另一方面，王文所谓的反本质主义，根本否定文学本质，并拒绝对文学本质作出任何言说，如果一旦有人主张需要作出某种必要的言说，比如笔者，就会被打入其所谓的本质主义队列，这种对反本质主义的片面理解是不言而喻的。而何谓文学的本质追问，在王文看来，是不必探究的（否则就是本质主义的），换言之，何谓文学成了一个不必追问、怎么都行的问题，这在实质上也就陷入了“不可救药的相对主义”的泥淖，这也许是王文也未曾意识到的。我们究竟应该如何借鉴与运用西方理论资源（包括反本质主义）来有效地解决中国问题，而不是仅仅停留于这些理论资源的简单接受与片面理解？王文所暴露出的问题及理论困境，为我们提供了一个很好的案例，的确值得我们反思，并需展开深入的学理探讨。道理很简单：辨别是非，方能走出误区，并切实推进中国问题的解决。

（原载《文艺争鸣》2013 年第 5 期）

中国问题、后现代主义与文论重建

从20世纪80年代初开始，后现代主义思潮进入中国以来，经过30多年的译介、讨论与论争，已对中国当代学界产生了不容忽视的影响，并成为我们探讨"中国问题"不能绕过的理论话题。正如有学者所指出的，"后现代主义在中国是一个并不轻松和容易的话题"，"全球化时代的中国学界，对后现代时期关注问题和问题的清理变得十分重要"，尽管"这一研究还有诸多问题，甚至不被另一些学者理解"，但是通过学者们对问题的努力清理，使"第三世界文化问题"，在"多元权力的世界局势"中，"逐渐为当代世界所关注"，并"使新世纪中国形象的设定不再是少数人的事，而成为每一个个体的事，成为全球化时代中国问题中思想层面的重要话题"，"面对而不是背对这一系列问题，是新世纪中国学界一个相当重要的学术维度"。[①] 也正是基于此，笔者觉得有必要针对目前学界存在的一些理论问题作进一步的厘清与探讨，求教于学界方家与同仁，以期将问题的研究思考不断引向深入。

一

我们研究探讨"中国问题"，最终是为了有效地解决"中国问题"，就此而言，无论是过去的历史经验，还是当今的全球化时代，"与世隔绝"的理论方式显然是不可取的，也是行不通的，对西方理论资源的拒斥无疑是闭目塞听，但这并不意味着我们就可以无视"中国问题"的特殊性。这也是后现代主义及其反本质主义的理论观点所必须正视与面对的问题。

对于后现代主义，正如有论者所指出的，其"核心精神是解构，对本质主义的解构"[②]，也就是反本质主义的观点。而我们知道，关于由此引发的论争，"实际

① 王岳川：《后现代主义在中国的反思》，载《求是学刊》2001年第3期。

② 王伟：《"后现代主义无助于解决中国问题"吗》，载《学术界》2013年第3期。

上是一个全球性、世界性的争论，特别是20世纪下半叶后现代主义批判现代主义和现代性的核心问题之一就是本质主义。后现代主义反对现代主义所崇尚的'逻各斯中心主义'(logocentrism)，反对'在场的形而上学'，反对认为事物、文本具有单一、固定不变的本质、因而以寻求这唯一本质为目的的思维方式，也就是反对本质主义的思维方式"①。反本质主义作为后现代主义的思想圭臬，其批判解构的对象是本质主义。这样的理解与把握无疑是准确的。

而对于"'反本质主义'这一被许多后现代主义文论倡导者奉为旗帜的思想观念"②，其在当代中国的引入，显然涉及它作为一种西方理论资源与"中国问题"的关系问题。对此，有论者从西方思想对中国的影响入手指出："自近代尤其是新文化运动以来，西方的思想对中国产生过深远的影响，就连我们的语言都有了翻天覆地的刷新"，可是"面对经受西方思潮洗礼过的、更别说直接翻译过来的文论资源，一个习见的貌似永远正确的指责就是脱离中国经验或中国问题"，作为后现代主义思想圭臬的反本质主义理论观点就是这样的资源，并"必须直面这个挑战"。③ 诚然，对于来自西方的理论资源，包括反本质主义的理论观点，不加分辨地予以指责是不足取的，但是否意味着运用这些理论资源就可以忽视"中国问题"的特殊性？我们应持怎样的一种理论态度呢？

历史的教训已够深刻，我们要"睁眼看世界"，但我们睁眼看世界也是要有辨别的。客观地说，就如有论者所言，"晚清以来，域外传入的大量理论资源共时式地平面铺开"④，以至于"回望历史，近代以来又有多少西方的新思想潮水般涌入中国？没有它们的大范围普及与接受，恐怕我们还没那么快就不用跪伏于地山呼万岁，而可以脱掉长袍马褂、男女同校、抛开父母之命媒妁之言自由恋爱，等等。毫不夸张地说，曾经是西方的那些思想早已在我们的血液中流淌"⑤。的确，西方思想理论曾对我们产生了很大影响，但显然不能忽视这样一个问题，即这些理论的确当性问题。正如笔者所曾作出的追问，这些理论资源的"普及与接受"，乃至"在我们的血液中流淌"，都是"理所当然"的吗？显然不是。我们不要以为这一切的发生都是理所当然的而不需辨别分析(这显然不是所谓"头脑发热"⑥所能做到的，而需要理性的分析判断)，因为这里关涉到一个理论的适用性

① 朱立元：《后现代主义文论是如何进入中国和发生影响的?》，载《文艺理论研究》2014年第4期。

② 朱立元：《后现代主义文论是如何进入中国和发生影响的?》，载《文艺理论研究》2014年第4期。

③ 王伟：《反本质主义、文论重建与中国问题》，载《文艺争鸣》2013年第1期。

④ 王伟：《中国问题、文论旅行与原创焦虑》，载《南昌航空大学学报(社会科学版)》2014年第1期。

⑤ 王伟：《反本质主义、文论重建与中国问题》，载《文艺争鸣》2013年第1期。

⑥ 王伟：《反本质主义、文论重建与中国问题》，载《文艺争鸣》2013年第1期。

与有效性问题。众所周知，中国近现代以来，西方那么多理论，并有许多理论不乏“先进”，几代中国知识分子并非没有借用西方理论，而且也并不在少数，但并不意味着普遍有效，都能解决得了“中国问题”，而几代中国知识分子的痛苦也正在于此，包括新文化运动、20 世纪 80 年代的新启蒙所遭遇的问题也概莫能外，中国“启蒙”的艰难历程也印证了这一点。

而在当今的全球化时代，就如有学者分析指出的，“中国虽属‘后发’国家，但在全球化背景之下，我们的经济社会发展无不受到世界潮流影响”，而“文化发展”也同样面临着这样的问题。[①] 尽管“中国的经济和社会发展显然还不能说进入了后工业社会”，但“从人们的物质、文化消费观念与趣味来看”，“我们的某些文化形态中已经具有某种明显的后现代特征”。[②] 在全球化时代及其语境下，我们并不能否认后现代主义在当代中国的影响，对“中国问题”的思考探讨也不可能置身其外，而这也正如有学者所说的，“后现代主义文论、文化关注的许多问题就是这样在全球化的新语境中悄然进入了中国文艺理论界的思考之中”[③]。

也正是在这个意义上，诚如有论者所说的，“在现今‘地球村’的时代，思想与理论市场上的角色形色各异，相互影响，相互渗透”，“我们不可能隔绝于世，幽居空谷去练某个包打天下的理论神功”。[④] 就此而言，“中国问题”也是一个“全球问题”，“中国问题”不可能置身于“全球问题”之外，并构成我们探讨“中国问题”的题中之义与理论背景，但也正是在这种背景下，有这样一个问题更值得我们深思，即：无论我们如何强调“中国问题”与“全球问题”的密不可分（这种密不可分的确也是事实），我们也无法否定“中国问题”的特殊性，并必须面对这种特殊性。诚然，在当今的全球化时代，中国“无法逃脱全球版图的‘魔掌’”[⑤]，而西方“率先走向现代的国家遇到过环境污染、权力腐败、人性堕落、文化低俗等等问题，这些恐怕也是中国问题的重要组成板块”，并要面对而思考这样一个问题，即：“西方的先行者又有哪些可供借鉴的良好经验及应避开的陷阱等等”[⑥]，但从另一个角度而言，是否正是面对西方的先行者这种利弊共在的事实而更需要我们不能无视“中国问题”的特殊性？当然，这也并不意味着我们以特殊性否认所谓的理论的“一般性的价值”[⑦]，这些理论只要能解决“中国问题”，为什么不能借鉴？而是

---

① 赖大仁：《图像化扩张与“文学性”坚守》，载《文学评论》2005 年第 2 期。

② 赖大仁：《全球化时代的文学与文论：何往与何为》，载《文艺评论》2004 年第 5 期。

③ 王伟：《反本质主义、文论重建与中国问题》，载《文艺争鸣》2013 年第 1 期。

④ 朱立元：《后现代主义文论是如何进入中国和发生影响的?》，载《文艺理论研究》2014 年第 4 期。

⑤ 王伟：《何谓文艺学论争的“中国问题”》，载《文艺争鸣》2012 年第 7 期。

⑥ 王伟：《何谓文艺学论争的“中国问题”》，载《文艺争鸣》2012 年第 7 期。

⑦ 王伟：《中国问题、文论旅行与原创焦虑》，载《南昌航空大学学报（社会科学版）》2014 年第 1 期。

说需要我们对这些理论(具有一般性)在“中国问题”(具有特殊性)的适用性与有效性上有足够清醒的认识,比如马克思主义即是很好的例子。马克思主义在中国的实践,并不能构成域外理论在认识与解决“中国问题”上“普遍有效”的事实与依据,相反,它有力说明了任何理论尽管具有所谓的“一般性的价值”,但并不意味着就可以忽视“中国问题”的特殊性,否则,就无济于对“中国问题”的认识与解决,甚至是适得其反,中国近代以来正、反两方面的历史和事实都无不充分地证明了这一点。任何理论资源,包括西方理论资源,我们都不否认其具有所谓的“一般性的价值”,并且都是可以借鉴的,只是要明白:我们的这种借鉴已经发生了理论语境的变化,它所面临的是“中国问题”,并需面对“中国问题”的特殊性。显然,后现代主义及其反本质主义的理论观点也必须面对这样的问题。

在当代中国文论界,作为后现代主义文论的思想圭臬,反本质主义反对那种非历史的僵化的形而上的本质主义思维,诚如有论者所认为的,我们“不必兀兀穷年,唯不变的本质是问,痴迷于冶炼出形而上的理论铁律或纯粹的绝对程式”[①],这种对本质主义思维弊端的拒斥显然是有其合理性的。当代中国文论所存在的本质主义思维弊端确实需要破除,正如有学者分析指出的,“以各种关于‘文学本质’的元叙事或宏大叙事为特征的、非历史的本质主义思维方式严重地束缚了文艺学研究的自我反思能力与知识创新能力,使之无法随着文艺活动的具体时空语境的变化来更新自己”。不仅如此,这还直接带来了另一个严重的问题,那就是“文艺学研究与公共领域、社会现实以及大众的实际文化活动、文艺实践、审美活动之间曾经拥有的积极而活跃的联系正在丧失。大学的文艺学(在很大程度上也是一般的文艺学)已经不能积极有效地介入当下的社会文化与审美/艺术活动,不能解释改革开放尤其是90年代以来文学艺术的生产方式、传播方式以及大众的文化消费方式的巨大变化”[②],亦即在使我们的文学理论离现实的社会生活及文学发展状况越来越远的同时,也使它不能“及时关注与回应当下日新月异的文艺/审美活动,使之无法解释当代文艺/文化活动的变化”[③],成了缺乏现实经验与感受的“隔靴搔痒”。

陈晓明曾指出:“当代文学实践早已是脱了缰的野马,跑得不知去向,现行的文艺学已经难以望其项背。”[④]我们认为,这种情况的出现,不仅仅只是说明了当

① 王伟:《中国问题、文论旅行与原创焦虑》,载《南昌航空大学学报(社会科学版)》2014年第1期。

② 陶东风:《大学文艺学的学科反思》,载《文学评论》2001年第5期。

③ 陶东风、王瑾、和磊、喻书琴、陈晓华:《日常生活审美化:一个讨论——兼及当前文艺学的变革与出路》,载《文艺争鸣》2003年第6期。

④ 陈晓明:《历史的断裂与接轨之后:对当代文艺学的反思》,载《文艺研究》2004年第1期。

代中国文学理论的严重滞后，而且体现出了它与当代社会生活及文学发展状况的严重疏离和巨大裂隙，而这种疏离与裂隙的产生，若从思维模式上来找原因，无疑是与文学理论研究上的本质主义僵化思维相关联的。这种僵化思维导致了文学理论研究与它应有的现实维度的疏离，而反过来，这种与现实维度的疏离，又加剧了文学理论研究在思维上的僵化程度。所以，从这个意义来讲，反本质主义对当代的中国文学理论而言，即是对这种僵化思维的消解，而为文学理论的研究面向现实敞开新的思维空间，进行知识更新提供了可能。

而正是在此意义上，从反本质主义的观点，强调我们的问题研究要摆脱本质主义的僵化思维，即"那种形而上的理论化迷思"，"尊重男男女女汹涌如潮的切肤体验"，[①]立足于"活生生的现实存在"与"现实感受"，恢复它与现实维度不可或缺的应有联系，也就是有学者所说的"接地"[②]，从而走出割裂现实与历史的本质主义迷途，这无疑是值得肯定的。但同时值得注意的是，这并不意味着我们在反本质主义之途中走向另一种极端，并偏离它所要面临的"中国问题"。

对于反本质主义的理论观点，有论者指出："'反本质主义'可作两种稍有差别的读解：反-本质主义与反本质-主义，它们都反对那种一成不变的僵化本质，但在此后有没有文学本质上出现了分歧：因为前者之中就包含了数量可观的一部分学者，他们反对一元本质，但主张应该有多元本质；而后者则认为根本没有什么本质。可以看出，前者在反对本质主义之旅中打起了退堂鼓，实际上又重新回到了本质主义的老路上。"[③]从这段文字可以看出，上述看法是重视反本质主义的"构成"部分的，并从构成结构上加以界定与区分，那么我们就从它的这种构成结构的界定与区分来作些分析吧。在这种看法对反本质主义的构成部分，也就是所谓"反-本质主义"与"反本质-主义"的区分中，只要略有语法知识的人都会清楚地认识到，"反-本质主义"这一构成结构中，"反"是修饰语，"本质主义"是中心语，其"反"的对象显然是"本质主义"；而在"反本质-主义"构成结构中，"反本质"是修饰语，"主义"是中心语，其"反"的对象不仅是"本质主义"，而且连"本质"也一同反掉了。不难发现，这两种构成结构的"反本质主义"，都是反对"本质主义"的，只不过一个并不根本否定本质及其言说，而另一个则"认为根本没有什么本质"，更谈不上什么本质言说。显然，在这种看法及其逻辑里，其所钟情的"反本质主义"，也就是一种，即根本否定本质及其言说的"反本质主义"。其实，正如有学者曾深刻指出的，反本质主义可"分为'反本质主义'与'反本质的主义'

① 王伟：《中国问题、文论旅行与原创焦虑》，载《南昌航空大学学报(社会科学版)》2014 年第 1 期。

② 高建平：《理论的理论品格与接地性》，载《文艺争鸣》2012 年第 1 期。

③ 王伟：《反本质主义、文论重建与中国问题》，载《文艺争鸣》2013 年第 1 期。

两种，建构主义属于‘反本质主义’，而不是‘反本质的主义’”，“建构主义反对本质主义，但它同时也可以是一种关于本质的言说”，“也就是说，建构主义不是认为本质根本不存在，而是坚持本质只作为建构物而存在，作为非建构的实体的本质不存在”，并由此将反本质主义的建构特性与“反本质的主义”相区分。这种区分在于：反本质主义并不否定本质的存在，也不反对关于本质的言说，它反对的只是作为非建构的实体的本质；而“反本质的主义”则“认为本质根本不存在”并“彻底否定关于本质的一切言说”。[①] 正如前文所述，有论者也把反本质主义作了两种区分，即“反-本质主义与反本质-主义”，而以这种看法，“反-本质主义”在反对本质主义的过程中半途而返，自然也就成了口诛笔伐的对象，而其津津乐道的“反本质主义”亦即“反本质-主义”，也就是上文所说的“反本质的主义”，即“认为根本没有什么本质”，更遑论什么本质言说，而走向了另一个极端，并与上文所指出的反本质主义的建构特性相去甚远。而这具体到“中国问题”，更是需要注意其不容忽视的特殊性。

反本质主义在当代中国文论界的引入，对中国文论知识生产现状产生了前所未有的冲击，正如前文所指出的，它对本质主义僵化思维的消解，也无疑给我们带来了新的知识空间的拓展，但需要注意的是，我们的反本质主义不能背离当代中国的现实语境及文学现状。一方面，当代中国文论的本质主义思维弊端是我们要反的，但另一方面，正如有学者所指出的，在一个“没有真正告别‘意识形态’思维、而且不自觉地以‘新意识形态’代替‘旧意识形态’的民族”，还未能使自己“对文学独立的本质性理解化为现实”，就“彻底放弃‘本质论’或‘本体论’思维”，这样“不仅会使已经问题重重的文艺学走不出困境，而且会使中国人文社会科学理论的‘自主化’建设更加遥遥无期”，所以，“不能轻易告别‘中国式文学本质论’、‘中国式文学本体论’建设努力”。[②] 毋庸置疑，中国当代文论需要反本质主义，需要反对本质主义的思维弊端，对其进行必要的解构，但这种解构显然是有限度的，并要建立在“中国问题”的基础上，而需面对“中国问题”的特殊性。也正是在这个意义上，有论者如获至宝的反本质主义（也是其所理解的片面的极端化的反本质主义）[③]，在根本否定文学本质及其言说的同时，也偏离了它所要面临的“中国问题”。诚如有学者分析指出的，从西方引入的反本质主义“所批判的概念、对象与其所操持的理论一样多舶自西方，与中国现实则有相当的疏离感，

① 陶东风：《文学理论：建构主义还是本质主义？——兼答支宇、吴炫、张旭春先生》，载《文艺争鸣》2009 年第 7 期。

② 吴炫：《当前文艺学论争中的若干理论问题》，载《文学评论》2008 年第 4 期。

③ 王伟：《反本质主义、文论重建与中国问题》，载《文艺争鸣》2013 年第 1 期。

比如类似主体、真理这样的被颠覆概念在中国语境中还远没有成为事实上的权威”，这些都尚需致力于建构，而不是走向反本质主义的极端解构，并远离了“中国问题”的真实对象，职是之故，“在现代性反思亟须具体深入而成为一个中国式反思的今天”，正确理解“当下中国具体文化实践中的生长性力量”及其现实依据，而不是与之相疏离，乃是“判断当下文学现实和提出文学本质问题的关键”，否则，“恐怕只能在西马传统和后现代理论的视域中一味移植文化工业、消费文化、女性主义、后殖民等等术语，而它们既不能与中国现实完全对称，也实际上偏离了对文学本体的建构路径”。①

我们并不反对西方理论，包括上述后现代反本质主义理论观点的引入，但要充分注意到这些理论所面临的“中国问题”及特殊性而不能不加分辨。这种不加分辨的“拿来主义”，往往“会产生某种假象，那就是外来理论在解释中国文化问题时似乎普遍有效”②。而事实上，正如有学者所指出的，当代西方理论也是有缺陷的，存在着“轻视和脱离文学实践”及其具体“语境”的“强制移植”与“强制阐释”的问题。③ 显然，这具体到当代中国及其文学实际，就需要我们的理论“拿来”不能不对“中国问题”的特殊性及其理论的适用界限与有效限度具有足够清醒的认识，否则，就只能是一种无视“中国问题”及特殊性的“强制移植”与“强制阐释”。这诚如有学者所言，“把人家的理论观点、理论照搬过来，用来套我们的现实”，“解决不了我们国家的问题”。④ 这样一种理论误区，在其所谓的理论的“一般性的价值”⑤，而实际上也只是上述“似乎普遍有效”的理论幻觉下，简单套用西方理论及其话语，而看不到所面临的“中国问题”及特殊性，难免会有圆凿方枘之处，并最终无益于“中国问题”的解决。

二

我们对“中国问题”的研究思考，既是为了对当代中国的现实及问题作出有效的理论回应，也是出于理论建设的需要。经过反本质主义的质疑颠覆，当代中国文论的未来走向和理论建设也成了我们不能回避的问题。我们并不否认后现代主义在当代中国的意义，具体到文论研究方面，就如有学者所指出的，这“首先

① 乔焕江：《文学：从“是什么”到“怎么样”》，载《文艺争鸣》2009 年第 3 期。

② 周宪：《文化研究：为何并如何?》，载《文艺研究》2007 年第 6 期。

③ 参见张江：《强制阐释论》，载《文学评论》2014 年第 6 期。

④ 参见童庆炳：《文学本质观和我们的问题意识》，载《社会科学》2006 年第 1 期。

⑤ 王伟：《中国问题、文论旅行与原创焦虑》，载《南昌航空大学学报（社会科学版）》2014 年第 1 期。

体现在一批思想敏锐的中青年学者较早接受其反本质主义的理论观点，用来反思和批评中国文艺理论界长期以来普遍存在着的本质主义思维方式”，并“有力地冲击和撼动了我们许多学者长期以来形成的本质主义的习惯性思维方式，使反本质主义思维方式的合理方面为我们所吸收和运用”，而且在目前学界“批判僵化、极端和教条主义的本质主义这一点上”形成了比较普遍的共识，而“这本身说明反本质主义思维方式的合理内核已经深入人心，实际上已经悄然改变着学界习以为常的陈旧、僵化的思维方式”，这一点是“不应小觑”的，但同时“有的学者在某些问题上所持的观点过了合理的‘度’而走向极端，比如认为文学不存在单一、固定的本质而提出‘本质悬置’乃至本质研究取消论”。[①] 而正如前文所述，这样一种极端的反本质主义，其根本否定文学本质及其言说，并在理论建设方面所暴露出来的问题也是十分明显的，而应引起足够的重视。

诚然，这样一种极端的反本质主义也主张进行所谓关系主义的理论重建，但我们知道，这种关系主义的理论“重建”[②]，主要是以西方理论，特别是西方现代理论为思想资源，来对文学理论概念与范畴进行某种“文献式”的阐释，并停留于这种“文献式”的阐释。我们认为，对文学理论概念与范畴进行某种“文献式”的阐释，能对文学理论知识，特别是相关基本知识起到纲举目张，便于了解掌握的作用，这在某种意义上说是必要的也是必需的，特别是对文学理论的刚入门者而言，尤是如此，这也是我们在进行文学理论构建时所要注意的。但问题是，在这种“关系主义”的理论重建视野中，这样的“文献式”的阐释，是以当代西方文学理论的某些关键词，事先拟定几个相关的问题并为此作出解释，而这也导致它不是从具体的生活现实与文学现象出发，而是以先在的文学理论问题为框架来进行相关文献资料的编排与填充，文学理论反而被解构为一种平面化堆积的知识碎片，而没有也没能基于当代中国的现实语境及文学现状，提出新的理论命题，进行新的理论应答，重新作出某种文学本质界定。

对于这样一种极端的反本质主义及其在理论建设方面所存在的问题与缺失，诚如有学者所言，“从理论的创造、生成及深化角度看”，其“在中国学界所得到的实质性拓展并不令人乐观”，它“无法完成‘破’中有‘立’的理论革新任务，因而也无力引导中国当代文论走向未来”。[③] 并不能不令人质疑：“告别‘本质主义’之后，文艺学难道只能以一种‘反本质主义’、‘非本质主义’的破坏者、虚无者

① 朱立元：《后现代主义文论是如何进入中国和发生影响的?》，载《文艺理论研究》2014年第4期。

② 详见南帆：《文学理论新读本》，浙江文艺出版社2002年版；《文学理论》，北京大学出版社2008年版。

③ 张婷婷：《文艺学本体论的建构与解构》，载《中国社会科学院研究生院学报》2006年第4期。

而存在吗？解构之后，文艺学难道不能试图重新建构点什么？我们能不能将‘反本质主义’作为一种文艺学思想语境，在没有独断‘本质’和永恒‘真理’的专制与暴政之下创造出各式各样暂时的、具体的、谦和的文学‘本质’和‘真理’？”①

对于上述看法与质疑，从普遍意义上的理论问题来看，正如人类在所有的知识问题上，根源于人类莫可名状的理解冲动对意义的追问一样，对文学本质的探究与言说问题，其根源于人们对文学意义的追问，而对此追问，不容回避，也回避不了。很明显，这种对意义的探问，是建立在这样一个前提下的，即我们“如果想了解事物的某种性质或特点”，“仍然离不开哪怕最低限度的本质概括，否则便无法确立其‘不同’”，②而陷入认识的混乱。显而易见，对文学的认识也是如此，还是需要文学理论作出一定历史水平的回答，并在当下的现实语境下显得尤为迫切与必要。在文学边界的扩张中，文学成了一个越来越泛化而虚化的概念，这也同时意味着文学概念自身的解构，而需要对它进行重新界定，以确立我们研究对象的内涵与外延，否则，就只可能带来文学意义的更加弥散化。况且，就文学理论这种理论学科而言，对文学本质作出某种必要的言说，也是文学理论作为一种理论构建与描述的需要，只要我们认为文学理论还成其为理论，还有理论构建与描述的必要，就离不开文学本质的言说，而这或许就是它作为理论而逃不脱的宿命。因为对于任何一种理论研究及其言说而言，都是有所指涉及的，没有指涉，就不成其为言说。正如有学者所言，它或者总要揭示点什么，或者什么都不说③。换言之，除非它什么都不要说（事实上这不可能），否则，它的这种揭示就必然是对某种内在之物的揭示。这种内在之物的揭示，显然是相对于表面现象而言的，用我们所熟知的一句话来说，就是“透过现象看本质”了。而反过来，也诚如有学者所指出的，“正如只有在对一个事物具有了理性认识之后，才有可能更好地感觉它；为了能真切地进入个别现象，我们需要借助于关于它的本质性把握。所以，不是‘透过现象看本质’，而是恰恰相反，‘通过本质看现象’，才是审美理解的基本轨迹”④。显然，这种“通过本质看现象”的基本轨迹，是以某种本质揭示为理论前提的，否则，一切都无从谈起。更何况，人的存在需要自我的确认，“不同时代的人需要不同的文学样态诠释自我”⑤，而这种“自我”的诠释，很显

① 支宇：《“反本质主义”文艺学是否可能？——评一种新锐的文艺学话语》，载《文艺理论研究》，2006年第6期。

② 吴炫：《当前文艺学论争中的若干理论问题》，载《文学评论》2008年第4期。

③ 参见李春青：《反思文艺学》，北京师范大学出版社2009年版，第109页。

④ 徐岱：《美学新概念：21世纪的人文思考》，学林出版社2001年版，第303页。

⑤ 赵大军：《被“自定义”的文学——透视“文学本质”的虚构性》，载《吉林大学社会科学学报》，2008年第2期。

然，还得通过一种意义与本质的重新言说才能实现；否则，自我就会无所归依，而走向万劫不复的虚无深渊。而上述那种极端的反本质主义，不再作出任何形式的本质重新言说，其所导致的虚无主义后果也正在于此。可以说，对于文学，还是需要对其予以一定历史条件的意义与本质言说。

而具体到当代中国文论的理论建设，我们认为，在经过反本质主义的质疑颠覆之后，当代中国文学理论不是也不应走向极端解构，而亦应立足“中国问题”，在深化现代性的路向上进行一种开放而多元的本质个性化言说及中国特色的理论重建。我们的这种理论重建主张，同样是建立在“中国问题”的基础之上的。在现在这个全球化时代，如何更为有效地深化现代性并避免文化身份认同引发的焦虑，仍是中国发展及其文化建设所必须面对的问题，这也是当代中国文论亟须解决的问题，而显然有其作为“中国问题”的特殊性。后现代主义对中国文论的影响是客观存在的，但并不意味着我们的理论建设背弃现代性的努力方向，相反，有利于我们对现代性的深化。在这一点上，对中国这样现代性“后发”的国家显得尤其重要，大卫·雷·格里芬的建设性的后现代思想对我们的理论建设是具有启发意义的。他说：“现代概念有无数的进步因素，它们并没有因为其消极方面而被抛弃。西方世界的建设性的后现代思想是要保存现代概念中的精华，同时克服其消极影响。我的出发点是：中国可以通过了解西方世界所做的错事，避免现代化带来的破坏性影响。这样做的话，中国实际上是‘后现代化了’。”[①]有论者也曾援引格里芬的这段话，并指出，后现代主义“要破除现代主义带来危害的那些思维方式”，它“批判霸权的、一元的本质主义做派，崇尚反霸权的、多元的反本质主义作风”，但“并不表明现代性的彻底终结。相反，‘后’意味着回首、修正、改进、补充。换言之，后现代主义不是要彻底抛弃现代性，而是要对现代性进行完善，查缺补漏”。[②] 在这里，这种看法将后现代主义视为有利于现代性深化的因素，避免了把后现代主义与现代性割裂开来理解的误区，并认为后现代主义并非“无助于中国问题的解决”，这无疑是有其合理性的，同时，也不难看出其后现代主义话语下的现代性旨归。但需要注意的是，这种现代性的旨归并不意味着文化身份的失落，否则就难免陷入盲目移植西方话语的窠臼。

我们知道，近现代以来，中国文论的建设发展和现代性进程一直存在着“身份认同”的危机与焦虑。诚然，狭隘的民族自尊及其民族主义情绪是要不得的，我们不应以这种褊狭的态度对待外来文化及理论。正如上文所述，从近代开始，

① [美]大卫·雷·格里芬编：《后现代科学》，马季方译，中央编译出版社2004年版，第16页。

② 王伟：《“后现代主义无助于解决中国问题”吗?》，载《学术界》2013年第3期。

西学东渐，西方理论进入国门，并给中国社会带来了深刻的变化，这是客观的事实。而就文学领域而言，这些西方理论，也诚然，“它们始而在‘文学革命’的大旗下精诚团结，一同攻击雕琢、陈腐、艰涩的封建文学，继而在新文学内部为争夺话语权而掀起‘为人生’‘为艺术’之争。紧接着，‘革命文学’勃然而兴，文论的左翼化力量从此渐趋强大，直至最后陷入极‘左’的陷阱。在这个过程中，西方文论从最初的‘盗火者’一变而成被压抑者，甚至是谈者色变。因此，应该在极‘左’文艺难以为继这一大背景下，来看 20 世纪 80 年代西方文论在中国的波澜再起，它以再启蒙为旨归，与‘五四’时期的启蒙思潮遥相呼应。如此的历史契机给中国文论打上了浓重的西方色调”，而近现代以来，也是受西学“学科化”、“体系化”与“范畴化”的影响，“在吸收域外文论资源的基础上”，逐渐形成了一套“文论话语与文论体系”。[1] 但对于这一“在吸收域外文论资源的基础上”形成的“文论话语与文论体系”，我们也不能不看到其另外一面的事实，即正如有学者分析指出的，近现代以来的中国文论，有“破”(破除过去各种僵化的文学观念与模式)有“引”(引进西方文论的古今资源)，尽管也有“建”，但与“破”、“引”相比，后两方面的推进显得更为突出。特别是新时期以来，在“引”的方面更是几近于与西方理论的产生同步，但盲目崇洋、生搬硬套、照搬照抄、食洋不化者多，而自身理论的建构却显得相对不足[2]，显然未能达到所谓“致力于融会贯通后的自然创新”[3]。这诚如有学者所言，“我们虽然学会了移植与引进理论，却没有学会或没有完全学会运用这些理论中所包含的思想向自己的现实提问”[4]，即便是那些影响较大的理论命题与理论成果，如文学主体论、审美意识形态论、新理性文学精神论等，也仍然存在较大争议。还如我们前面提到的，作为当代中国反本质主义理论成果之一的所谓关系主义的理论重建，也主要是以西方理论(偏重于西方现代理论)为理论资源，用当代西方文学理论的一些“关键词”确定文学理论问题，并以此作为其结构“主脑”，来对文学理论知识进行“文献式”的编排与阐释，组织文学理论知识与文献资料，而不是从具体的文化文学现象出发，也没能基于当代中国新的文学文化现象，提出新的文学理论知识与文学界说。可以说，当代中国文学理论“从整体上看，真正富有时代精神和创新性的理论建构并不多见”[5]。而这又是与我们长期以来对异质文论，特别是西方文论的盲目模仿与移植分不开的。正

① 王伟：《中国问题、文论旅行与原创焦虑》，载《南昌航空大学学报(社会科学版)》2014 年第 1 期。
② 赖大仁：《新时期三十年文论研究》，载《文学评论》2008 年第 5 期。
③ 王伟：《中国问题、文论旅行与原创焦虑》，载《南昌航空大学学报(社会科学版)》2014 年第 1 期。
④ 李西建：《文化转向与文艺学知识形态的构建》，载《文学评论》2007 年第 5 期。
⑤ 赖大仁：《新时期三十年文论研究》，载《文学评论》2008 年第 5 期。

如有学者所指出的,“盲目模仿西方文论范本而忽视中国文论传统的偏向,不仅在整个新时期30年里没有得到根本扭转,而且在今天仍在持续”,包括“九十年代初以来后现代主义思潮的流行”,都“不同程度地染上了‘食洋不化’的症候”。[①] 而与这种对西方文论的“过度移植与依赖”相关联,这“就造成了对西方文化和文论的依附性,从而养成了中国人文学者的眼睛向外的思维惰性,也一定程度上窒息了他们的创新意识和理论创造力”[②],并也导致了“我国文论知识构成的内在性危机”及“‘身份认同’方面的内在失落”,而使“我们的文学理论实际上是处于一种‘无根’的状态”,甚至“较大范围地产生‘失语症’的隐性焦虑”。[③]

也正是面临这样一种文论现状及问题,一些学者主张从“中国当代文艺学的文化无根性危机”[④]入手,进行“古代文论的现代转换”,实现与时俱进的理论创新,以重建中国文化与文论自信,确立我们的民族身份,并在与西方世界的对话与交流中发出自己的声音。比如童庆炳、顾祖钊、李春青等先生展开的“中国文化诗学”的研究及理论建构,就是这样的理论研究与积极探索。而这也为我们在深化现代性的路向上进行文学本质的个性化言说与中国特色的理论重建提供了富有启示的思路,在这方面,可以说,王一川撰写的《文学理论》[⑤]是比较成功的理论尝试与代表性成果。对于王一川的这一理论成果,有一种观点认为,他的感兴修辞论“致力于在现代文学理论框架中重新安放古典诗学的‘感兴’范畴,以‘兴辞’为核心,试图使其在现代文论中突显出新的角色和意义。这种建构是由浓厚的中国文学经验——确切地说应该是中国古典文学经验——提炼而成,带有鲜明的中国风格与学术个性”,然而,却否定了其“从中国古代文学中概括出的理论”的有效性。[⑥] 不难看出,这是将中国传统文论资源拒绝于现代转化的门外。这里显然涉及一个现代性进程中的文化身份与理论创新问题。没错,“理论创新是为了具有独特性,这也是中国文论得以走向世界的筹码”[⑦],而“中国特色的文学理论也不能简单地理解为中国古代文学思想中的若干范畴,因为文学理论是历史的,它始终处于运动和变化之中,随着历史的不断发展,它必然会不断改变自己的形式和内容”[⑧]。而正是在此意义上,进行“古代文论的现代转换”并

① 王一川:《百年中国现代文论的反思与建构》,载《文艺理论研究》2013年第1期。

② 顾祖钊:《中国文论家:该换一种“活法”了》,载《文艺争鸣》2013年第1期。

③ 李西建:《文化转向与文艺学知识形态的构建》,载《文学评论》2007年第5期。

④ 党圣元:《中国古代文论的“当代性”意义生成问题》,载《江西社会科学》2009年第4期。

⑤ 王一川:《文学理论》,四川人民出版社2003年版。

⑥ 王伟:《反本质主义、文论重建与中国问题》,载《文艺争鸣》2013年第1期。

⑦ 王伟:《“中国文论”走向世界的几个问题辨析》,载《学术评论》2014年第3期。

⑧ 代迅:《中国文论:一个理论上的虚构》,载《探索与争鸣》2013年第2期。

不意味着食古不化，而是基于当代中国的现实语境及其需要，“将中国古代文论中有现代价值和意义的部分，转换成现代文论的有机成分”[①]，以促进当代中国文论的创新发展。正如王一川所指出的，对于“中国古代文论的丰富的理论资源”，我们“不能完全照搬”，而“只能以现代中国的新需要去重新激活它们”，这“意味着只有首先明确现代中国文明的目标和设计，才能在中国现代文论建设中确立自己对于古代资源的具体需要，以及具体方法和做法”，而要求我们“悉心洞察现代中国人在新的历史时期的心灵动向和情感需求，为其不断开辟出新的精神空间”，并“为建构中国文明的现代性新传统而添砖加瓦”。[②] 而他的感兴修辞论的文学本质规定，即正是从当代中国现实的文化文学语境，也就是中国现代性体验下的现代生存处境出发，并在西方和中国传统的冲突中，“以现代自主的和民族的文论建设为基点”，揭示文学审美的现代特性，是对中国传统文论资源与范畴现代转化的有益尝试，并表现出独特的中国风格和学术个性，显示出进行这种文学本质的个性化言说与中国特色的理论重建，并非只是停留在纸面上的某种理论设想，也具有其切实的可行性。

“和而不同”，“同则不继”，而对于这样一种文学本质的个性化言说与中国特色的理论重建，我们也期盼有更多元的出现，但这也并不是说要重新建立一种试图包罗文学所有本质（事实上是不可能穷尽的）的多层本质观，而最终像以往那样“统于一”，否则，就难免独断论的本质主义文学观念再次出现，而是呈现出多元发展的开放空间与富有个性的构建格局，并为当代中国文论的创新发展注入不竭的新鲜活力。“一枝独放不是春，百花齐放春满园”，这也是我们这样一种理论构建所要作出的展望，它既不同于以往那种“统于一”的本质主义营构，其所形成的“一元独尊”理论话语霸权，也正是反本质主义者所要反的，但也不是像反本质主义者那样不再作出任何形式的本质言说，而是立足“中国问题”，在深化现代性的路向上，展现出一种开放而多元的本质个性化言说及理论构建态势，从而在多个维度“建构起既符合自己民族文化身份，又符合国际思潮大趋势的新的理论形态，为参与理论重构的国际大合唱，作出自己的贡献”[③]，奉献富有民族特色的理论创新成果。

---

① 顾祖钊：《中国文论家：该换一种“活法”了》，载《文艺争鸣》2013年第1期。

② 王一川：《百年中国现代文论的反思与建构》，载《文艺理论研究》2013年第1期。

③ 顾祖钊：《中国文论家：该换一种“活法”了》，载《文艺争鸣》2013年第1期。

三

我们反对狭隘的民族自尊，要求以更为开放与包容的态度对待外来文化和理论资源，但也不是民族身份丧失的文化盲从，我们的理论建设在面向世界的同时，也要从中国文化身份出发，对传统文论资源进行现代转化，这意味着“既要全力顺应当今全球化新趋势，又要奋力显示中国文化自身的独特品格，也就是以全球化语境中现代中国的自体建构为基点，更加积极地融汇与化合西方文化、文论的影响，力求在全球化的世界上参照人类普适价值而确立中国现代文论的独特个性”[①]，并为世界贡献具有民族特色的理论创新成果，显然与所谓“狭隘的民族自尊”[②]云云是不可同日而语的。对此，我们是需要细加分辨的，否则就未免简单草率，而这显然又关系到一个学风问题。

对所谓“狭隘的民族自尊”，有论者给出的是这样的例子，即由“20 世纪西方一些重要思想家的理论有不少直接来源于中国古代文论，如海德格尔之于老庄、庞德之于意象、布莱希特之于戏剧理论等”得出“中国文论的很多理论与范畴具有全球的普适性”的结论——这样“推理的跨度明显太大”。[③] 尽管中国的老庄、意象与戏剧理论是否具有全球的普适性还有待商榷，但需要明白的是，一个国家和民族的思想理论与范畴是否具有全球的普适性，并不是由其是否狭隘的民族自尊所决定的，如果它不具有全球的普适性，无论怎样狭隘的民族自尊都不可能使其具有全球的普适性，中国文论的很多理论与范畴也是这样。就此而言，即便一些学者“推理的跨度明显太大”，也应从中国文论及其范畴是否具有全球的普适性作出考量，比如“海德格尔之于老庄、庞德之于意象、布莱希特之于戏剧理论等”是否足以得出“中国文论的很多理论与范畴具有全球的普适性”的结论，或者推翻这种结论，而不是简单地归咎于是否狭隘的民族自尊了；否则，我们便没有理由否定这种研究及意义。当然，这样扣上一顶“狭隘的民族自尊”的帽子也许是容易的，却显然是不利于对这一问题的学理分析与探讨的。

而这样的学风问题，在上述论者有关“中国问题”的讨论中也并非只是个别现象。比如论者曾指责笔者的商榷(其简称“李文”)不合逻辑，对此，论者也给出了其证据，即：“李文开篇说本人与所批判的理论家‘并无意见上的分歧’，但紧接

① 王一川：《百年中国现代文论的反思与建构》，载《文艺理论研究》2013 年第 1 期。

② 王伟：《中国问题、文论旅行与原创焦虑》，载《南昌航空大学学报(社会科学版)》2014 年第 1 期。

③ 王伟：《中国问题、文论旅行与原创焦虑》，载《南昌航空大学学报(社会科学版)》2014 年第 1 期。

着又说‘他们的分歧概括起来，大致有三’。前后矛盾”[①]。这里不妨照录一下拙作的原文以作比较鉴别，拙作的原文是这样开篇的：“我们的文艺理论研究需要有‘问题’意识，并且需要有‘中国问题’意识，这无疑是正确的，通观王伟博士的《何谓文艺学论争的“中国问题”》一文，王伟博士和他所批判的‘理论家’对此并无意见上的分歧，他们的分歧概括起来，大致有三：一是什么才是‘真正的中国问题’；二是西方理论研究‘中国问题’的有效性问题；三是具体到对‘本质主义’与‘反本质主义’的认识问题。”[②]其实，对于拙作的这段原文，稍有语法与逻辑常识的人都会知道，笔者说论者与所批判的理论家“并无意见上的分歧”，是有前提的，并是有所特指的，即二者在“文艺理论研究需要有‘问题’意识，并且需要有‘中国问题’意识”这一点是一致的，并不存在分歧，但在如何理解与认识“中国问题”上是有分歧的，这也正是笔者所说的“他们的分歧概括起来，大致有三”所要具体谈及的。这在逻辑上又有什么矛盾与问题？还如笔者曾在拙作中引用了罗蒂的一段话，这段话是：“反本质主义通过虚构它自己的元叙说，它自己关于在什么地方可以发现力量的终极杠杆自私的故事而在最后关头又推了本质主义一把，结果反本质主义倒使自己变得可笑了。”[③]对于这段话的引用，论者是这样指出其所谓问题的：“即便对罗蒂的哲学思想与文化理论不是了如指掌，哪怕只是稍微认真看看罗蒂这句话的上下文，也会知道罗蒂一直是在跟德·曼展开论辩，罗蒂是在批评德·曼将文学语言实体化的做法，斥责其反本质主义不彻底，在最后关头又陷进了本质主义的泥潭”，而笔者的错误在于“竟然掐头去尾，无视语境，将罗蒂——原本是反本质主义阵营中赫赫有名的一员骁将——的片言只语误认作批判反本质主义的绝佳帮手，这真是莫大的讽刺”[④]。论者说的没错，罗蒂的这段话本来是针对德·曼而言的，但这里需要提醒论者注意的是，笔者在拙作中引用罗蒂的这段话已经发生了语境的变化，而并不是也不可能是针对德·曼来说的，亦不是论者所谓的将罗蒂的话用来毫无辨别地“批判反本质主义”，而是针对当代中国文论在反对本质主义中所出现的，并事实上已成为“本质主义”之后的另外一种形式的“本质主义”观念与思维方式的变体或新体而言的[⑤]，只不过这一变体或新体，往往是以反本质主义的面目出现的，而更能障人眼目罢了。对于这一点，笔者在拙作中已是言之凿凿，论者张冠李戴的判断与批评，显

① 王伟：《岂能如此理解中国传统文化中的诗歌》，载《学术界》2014 年第 5 期。

② 李自雄：《值得追问的“中国问题”》，载《文艺争鸣》2013 年第 1 期。

③ [美]理查德·罗蒂：《后哲学文化》，黄勇译，上海译文出版社 1992 年版，第 158 页。

④ 王伟：《反本质主义、文论重建与中国问题》，载《文艺争鸣》2013 年第 1 期。

⑤ 李自雄：《论“反本质主义”之后的文学理论重建》，载《文艺争鸣》2012 年第 1 期。

然是割裂语境、断章取义的结论。究竟是谁在“掐头去尾，无视语境”？这用在论者的身上，倒是正合其身，用论者的话来说，也就“真是莫大的讽刺”了。

任何理论主张及言说，都必须具有其逻辑的自洽性，否则，分析起来就难免如论者所说的“稀里糊涂”，“机械地堆砌”或是“耳食他人而缺乏自己的成熟考虑”，而在“行文逻辑”上“掉链子”，甚至陷入自相矛盾。① 如上所述，乍看起来，论者的分析，不乏大量的例子，也有不少西方权威理论的支撑与知识背景，但只要略加分辨，就不难看出只不过是其所谓的“机械”的“堆砌”或“耳食他人”，而没有自己的消化理解。又如，对于后现代主义，论者也知道，不能仅仅“定位在解构之维，而忽略了建构之维”②。论者曾引用王治河的话说：“遗憾的是，目前国内学者对后现代主义的介绍和研究主要侧重于后现代主义的摧毁、解构、否定性向度上(我的《扑朔迷离的游戏——后现代哲学思潮研究》一书在很大程度上也主要是围绕这一向度展开的)，对于后现代主义所蕴含的积极的、肯定的、建设性的内涵，也就是说对于它的建设性的向度则鲜有考察，以致在对后现代主义的理解上多少已经形成这样一种思维定势：后现代主义是专讲摧毁和否定的，因此是否定主义的、悲观主义的和虚无主义的。许多批评文章也都是在这一思维定势上立论的。”③而在论者看来，“更为遗憾的是，至今仍有不少学者还在这条歧路上昂首阔步”。显然，论者很清楚，后现代主义不仅仅就是解构，而且也应有建构，用论者的话来说，也就是“致力于开放的参与及多维的建构”④。但具体到作为后现代主义思想圭臬的反本质主义理论观点，论者却作出了铁板一块的理解。正如我们在前文所指出的，以论者的逻辑，入其“法眼”的“反本质主义”，也就是一种，即根本否定文学本质及其言说的反本质主义，也正如其所谓的“昂首阔步”走向了一种极端解构。对反本质主义稍有常识的人都知道，反本质主义也并非是铁板一块，而我们前面所提到过的论者对反本质主义的区分，也表明其并非不具有这种常识，却作出了这种铁板一块的分析与结论。而这样一种片面而偏颇的反本质主义，在否定文学本质及其言说的同时，也走向了极端解构，而最终与其所说的后现代主义的“建构之维”背道而驰。这也许就是论者所谓“机械”的“堆砌”或“耳食他人”，而在“行文逻辑”上“掉链子”吧。

在上述论者有关“中国问题”的讨论中，这样在“行文逻辑”上“掉链子”的地

① 王伟：《反本质主义、文论重建与中国问题》，载《文艺争鸣》2013年第1期。

② 王伟：《“后现代主义无助于解决中国问题”吗》，载《学术界》2013年第3期。

③ 王治河：《后现代主义与建设性(代序)》，[美]大卫·雷·格里芬编《后现代精神》，王成兵译，中央编译出版社1998年版，第2页。

④ 王伟：《“后现代主义无助于解决中国问题”吗》，载《学术界》2013年第3期。

方并不少见，而陷入了难以摆脱的自相矛盾的逻辑困局与理论困境，这里就不再赘述了。诚如论者所指出的，“学风问题不容小觑”[①]，在这一点上，我想论者也不应忽略掉自己。

总之，对“中国问题”而言，无论是过去的历史经验，还是当今的全球化时代，“与世隔绝”的理论方式显然是不可取的，也是行不通的，对西方理论资源的拒斥无疑是闭目塞听，但这并不意味着我们就可以无视“中国问题”的特殊性。这也是后现代主义及其反本质主义的理论观点所必须正视与面对的问题。经过后现代反本质主义的质疑颠覆之后，当代中国文学理论不是也不应走向极端解构，亦应立足“中国问题”，在深化现代性的路向上进行一种开放而多元的本质个性化言说及中国特色的理论重建，并为世界贡献既具有国际视野又不失民族特色的理论创新成果。对于目前学界在这方面所存在理论误区，需要进行必要的学理厘清，而对其所暴露出来的学风问题也不容忽视，正如有学者所指出的，“今天在中国，正出现着一个理论发展的重要契机。当代中国的社会状态，中国文学和艺术中所面临的诸多问题，中华文化在世界上的地位和处境，向我们提出了许多重要的问题，也对理论的发展提出了许多新的要求。这是理论发展的机遇，这也说明，理论的发展大有可为。”“经过一个多世纪的引进、吸收、消化，创造的时机成熟了”，这样一个时机与时代，也确乎是该有中国哲学与理论出场了，而“能否出场，要靠我们不浮躁、不大言欺人、不放弃，踏踏实实地努力，才能做到”。[②]显然，对我们的文学理论研究来说，亦是如此，而如前所述，王一川等人为此所作出的理论尝试与取得的理论实绩，无疑为我们这个时代的中国学人们昭示出了这种令人期盼的可能，崛起的中国需要人文学者的在场[③]，而需要更多有使命感的学者秉持应有的学术担当与定力，并参与到具体的学术实践中来，作出自己切实的努力。

最后，需要补充说明一下的是，任何理论研究与探讨，都可能存在其局限性，而笔者也深知在学术探索之路上，个人力量与认知程度的有限，在这个过程中，个人的认识和思考难免会有各种偏差，甚至错误。卡尔·波普尔曾说：“应当把科学设想为从问题到问题的不断进步——从问题到愈来愈深刻的问题。”[④]显

---

① 王伟：《岂能如此理解中国传统文化中的诗歌》，载《学术界》2014 年第 5 期。

② 高建平：《理论的理论品格与接地性》，载《文艺争鸣》2012 年第 1 期。

③ 史学家王学典先生有文《崛起的中国需要历史学家的在场》(载《史学月刊》2013 年第 5 期)。笔者认为，该文提出的理论研究者在当代中国及世界交流与对话中的在场问题，不仅仅限于史学，而对包括文学在内的整个人文学科具有普遍的意义，并受到启发，特此说明并致谢忱。

④ [英]卡尔·波普尔：《猜想与反驳》，傅季重等译，上海译文出版社 1986 年版，第 317 页。

然，我们对"中国问题"的思考也是这样一个过程。因此，笔者也并不认为自己就是真理在握，也欢迎学界同仁的商榷与批评，来促进自己的思考和研究，并共同推进中国学术的发展与繁荣。学术的发展与繁荣需要活跃的学术争鸣。古今中外，每一个学术高度发展与繁荣时代，都往往呈现出百家争鸣、思想活跃的局面。在当代中国这个文化大发展、大繁荣的时代，学术的发展与繁荣也需要形成这样的学术争鸣。而这样的学术争鸣又是建立在讲事实、摆道理的基础之上的，需要对学术应有的虔诚和求真务实的精神，而不是所谓"头脑发热"与"间歇性"发作所能做到的。[①] 笔者在这里很希望能得到学界同仁的继续批评指正，但是期待这种批评是基于学理层面的实事求是，而不是缺乏学理分析与事实依据的乱打棒子、乱扣帽子，否则就偏离了进行学术争鸣的正常轨道，这显然是我们不愿意看到的，笔者也就避之唯恐不及了。

[本文部分内容以《中国问题、民族身份与理论创新》为题发表于《北京理工大学学报(社会科学版)》2015 年第 2 期，后又有进一步思考与充实]

① 王伟：《反本质主义、文论重建与中国问题》，载《文艺争鸣》2013 年第 1 期。

美学思考

概念、价值与话语

——当代中国生态美学研究问题反思

在当代中国的美学研究中，生态美学的发展及其所取得的成就无疑是引人关注的，它既是对当代社会生态问题的理论回应，也为当代中国的美学研究提供了新的理论生长点，可以说“生态美学作为一个新的美学理论形态出现是我国新时期美学研究的重要收获之一”[①]，但也面临着诸多的理论问题亟待厘清和反思，进而方能为其创新发展提供某种可能。笔者认为，这些问题主要体现为三个方面：一是在概念所指方面的问题；二是在价值取向方面的问题；三是在话语建构方面的问题。

一

对于“生态美学”这一概念，在不少论者看来，它是一个来自西方的概念，这也导致了在这一概念所指方面的理论误区，即把生态美学直接等同于西方环境美学概念。这一理论误区的产生，可以一直追溯到当代中国学界对生态美学这一概念的最初接触。据目前的资料所见，中国学界最早接触生态美学这一概念，始于一篇由俄国学者 H. Б. 曼科夫斯卡娅写的译介性文章《国外生态美学》。该文摘自俄国《哲学科学》1992 年第 2 期，由中国学者由之译成中文，分上、下两部分先后在国内刊物《国外社会科学》1992 年第 11 期、第 12 期刊发。这篇文章主要介绍的是“作为审美客体的环境”、“环境美学和艺术哲学”、“环境的审美价值”与“生态学和审美教育”等四个方面的内容。通观这篇文章，我们不难发现，尽管文章冠以生态美学的标题，但实质上所谈的大多是西方环境美学的内容，或是把生态美学与西方环境美学混为一谈。

---

① 曾繁仁：《论我国新时期生态美学的产生与发展》，载《陕西师范大学学报(哲学社会科学版)》2009 年第 2 期。

《国外生态美学》这篇文章对中国生态美学研究产生的影响可从两方面来看：一方面，它有力地促进了中国生态美学研究者的理论自觉，中国学界开始有意识地关注这一理论新形态，并积极参与到这一理论研究中来；而另一方面，由于它未将生态美学与西方环境美学加以科学区分，而在很大程度上将二者混而言之，其产生的流弊也不可忽视，此种流弊的具体表现即是，国内一些学者往往认为生态美学就是西方环境美学，而把生态美学研究引向了褊狭之途，亦即将生态美学不加分辨地等同于西方环境美学，并将生态美学的生态之维窄化到并局限于环境，特别是自然环境的维度。而也正是在这种理论误区之下，诚如有学者所指出的，目前的许多研究“只是停留在对自然生态即人与自然关系的关注上，未能进展到更深层的挖掘，不去关照人与社会的关系以及人自身存在的状态，完全忽略甚至没有意识到社会生态，精神生态更应成为生态美学的重要范畴和需要研究的理论问题”①。

如何走出目前的这种研究困境？笔者觉得，很重要的一点是，首先要厘清“生态美学”这一基本概念。任何理论都必须以基本概念与范畴为基础，基本概念与范畴不清，就会造成理论的偏误。对于生态美学的概念，曾繁仁先生曾作过非常细致的分析与界定，他指出，对于生态美学这一概念，目前有狭义与广义两种不同的理解，狭义的生态美学“着眼于人与自然环境的生态审美关系，提出特殊的生态美范畴”，而广义的生态美学则“包括人与自然、社会以及自身的生态审美关系，是一种符合生态规律的存在论美学观”②。显然，曾繁仁先生所谓的“狭义的生态美学”，实质上是一个更多地与我们上文所说的环境美学相关涉的概念，而他也注意到了这种界定的褊狭与局限。在他看来，生态美学应作广义的理解，在这种理解之下，生态美学“以崭新的生态世界观为指导，以探索人与自然的审美关系为出发点，涉及人与社会、人与宇宙以及人与自身等多重审美关系，最后落脚到改善人类当下的非美的存在状态，建立起一种符合生态规律的审美的存在状态。这是一种人与自然和社会(也必然包括人自身——引者注)达到动态平衡、和谐一致的处于生态审美状态的崭新的生态存在论美学观”③。

笔者认为这种界定与理解是准确的。从这种理解出发，生态美学的生态之维，理应包括人与自然、人与人(即人与社会)、人与自身(即身与心)三个方面的

① 孙琪、李丕显：《生态美学偏执论》，载《自然辩证法研究》2004年第10期。

② 参见曾繁仁：《生态美学：后现代语境下崭新的生态存在论美学观》，载《陕西师范大学学报》2002年第3期。

③ 曾繁仁：《生态美学：后现代语境下崭新的生态存在论美学观》，载《陕西师范大学学报》2002年第3期。

关系维度，把生态美学简单等同于西方环境美学概念，无疑是在将生态美学的生态之维窄化到环境（特别是自然环境）的同时，也将人与人（即人与社会）、人与自身（即身与心）的关系问题排除在生态美学的视野之外，这是对生态美学的极大误解，也不利于当代中国生态美学研究在对人类生态的整体把握与科学认知的基础上作出深入开掘。

二

目前学界对于生态美学价值取向问题的讨论，主要是围绕着“生态中心主义”(ecocentrism)对“人类中心主义”(anthropocentrism)的分歧与矛盾而展开的。

我们知道，生态中心主义反对人类中心主义，是对传统人类中心主义的突破。在人类社会的发展过程中，人类中心主义所造成的生态破坏及其灾难性后果，的确值得我们反思，从这个意义上来说，生态中心主义对人类中心主义的批判与否定，是有其合理性的；然而值得注意是，这种生态中心主义，正如有学者所指出的，虽然“可以有力地打击极端狭隘狂妄的人类中心主义，但也易于导致对人类自身的过分贬抑”[①]，而走向以“自然的存在价值”取消“人的存在价值”的另一种理论误区，即极端化的自然主义误区。

这种极端化的自然主义，主张彻底解构人类中心主义的价值观念，为了自然本身的价值去对待与关怀自然生态，使其免受人类的侵扰、破坏而保持原始的自然状态。这种主张显然是受到了卡尔松等人为代表的“自然全美”观点的影响。卡尔松指出：“全部自然世界都是美的……自然环境，就它未被人类触及或改变的意义来说，具有重要的肯定美学特征，比如它是优美的、精巧的、紧凑的、统一的和整齐的，而不是丑陋的、粗鄙的、松散的、分裂的和凌乱的。简而言之，所有未被人类玷污的自然本质上在审美上都是有价值的。对自然世界的恰当或正确的欣赏，在根本上是肯定的，否定的审美判断是很少有的或者完全没有。”[②]哈格若夫认为，“自然总是美的，自然从来就不丑”，“自然中的丑是不可能的”，“不具备任何负面的审美价值”。[③] 卡尔松也说：“所有自然中未被人接触的部分都是

---

① 赵奎英：《论生态美学的困境与前景》，载《厦门大学学报（哲学社会科学版）》2006年第5期。

② Allen Carlson. *Aesthetics and the Environment: The Appreciation of Nature, Art and Architecture*. New York: Routledge, 2000, p. 72.

③ Eugene Hargrove. *Foundations of Environmental Ethics*. Englewood Cliffs: Prentic Hall, 1989, pp. 177-184.

美的。”并进而明确指出：“能够审美地享受自然同判断是截然不同的。自然美学是肯定的。否定的批评只有当人类的因素影响到自然的时候才予以考虑。”[①]这种“自然全美”的观点表现出的是一种极端化的自然主义倾向。显然，此种极端化的自然主义，以自然的存在价值为唯一尺度，彻底否定了人类活动及其存在价值，而把人与自然引向了另一个对立面。

如果说人类中心主义是以人的存在价值凌驾于自然的存在价值，那么上述生态中心主义所导向的极端化的自然主义，则是以自然的存在价值凌驾于人的存在价值，二者在对待人和自然的关系问题上存在着相同的误解，即都是把人和自然置于相互敌对的对立面。究竟应该如何理解人和自然的关系问题呢？马克思曾指出：“人是自然科学的直接对象；因为直接的感性自然界，对人来说直接是人的感性（这是同一个说法），直接是另一个对他来说感性地存在着的人；因为他自己的感性，只有通过别人，才对他本身来说是人的感性。”[②]这段话深刻揭示出了人与自然的一体共生关系。因为人“自己的感性”，“只有通过别人”，也就是“直接是另一个对他来说感性存在着的人”，即“感性自然界”，换言之，自然界就是另一个感性存在的人，通过这另一个感性存在的人，亦即自然界，“才对他本身来说是人的感性”，所以人在这种人与自然的一体共生关系中，通过自然界，即是通过人自身来体认自身的存在。这种人与自然的一体共生关系，用马克思的另一句话来说，就是自然界是“人的无机的身体”，二者是一体的不可分的，是相互依存的（而非敌对的）生态整体，正如人离不开自然一样，人是自然的一部分，自然也是人的一部分。也正是在这个意义上，对于生态美学的价值取向问题，笔者更赞同一种“整体的生态人文主义”主张。

在笔者看来，这种整体的生态人文主义主张，是对人类中心主义与生态中心主义所导向的极端化的自然主义的双重超越，它既不是人类中心主义的以人凌驾于自然，也不是极端化的自然主义的以自然凌驾于人，而是一种在人与自然的一体共生关系及其生态整体中既包含人的维度又包含自然维度的新的时代精神，是人与自然的共生共荣。[③] 这一整体的生态人文主义，在避免生态中心主义对人类中心主义的矫枉过正而走向极端化的自然主义误区的同时，也为生态美学研究的价值立场确立了方向，即以一种生态整体的视野，不仅要建立人与自然的和谐融洽关系，还要建立人与社会、人与自身的全面和谐，以更加“自然”而不

---

① Allen Carlson. *Aesthetics and the Environment*: *The Appreciation of Nature*, *Art and Architecture*. New York: Routledge, 2000, p.75.

② 马克思：《1844年经济学哲学手稿》，人民出版社2000年版，第90页。

③ 参见曾繁仁：《人类中心主义的退场与生态美学的兴起》，载《文学评论》2012年第2期。

失“人性”的生态审美生存方式促进人类与其他生命在共同的家园中“诗意地栖居”，和谐持久地相处。

三

当代中国生态美学在自身的话语建构方面存在明显不足，尽管中国生态美学研究经过这些年的发展，取得了一定的研究成果，但多采撷西方话语，而与中国的文化传统和现实语境存在诸多“难以兼容”的地方，甚至是“水土不服”的问题。[①] 显然，中国生态美学的进一步发展，必须致力于中国话语的探索与建构，而这种中国话语的探索与建构，又必须建立在对中国传统文化及现实的充分理解的基础之上。

那么究竟应该如何理解中国传统文化及其与生态美学的关系呢？有论者指出，生态美学西方话语在中国的使用所出现的“水土不服”，是因为中国缺乏这些话语存在与生长的文化土壤。笔者认为，这种看法是对中国传统文化的一种误解。对于中国传统文化及其与生态美学的关系的认识和理解，近年来曾繁仁先生借助文化人类学的观点作过分析，对澄清上述误解具有重要的启发意义。曾繁仁先生主要借用的是文化人类学所谓特定地域对人的调适所形成的原生性文化的观点。他指出，“文化人类学告诉我们，特定的地域对于文化具有一种‘调适’的作用，使之形成特定的文化形态（即文化区）”[②]，并表现出相对的稳定性。用美国文化人类学家哈维兰的话来说，就是“在特殊地区，生活在类似环境中的人们往往相互借用在那些环境中看来很有效的风俗习惯。一旦获得成功，调适可能长时期明显地稳定下来，甚至数千年不变”[③]。从这种观点出发，曾繁仁先生进而指出，与西方传统文化的源头古希腊由于濒临地中海，受海洋文化与商业文化的影响所形成的重视“天人相分”的原生性文化即科技文化不同，中国传统文化是在其特殊的内陆地域的地理环境与农业经济的影响下形成的一种“天人相和”的原生性文化，亦即生态文化。[④] 西方生态文化的产生是在英国工业革命

---

① 参见曾繁仁：《生态美学的中国话语探索——兼论中国古代“中和论生态—生命”美学》，载《中国文化研究》2013 年春之卷。

② 曾繁仁：《生态美学的中国话语探索——兼论中国古代“中和论生态—生命”美学》，载《中国文化研究》2013 年春之卷。

③ [美]威廉・A・哈维兰：《文化人类学》，瞿铁鹏等译，上海社会科学院出版社 2006 年版，第 161 页。

④ 参见曾繁仁：《生态美学的中国话语探索——兼论中国古代“中和论生态—生命”美学》，载《中国文化研究》2013 年春之卷。

之后，而且是受到包括中国在内的东方生态文化影响的结果，生态文化在西方具有后生性、外引性的特征[①]，而西方这种“后生性”的生态文化也就是我们现在所说的现代生态文化。

笔者认为，上述这种判断是有说服力的，并由此我们可以得出这样一个基本结论，即中国传统文化作为一种原生性的生态文化，为中国生态美学在自身的话语建构方面，提供了原生性的文化根基与土壤，而同时需要说明的是，这也并不意味着它与现代生态文化是格格不入的。比如现代生存论哲学家海德格尔“天地神人四方游戏”生态美学观点对中国道家思想的吸收利用，德韦尔、塞申斯和奈斯等人的深层生态学对中国道家思想与包括中国在内的佛家思想的借鉴吸收[②]，怀特海有机论“过程哲学”对中国传统文化，特别是道家与儒家思想的重视和吸收[③]等，都体现出了中国传统文化及其思想理论资源对建设现代生态文化的理论价值。这些事实都无不说明，中国传统文化作为生态美学话语转换的理论资源，既有其地方性与特殊性，也有其普适性与普世性。从这个意义来说，我们充分利用传统文化的生态理论资源进行有效的话语转换，构建一种“和而不同”的既具有民族精神与特色，又能为世界所接受的中国生态美学话语形态是有可能的。

蒙培元先生也曾指出：“中国哲学是生的哲学”，“中国的生的哲学，有其独特的意义，这就是生态哲学的意义”。[④] 这种生的哲学与美学观念，在中国传统文化中具有原典意义的《易经》中有着非常深刻的体现，《易经》的“生生”思想，即是对天地万物蓬勃生机的最好描述，并广泛渗透在儒、道、佛等中国传统文化的具体形态之中。比如儒家的“仁者爱人”、“民胞物与”，道家的“道法自然”、“道生万物”，佛家的“普度众生”等，既是富于中国传统的文化表达，但都表现出对人与万物的一种博大之爱和生命关怀，又具有很强的普适性与普世性。这些都是我们进行中国生态美学话语构建的重要理论资源，应该更好地进行深入发掘与改造，介绍给世界，并在对话与交流中确立自己的位置。

总之，中国生态美学的发展，需要从生态美学等基本概念与范畴入手，厘清将生态美学直接等同于西方环境美学概念的理论偏误；并在价值取向上走出生态中心主义对人类中心主义的矫枉过正而导致的极端化的自然主义误区，确立

① 参见曾繁仁：《生态美学的东方色彩及其与西方环境美学的区别》，载《河北学刊》2012 年第 6 期。

② 参见雷毅：《深层生态学》，载《自然辩证法研究》1999 年第 2 期。

③ 参见陈英敏、高峰强：《过程、整体与和谐》，载《华东师范大学学报（教育科学版）》2009 年第 3 期。

④ 蒙培元：《生的哲学——中国哲学的基本特征》，载《北京大学学报（哲学社会科学版）》2010 年第 6 期。

整体的生态人文主义的价值立场与方向；对中国传统文化“原生性”的生态理论资源进行有效的利用与改造，以建构既有民族特色而又面向世界的中国生态美学话语形态，正如费孝通先生所说的，“各美其美，美人之美，美美与共，天下大同”，通过对话交流，走向理解与共识，共同推动人类文明的进步与发展。

（2013 年 12 月 11 日）

论中国生态美学的原生性及其美学形态

任何美学观念都是以一定的文化观念为根基的，并表现出某种特定的文化观念。那么，中国生态美学是建立在一种什么样的文化根基之上的呢？对于这一问题，不少论者总是试图并习惯于去寻找某种西方的理论根基，这也导致了许多研究满足于西方话语的简单挪用，正如曾繁仁先生所指出的："我们在生态美学研究中基本上使用的是西方话语"，而"这些话语在相当程度上与中国传统文化与现实存在诸多差异，甚至有些西方话语与我们的文化传统与现实生活难以兼容，就是俗话讲的有点'水土不服'"。[①] 显然，中国生态美学的进一步发展，必须致力于中国话语的探索与建构，而这种中国话语的探索与建构，又必须基于对中国传统文化及现实的充分理解，并从根质与原性上作出准确判断和把握。

一

如何从根质与原性上来对中国传统文化作出理解与把握？笔者认为，不能离开一个重要的概念与范畴——水。

通观中华文脉与文化传承，诚如有学者所说的："盘古开天辟地，滋养他的是混沌之水。女娲补天造人，取舍首要是水。炎黄创衍稼穑，农耕命脉是水。尧舜无奈天灾，鲧禹功过系于水。《山经》依于水。《海经》基于水。《周易》变如水。《商书》记于水。《老子》效法水。《论语》乐山水。《孙子》学于水。《庄子》智若水。《孟子》乘于水。《荀子》积于水。许由洗于水。屈子溺于水。星相关注水。风水敬畏水。药石通于水。齐术善用水。道教尊崇水。禅宗化如水。"[②]不难看出，水与中国传统文化存在着不可分离的紧密关系，并由此构成了中国传统文化

① 曾繁仁：《生态美学的中国话语探索》，载《中国文化研究》2013 年春之卷。

② 栾栋：《水性与盐色——从中西文化原色管窥简论华人的文化品位》，载《唐都学刊》2003 年第 1 期。

不同于西方文化的水文化底色。西方文化的底色与原色是一种盐文化,在古希腊,人们即"用盐作为祭神的贵重贡品,以示对神灵的虔诚,并常在客人的右手里放上一撮盐以示尊重"[①]。这在《圣经》里有更充分的体现。《圣经》强调:"凡献为素祭的供物都要用盐调和,在素祭上不可缺了你神立约的盐。一切的供物都要配盐而献。"[②]"凡以色列人所献给耶和华圣物中的举祭,我都赐给你和你的儿女,当作永得的分。这是给你和你的后裔,在耶和华面前作为永远的盐约。"[③]可见,盐在西方文化中的重要意义。当然,这并不意味着西方文化对水的意义的忽视。《圣经》说:"主耶和华对耶路撒冷如此说,你根本,你出世,是在迦南地……论到你出世的景况,在你初生的日子没有为你断脐带,也没有用水洗你,使你洁净,丝毫没有撒盐在你身上,也没有用布裹你。"[④]这里水的意义很明显是与"洗礼"的宗教含义相联系的。但值得注意的是,水在西方文化中的意义显然没有盐重要,《圣经》就提到"以利沙说,你们拿一个新瓶来,装盐给我。他们就拿来给他。他出到水源,将盐倒在水中,说,耶和华如此说,我治好了这水,从此必不再使人死,也不再使地土不生产。于是那水治好了,直到今日,正如以利沙所说的"[⑤]。又说:"这水往东方流去,必下到亚拉巴,直到海。所发出来的水必流入盐海,使水得医治(译文作'使水变甜',不及原文作'使水得医治'准确,该引依原文)。"[⑥]可以说,在西方文化的视域里,世上万物的存在固然离不开水,但水对世上万物的作用却有赖于盐的医治与激活,而正是在这个层面上,与水相比,盐具有更本原的意义,并赋予了西方文化的盐文化底色,而与中国传统文化的水文化底色形成分野。西方文化的盐文化底色认同的是神的恩赐,人与天地都是神的创造,人与天地并非是所属或是相互依存的关系,而是一种二分的关系,这种二分关系极大地促进了西方强调"天人相分"的原生性文化,即科技文化的形成。

与之不同的是,中国传统文化的水文化底色与原色,视水为天地万物之本原,重视天人合一,形成的是一种"天人相和"的原生性文化,亦即以水文化为核心的生态文化。正如有学者所指出的,西方的原生性文化是一种科技文化,西方生态文化的产生是在英国工业革命之后,而且是受到包括中国在内的东方生态文化影响的结果,生态文化在西方具有后生性、外引性的特征[⑦],我们在操持西

---

① 陈逸根等:《不简单的盐》,上海科学技术出版社 2004 年版,第 68 页。

② 《圣经·旧约全书》,中国基督教协会 1989 年版,第 95 页。

③ 《圣经·旧约全书》,中国基督教协会 1989 年版,第 145 页。

④ 《圣经·旧约全书》,中国基督教协会 1989 年版,第 766～767 页。

⑤ 《圣经·旧约全书》,中国基督教协会 1989 年版,第 353～354 页。

⑥ 《圣经·旧约全书》,中国基督教协会 1989 年版,第 804 页。

⑦ 参见曾繁仁:《生态美学的东方色彩及其与西方环境美学的区别》,载《河北学刊》2012 年第 6 期。

方话语时，对此应该有充分的认识，而不是数典忘祖。

二

中国传统文化是一种以水文化为底色与原色的原生性的生态文化，并包含着丰富的具有原生性意义的生态美学思想。在中国传统文化中具有原典意义的《周易》，向来被儒家称为“群经之首”，并与道家的《老子》、《庄子》一起被称为“三玄”之一，对这种生态文化与美学思想就有比较集中的表述。《周易》指出：“易有太极，是生两仪，两仪生四象，四象生八卦，八卦定吉凶，吉凶生大业。”[①]这是对宇宙万物在创生过程中所呈现出的蓬勃生机与生命之美的高度概括。

《周易》所谓太极是中国古代用以说明世界本原的范畴，那么究竟应该如何理解“太极”这一范畴呢？尽管宋代周敦颐有所谓“无极而太极”的说法，实则是把太极视为了某种无形质的本原存在，但显然是后世趋于思辨性的发挥，到底在多大程度上符合“太极”的原初认识，也就成了一个值得追问与探究的问题。对此，庞朴先生曾通过对太极图的考察指出：“太极图虽然在中国出现很晚，思想的萌芽则在新石器时代‘屈家岭文化’中已经出现，大概在公元前三千年。”这种思想的萌芽，表现了“古人对水的一种崇拜”，出于这种崇拜，“先民们所做的就是画水的漩涡”。[②] 这就是“太极”思想的最初发端，表现出了先民以水为世界本原并生化万物的看法。笔者认为这种看法是颇具启发意义的，也更加符合当时先民对世界本原的朴素认识。而且，老子主张“道法自然”，指出“道生一，一生二，二生三，三生万物，万物负阴而抱阳，冲气以为和”[③]，又提出“玄之又玄，众妙之门”[④]，“玄牝之门，是谓天地根”[⑤]，也可以看出其在世界本原问题的认识上与《周易》的密切联系。“玄”字的出现，可追溯至甲骨文时期，甲骨卜辞即有“乙亥卜，其于祖丁，其玄”[⑥]的记载，而据庞朴先生的考证，“漩涡剖面就是古文‘玄’字”，“以漩涡表示水慢慢变成‘玄’这个字”[⑦]，“玄”的初始意义是以漩涡表示的水，结合这种分析，由上述卜辞可见，在中国先民的祭祖仪式中保留着对水的崇拜痕迹，这显然是与其对世界本原的理解与认识相一致的；而对“玄”所表示的色彩意

---

① 《系辞上传》，黄寿祺、张善文《周易译注》，上海古籍出版社 2001 年版，第 556 页。

② 庞朴：《谈玄说无》，载 2006 年 5 月 9 日《光明日报》。

③ 《老子·四十二章》，沙少海、徐子宏《老子全译》，贵州人民出版社 1989 年版，第 84 页。

④ 《老子·一章》，沙少海、徐子宏《老子全译》，贵州人民出版社 1989 年版，第 1 页。

⑤ 《老子·六章》，沙少海、徐子宏《老子全译》，贵州人民出版社 1989 年版，第 9 页。

⑥ 郭沫若、胡厚宣：《甲骨文合集》第九册，中华书局 1982 年版，第 3369 页。

⑦ 庞朴：《梳理线索，解开“无”“玄”之谜》，载 2006 年 5 月 18 日《社会科学报》。

义，也是与水相联系的，因为水的漩涡“本身就是黑色的”(经笔者观察实证，确如是)[①]，所以“玄”又有“黑”的意思，而且“太极图就是一个漩涡，它的颜色也帮助我们理解‘玄’有黑的意思”[②]，《小尔雅·广诂第一》就称“玄”“黑也”[③]。《说文解字·玄部》亦云：“黑而有赤色者为玄。”[④]毛传：“玄，黑而有赤也。”[⑤]可见，“玄”的主色为黑色，为生化万物的水，而其中的赤色则为生命的颜色。《大戴礼记·易本命》说：“丘陵为牡，溪谷为牝。”[⑥]据此可知，“牝”可作“溪谷”解，指出的是水的源头，以“玄牝之门”为“天地根”，实质上是道出了水孕育生化宇宙万物的本原意义。而管子则更是明确地指出：“水者，何也？万物之本原也，诸生之宗室也。”[⑦]《黄帝内经》有肾水之说，认为“肾者主水”[⑧]，为生命之本。在中国传统文化中，与水的创生与运化意义相联系的是中国人的生命意识，注重其大化流行的过程，如孔子所谓的“逝者如斯夫”，即是将生命视为一个流动的过程。这些都无不体现了中国传统文化作为一种以水文化为底色与原色的生态文化所呈现出的生化万物的生命活动论特征。而这表现在具体的美学形态上，即为一种植根于水文化而极富水的意蕴的生命活动论生态美学，并由此构成其独有的原生性特质。

这种原生性的植根于水文化而极富水的意蕴的生命活动论生态美学思想，具体到中国传统的美学范畴上，就是在中国历史上很多具有源头意义的美学范畴都是与水相关联的，或是由水的意义与体认衍生出来的。比如：老子所说的“涤除玄览”[⑨]，就对后世产生了深远的影响；庄子所谓“斋戒，疏瀹而心，澡雪而精神”[⑩]，表达的也是同样的意思。因为在老庄看来，“上善若水”方“几于道”[⑪]，所以只有心如水洁，不染尘渣，摆脱世俗利害关系，才能在物我同一中达到对宇宙大道的体认。在此基础上，南朝的宗炳提出“澄怀味像”[⑫]，并进行了比较自觉的理论概括。宗炳的观点是与其艺术实践相结合的，正如有论者所指出的，“在艺术实践中，宗炳顺水而游，迹满天下”，他“从故乡南阳到江陵，经汉水和长江；

---

① 庞朴：《梳理线索，解开“无”“玄”之谜》，载 2006 年 5 月 18 日《社会科学报》。

② 庞朴：《谈玄说无》，载 2006 年 5 月 9 日《光明日报》。

③ 《小尔雅·广诂第一》，杨琳《小尔雅今注》，汉语大词典出版社 2002 年版，第 71 页。

④ 《说文解字·玄部》，《说文解字》，九州出版社 2001 年版，第 225 页。

⑤ 《毛诗正义》，北京大学出版社 1999 年版，第 497 页。

⑥ 《大戴礼记解诂》，中华书局 1983 年版，第 258 页。

⑦ 《管子·水地第三十九》，赵守正《管子注译》(下)，广西人民出版社 1987 年版，第 30 页。

⑧ 《上古天真论篇第一》，刘越《图解黄帝内经素问》，人民卫生出版社 2003 年版，第 6 页。

⑨ 《老子·十章》，沙少海、徐子宏《老子全译》，贵州人民出版社 1989 年版，第 15 页。

⑩ 《庄子·知北游》，杨柳桥《庄子译注》，上海古籍出版社 2007 年版，第 250 页。

⑪ 《老子·八章》，沙少海、徐子宏《老子全译》，贵州人民出版社 1989 年版，第 12 页。

⑫ 宗炳：《画山水序》，朱良志《中国美学名著导读》，北京大学出版社 2004 年版，第 64 页。

他‘西陟荆、巫’，走的是漳水和长江；他‘南登衡岳’，走的是长江、洞庭湖、湘江；他‘眷恋庐、衡’，还是顺流下长江至九江；他‘伤趾石门之流’，经过的是澧水；从嵩山至华山，走的是洛水”。他由此“理解了‘天下之至柔，而驰骋天下之至坚’，确像圣人说的那样，道也便在其中了，这就叫‘味像’，在像上（譬如水）正反映着圣人之道”。[①] 综观中国历史，宗炳的这种文化践行与文化体认，在中国文人中并不少见，是一种颇为普遍的文化现象。从孔子的“智者乐水”[②]，“见大水必观”[③]，到屈原行经沅、湘之间，“思彭咸之水游”[④]，再到苏轼“性喜临水”[⑤]，而“天下之信，未有若水者”[⑥]，等等，不一而足，都体现出了中国文人与水不可割舍的精神联系，也表现出了中国文人观看世界的独特文化方式。

而正是在这个层面上，宗炳提出的“澄怀味像”，对中国美学而言，是一个具有文化根性的重要概念。后来朱熹又提出所谓的“涵泳”之说，指出审美体验“自有个血脉流通处，但涵泳久之，自然见得条畅浃洽”[⑦]。不难发现，无论是宗炳提出的“澄怀味像”，还是朱熹提出的“涵泳”，都强调生命活动的直接参与和体悟，体现出了中国美学重视直观并注重生命活动的特征，而呈现出与西方传统的静观美学不同的风貌。正如上文所提到的，西方传统文化是以盐文化为原色与底色的，这种盐文化底色认同的是人与天地都是神的恩赐与创造。人与天地既不是所属的，也不是相互依存的关系。而体现为一种二分的关系，这种二分关系表现在对客体对象的认识上，即是一种主客二分的关系，重视对客体对象的静态考察与逻辑分析，这影响到西方传统的静观美学的形成，从柏拉图到黑格尔基于逻辑理念的美学观点就是此种影响的直接产物与典型代表。而与之不同的是，以水文化为底色与原色的中国传统文化是一种生态文化，注重天人合一的直觉体悟与生命感悟，这也决定了中国传统美学的直观性与重视生命活动的特质，表现为一种生命活动论生态美学。这种生命活动论生态美学建立的是一种人与自然的诗意审美关系。在中国传统美学范畴中，最能体现这种关系的，当是“畅神”这一核心范畴，而宗炳所提出的“澄怀味像”，其旨趣也正在于此。他指出，在“澄怀味像”的生命体悟与“观道”中，“万趣融其神思”，“畅神而已”[⑧]，把“畅神”视为最

---

① 施荣华：《宗炳“澄怀味像”的美学思想》，载《云南师范大学学报（哲学社会科学版）》2004 年第 5 期。

② 《论语·雍也》，钱穆《论语新解》，巴蜀书社 1985 年版，第 148 页。

③ 《荀子·宥坐》，高长山《荀子译注》，黑龙江人民出版社 2003 年版，第 564 页。

④ 刘向：《九叹·离世》，洪兴祖《楚辞补注》，中华书局 1983 年版，第 287 页。

⑤ 苏轼：《泛颍》，陶文鹏《唐宋名篇·宋诗卷》，山东教育出版社 2003 年版，第 462 页。

⑥ 苏轼：《东坡易传》，吉林文史出版社 2002 年版，第 128 页。

⑦ 北京大学哲学系美学教研室：《中国美学史资料选编》（下），中华书局 1981 年版，第 67 页。

⑧ 宗炳：《画山水序》，朱良志《中国美学名著导读》，北京大学出版社 2004 年版，第 65 页。

高和最终的审美境界，具体而言，也就是王微所说的“望秋云神飞扬，临春风思浩荡”[①]。“畅神”是一种物我同一而自在欢愉的精神状态，一个“畅”，道出的正是人与自然和谐无碍的诗意存在关系，所谓“心物相谐”表现出的也是人与自然这种诗意存在关系。另外，还值得注意的是，在中国传统美学中还有不少的范畴看似与水无关，实则也是借助对水的体悟来表达，典型的如司空图的《诗品》即是使用“采采流水，蓬蓬无春，窈窕深谷，时见美人”[②]来描述与说明“纤秾”这一范畴的，表现出中国人独有的生态美感悟与生态美学智慧。

三

在中国，上述这种植根于水文化而极富水的意蕴的生命活动论生态美学思想，体现在具体的艺术活动中，就是中国人创造了独具特色的包括山水诗、山水画、山水建筑与山水园林等在内的山水艺术体系。在文学方面，中国是诗的国度，《诗经》、《楚辞》开其端，中国山水诗可远溯至《诗经》、《楚辞》，《诗经》、《楚辞》中就有各种的山水意象，山水诗经过魏晋时期的发展，到唐时达到兴盛，并对中国文人的生存方式产生极大影响；在绘画方面，山水画在中国具有主导性的历史地位和意义；中国的建筑，如城市、宫殿等，也都讲究山水的布局，形成中国建筑的山水特色；而中国园林更是致力于山水格局及其境界的营构，成就了其山水园林的独特魅力。

而对上述种种山水艺术的形成，又是不能脱离水的意义来作出解释与说明的。中国的山水诗注重山水景物的状写，并往往重视其中水的意义，正如有学者所指出的：“在中国文学史上，水的地位也是至高无上的，不然，一部中国文学史就会失血失魂。少了水，中国的首部诗集《诗经》，一大半都要不复存在。”[③]而在《楚辞》中，屈原“所用之‘水’的意象尤多”[④]，“至于一部唐诗，水的景观，水的佳句更比比皆是”[⑤]，也成就了山水诗的辉煌，张说的《和尹从事懋泛洞庭》、崔颢的《黄鹤楼》、李白的《望庐山瀑布》、杜甫的《春夜喜雨》、王之焕的《凉州词》、孟浩然的《临洞庭》、王维的《汉江临眺》、韦应物的《滁州西涧》、白居易的《钱塘湖春行》、柳宗元的《江雪》、张继的《枫桥夜泊》、杜牧的《泊秦淮》等，都是此类经典。而对于中国山水画，正如日本画家东山魁夷所指出的，自然山水风景之美“不仅仅意

① 王微：《叙画》，朱良志《中国美学名著导读》，北京大学出版社 2004 年版，第 69 页。

② 北京大学哲学系美学教研室：《中国美学史资料选编》(上)，中华书局 1980 年版，第 312 页。

③ 朱国良：《智者乐水》，载 2009 年 6 月 4 日《人民日报·海外版》。

④ 黄凤显：《屈辞体研究》，湖南人民出版社 1997 年版，第 156 页。

⑤ 朱国良：《智者乐水》，载 2009 年 6 月 4 日《人民日报·海外版》。

味着天地自然本身的优越,也体现了当地民族的文化、历史和精神。从这个意义上说,谈论中国风景之美,同时也是谈论中国的民族精神之美",而要表现这种美,"竟是唯有墨才能胜任的"。[①] 东山魁夷这里所谓的"墨",显然是有其特定含义的,即"水墨",而正是这种"水和以墨"的"水墨",赋予中国绘画以生命力的表现。中国古代的城市建筑与宫殿营建,也力求依山傍水,先秦时期的管子就曾指出,"凡立国都,非于大山之下,必于广川之上。高毋近旱而水用足,下毋近水而沟防省"[②],可见对水的重视。中国园林建设始于殷周时代,秦汉时的帝王宫苑已具有很大规模,其以湖水为中心,堆山建岛,以所谓"一池三山"(瑶池与蓬莱、方丈、瀛洲三仙山)的格局,形成中国皇家园林的传统,而中国私家园林主要地处江南,尽管规模较小,却更于叠石理水、水石相映、小阁临流中见胜。一般来说,园林中不能没有某些形式的建筑,而建筑只要有条件,就会带上园林,做到宜居宜游,就此而言,水的意义更为重大,因为在中国古人看来,对于人的行止居处而言,水有聚气的作用,正所谓"有气则生,无气则死,生者以其气"[③],气诚然关乎生死,但没有水是不可设想的,水赋予万物以生气。

可以说,在中国传统的山水艺术体系中,水拥有极其重要的地位与文化价值,对于山水景物的关系,以中国传统的艺术观点,"水,活物也"[④],"山以水为血脉,以草木为毛发,以烟云为神彩,故山得水而活"[⑤],水所具有的本根与命脉意义可见一斑。而从更广泛的意义上讲,"水者,天地之血也,血贵周流而不凝滞"[⑥],水也赋予中国艺术以生命流动之美,而与这种生命流动之美相一致的是,中国艺术对自然山水的审美观照,并不止于对一景一物的静态摹写,而是注重"经营四方"而"周流六漠"[⑦]的动态观照,并由此表现出与西方传统艺术不同的审美特征。我们前文说过,西方传统文化的盐文化原色与底色,认同的是神的恩赐,人与天地都是神的创造,人和万物并非互为一体,而是一种二分的对象性关系,注重对客体进行静态的实证性和解析性的研究,并影响到西方传统的静观美学的形成,表现在艺术活动中,就是审美观照的静观模式。而中国传统文化作为一种以水文化底色的生态文化,构成了其生命活动论生态美学的文化根基,这种生命活动论生态美学表现在中国传统的艺术审美中,即重视生命活动的审美参

---

① [日]东山魁夷:《中国风景之美》,载《世界美术》1979年第1期。

② 《管子·乘马第五》,赵守正《管子注译》(上),广西人民出版社1982年版,第39页。

③ 《管子·枢言第十二》,赵守正《管子注译》(上),广西人民出版社1982年版,第105页。

④ (宋)郭熙:《林泉高致》,朱良志《中国美学名著导读》,北京大学出版社2004年版,第171页。

⑤ (宋)郭熙:《林泉高致》,朱良志《中国美学名著导读》,北京大学出版社2004年版,第172页。

⑥ (宋)郭熙:《林泉高致》,朱良志《中国美学名著导读》,北京大学出版社2004年版,第172页。

⑦ (战国)屈原:《远游》,洪兴祖《楚辞补注》,中华书局1983年版,第174页。

与和动态观照。《逍遥游》里的庄子视接万里、目游八方,《离骚》中的屈原"忽反顾以游目兮,将往观乎四荒"[①],李白"何意到陵阳,游目送飞鸿"[②];杜甫"游目俯大江,列筵慰别魂"[③],苏轼"游目以下览"而"五岳为豆,四溟为杯"[④]等,无不是一种动态审美观照的生动体现。中国的山水园林与建筑也重视其游目骋怀的功能,在"俯仰往环,远近取与"[⑤]的动态审美观照中营造诗意美感。而这种动态审美观照在中国山水画里即表现为所谓的"散点透视",这种"散点透视",正如宗白华先生所说的,"画家的眼睛不是从固定角度集中于一个透视的焦点,而是流动着飘瞥上下四方,一目千里,把握全境的阴阳开阖、高下起伏的节奏"[⑥],而不同于西方绘画的"焦点透视"。西方绘画的"焦点透视",从一个固定的视点出发,对景物进行由近及远的描摹,层次与光线明暗的处理遵循视觉真实,这显然符合以盐文化为底色的西方传统文化重逻辑性与实证性的特点,也是西方传统静观美学在绘画中的体现。在这一点上,中国山水画的审美视线是仰观俯察、流动宛转的,从而与山水诗、山水建筑、山水园林等其他中国山水艺术一样,在人与自然的诗意审美关系上,打破了时空局限,容山水万物于尺寸之间,使人在与天地万物同参的生命活动中,达到物我同一、天人合一的审美境界,表现出一种生命活动论生态美学的独特品格,而这正是西方传统静观美学所不具有并做不到的。

总之,中国生态美学是建立在作为中国传统文化底色的水文化的根基之上的,它与根基于盐文化的西方传统美学有着很大的不同,表现为一种植根于水文化而极富水的意蕴的生命活动论生态美学形态,并由此构成其独有的原生性特质,而在中国独具特色的山水诗、山水画、山水建筑与山水园林等山水艺术中得以具体体现,呈现出特有的生态智慧与美学魅力,而这也为中国美学的建设发展提供了丰富的传统资源,我们不能割裂传统而一味地盲目追随西方话语,否则就会造成话语建构中的根性失落与根基错位,目前中国生态美学所出现的话语危机,从根本上说其问题也在于此。毋庸讳言,近年来西方生态美学获得了很大发展,并予以我们不少的理论借鉴,但这种西方话语在更多的意义上是一种环境美学的概念,在这种环境美学的概念中,正如约·瑟帕玛所指出的,"环境围绕我们

① (战国)屈原:《离骚》,洪兴祖《楚辞补注》,中华书局1983年版,第18页。

② (唐)李白:《至陵阳山登天柱石酬韩侍御见招隐黄山》,《全唐诗》第5册,中华书局1980年版,第1820页。

③ (唐)杜甫:《阆州东楼筵奉送十一舅往青城县得昏字》,《全唐诗》第7册,中华书局1980年版,第2323页。

④ (宋)苏轼:《上清辞》,《苏东坡集》(四),上海商务印书馆1930年版,第105页。

⑤ 宗白华:《美学散步》,上海人民出版社1981年版,第111页。

⑥ 宗白华:《美学散步》,上海人民出版社1981年版,第97页。

(我们作为观察者位于它的中心),我们在其中用各种感官进行感知,在其中活动和存在"[①],是将环境视为主客二分的对象物了。我们前文已经提到,以盐文化为底色的西方文化,强调在主客二分的关系中对世界进行对象性的认识与把握,可见上述环境美学的观点,仍未脱此窠臼,对此,我们应该有清醒的认识,并有利于我们对中国生态美学在根性上与西方话语加以区分,从中国传统文化与现实需要出发,加强本土理论资源与文化传统的深入开掘,使植根于中国水文化传统而富有原生性特质的生命活动论生态美学,在当前生态文明的新时代焕发出新的活力。

(原载《中州学刊》2014 年第 1 期)

① [芬]约·瑟帕玛:《环境之美》,武小西、张宜译,湖南科学技术出版社 2006 年版,第 23 页。

中国当代美学理论构建的里程碑
——读曾繁仁先生《生态美学导论》

筚路蓝缕，以启山林。以曾繁仁先生等人为代表的一代学人，他们作为中国学界生态美学研究的先行者，为当代中国的美学研究开创了一个前所未有的发展空间与阐释视域，他们为此所作出的理论探究及其价值也是有目共睹的，而曾繁仁先生的《生态美学导论》（商务印书馆2010年版），正是这种理论探索极具创见性与代表性的成果，它的出版问世，对当代中国的美学研究及其理论建设无疑具有里程碑的意义。这种里程碑的意义，具体来说，笔者认为，主要体现在以下几个方面：

一是对传统认识论的超越。在人类发展历史上，传统的认识论模式，将人与世界的关系作主客二分的看待，曾有力地推动了人类对世界的认识，特别是在工业社会时代，伴随着启蒙主义与主体理性的进一步倡扬，这种认识论模式极大地促进了现代科技的发展与物质财富的积累，但同时也付出了沉痛的代价，带来了日益严重的环境恶化与人类生存困境，而这正是西方现代化所曾走过的道路，其历史教训是令人警醒的。而这种传统认识论模式对当代中国的理论研究，包括美学研究也产生了长期影响。当代中国的美学研究，尽管经过了从20世纪五六十年代的美学大讨论到八九十年代实践美学的勃兴，但在认识论问题上却并没有发生根本变化。对此，曾先生进行了极为自觉而清醒的理论反思，他深刻指出，"人与自然的关系是最基本的哲学关系。长期以来，由于历史的原因，我国美学界在这个基本的哲学问题上一直还处于前马克思主义哲学阶段，也就是传统认识论阶段"，实践美学认为，"美学科学的哲学基本问题是认识论问题"，将美定义为"人的本质力量的对象化"，仍是拘泥于这种认识论的理论误区。①

对于这种认识论的流弊，曾先生更是一针见血地指出，在此种认识论模式

---

① 参见曾繁仁：《生态美学在当代美学学科中的新突破（代序）》，《生态美学导论》，商务印书馆2010年版，第1页。

中，“主客是二分对立的，它可以导致工业革命时代出现的‘人类中心主义’——以为人类能够主宰万物；也能导致后来出现的‘生态中心主义’，以为非人类的生物可以具有超过人类的价值。但这种主客二分的认识论模式以及由此产生的‘人类中心主义’与‘生态中心主义’都已经被历史证明是走不通的道路”[①]。以曾先生的生态美学观点，自然审美既不是这种主客二分认识论模式下的“人类中心主义”视角的“自然的人化”，也不是这一认识论模式同样导致的“生态中心主义”的“自然全美”与“荒野审美”，而是主、客体交互共生的产物。曾先生的生态美学理论，以马克思主义唯物实践观作为哲学基础，由传统认识论走向唯物实践存在论，实现了对主客二分认识论模式的突破与这种模式下的两种“中心主义”的双重超越，转向“生态整体主义”与“生态人文主义”，堪称当代中国美学研究在哲学基础上取得巨大突破与重大转向的代表性理论收获。

二是深切的现实关怀。在当前中国学界，我们对许多空疏的理论演绎并不陌生，这种空疏的理论演绎甚至成了不少人竞相追逐效仿的某种理论“时髦”，而形成了理论研究的一大弊端。这使我们的许多研究不是从现实问题及相关“事实”出发，只是由空疏的理论演绎出不少与中国现实无关的“假问题”，而并没有从基于中国具体语境和现实思考中生发出真正具有理论意义与价值的问题。面对这样一种理论研究现状，我们不得不再次作出这样的追问：理论研究到底是基于何种意义上的？胡塞尔在谈到理论研究时曾指出，这种研究的动力“必定不是来自各种哲学，而是来自实事与问题”[②]。也就是说，理论研究的动力与出发点并不在于理论本身，而在于对现实问题的思考、回应与有效解答。

也正是在这个意义上，曾先生的生态美学理论，作为逻辑周严的理论体系，其学理性是自不待言，但又不同于空疏的理论演绎，它所表现出的深切的现实关怀，是不容忽视的。曾先生的生态美学理论构建，充分吸收利用了包括马克思主义生态理论、现代西方生态理论与中国本土的生态智慧等在内的中西方理论资源，并不是简单停留于对这些理论资源的凭空嫁接与生硬组合（这样的嫁接组合之作在当今学界并不少见），而是从历史与现实的发展要求和紧密关联中，进行中西、古今理论的会通、熔铸，推陈出新，形成自己独特的生态美学见解，并体现出一位富有良知的知识分子宽厚的人道主义情怀与关注现实的强烈的社会责任感。如曾先生着眼于全球生态文明时代的到来，特别是生态文明建设对中国的现实紧迫性，通过对工业文明的深刻反思，明确指出“在实现现代化的过程中，同时也要走生态现代化之路”，“生态文化就是一种符合社会发展方向的先进文

---

① 参见曾繁仁：《生态美学导论》，商务印书馆2010年版，第461页。

② ［德］胡塞尔：《哲学作为严格的科学》，倪梁康译，商务印书馆2007年版，第69页。

化”，发展与建设生态文化，包括生态美学，确立“以审美的态度对待自然”，以消除“与自然为敌”的错误观念，是我们的“当务之急”与“责任之所在”，并提出了相应的对策思考与理论前瞻。[①]

曾先生作为中国一代学人的杰出代表，有其卓著的学术声誉及影响力，他的生态美学理论所体现出的这种现实精神，无疑是对当今学界日益弥漫的疏离现实的理论研究倾向的一种有力逆转，而对当代中国的理论研究，尤其是美学理论研究所产生的启示意义也是不言而喻的。

三是可贵的中国气派的理论追求。当代中国的文化建设，是在中西文化的交流语境中进行的，对西方理论的借鉴与吸收，是不容回避的，也是必要的，但是如果一味地盲目崇洋以致民族身份迷失却是危险的。在当前中国学界，许多人对西方理论不分青红皂白地亦步亦趋，顶礼膜拜，奉西方理论为标新立异之圭臬。诚然，其中不乏一些人凭借某种西方理论的炒作与贩卖，捞取种种好处，但如果从文化心态上来看，这无疑又是一种十足的以“西方”为“世界中心”的崇洋意识，体现出了民族身份的丧失。这也导致了有学者所描绘的这样一幅我们常见的景象：“即使西方二流学者来到中国，就有些人崇拜之极，西方人自己也觉得十分了不起。这种做法完全丧失了民族文化的自信心。”[②]这确实与中国作为有着悠久历史的文化大国的身份不相称，也与当代中国崛起的事实不相符合。

我们需要，并有理由恢复我们对民族文化的自信，在生态美学的理论构建中尤是如此。曾先生并不讳言他的生态美学理论主张得到了西方理论资源的思想“援助”，但并不盲目迷信这些西方理论，而是清醒地认识到“当代生态美学产生于西方，以存在论美学、环境美学与生态批评的形态出现。这些理论形态给予了我们以丰富的资源与诸多的启发，但因其强烈的现代西方发达国家的色彩而又具有其不可避免的局限性”[③]。中国的生态美学建设必须走中国化的道路，从中国具体的国情出发，在借鉴吸收西方理论资源的同时，充分发掘利用中国本土丰富的生态智慧的理论资源，并实现现代转换。正如曾先生所指出的：“中华文明有着5000多年悠久的发展历程，在历史长河中形成了光辉灿烂、彪炳于世、独具风采的中华文化，这成为中华民族的象征与骄傲。而包含着生态审美智慧的生态智慧则是中华文化独具特色的宝贵财富与重要遗产。”[④]“现在有充分的材料证明，西方当代包括生态美学在内的生态理论的发展都与借鉴中国古代的生态

① 曾繁仁：《生态美学导论》，商务印书馆2010年版，第44～45页。

② 曹顺庆、靳义增：《论“失语症”》，载《文学评论》2007年第6期。

③ 曾繁仁：《生态美学导论》，商务印书馆2010年版，第474页。

④ 曾繁仁：《生态美学导论》，商务印书馆2010年版，第3页。

智慧密切相关”，而且，“事实证明，我国古代美学具有不同于西方美学的形态，不像西方那样是一种认识论的静态的物体的美学，而是一种人生的生态的生命的美学”，[①]在与当代生态理论的衔接及现代转换上，具有西方美学所无法比拟的相通性，这也是中国文化所包含的生态智慧及生命美学的优长所在。

正是基于此，曾先生认为，中国生态美学的建设必须立足本土，包括对中国儒道释等各家生态智慧的开掘与吸收：“生态美学建设要走中国化之路，其要义就包括继承发扬这些宝贵的古代生存智慧”，诸如“儒家的‘天人合一’思想、《周易》的有关‘生生为易’、‘元亨贞吉’与‘坤厚载物’的论述、道家的‘道法自然’、佛家的‘众生平等’”等等，并加以合理改造，通过中西会通的途径（例如，“天人合一”与生态存在论审美观的会通，“中和之美”与“诗意的栖居”的会通，“域中有四大人为其一”与“四方游戏说”的会通，怀乡之诗、安吉之象与“家园意识”的会通，择地而居与“场所意识”的会通，比兴、比德、造化、气韵与生态诗学的会通等）[②]，从而建设具有中国特色的生态美学理论，在世界美学的发展格局中发出自己的声音，作出自己的贡献，并由此表现出可贵的中国气派的理论追求。可以说，这种可贵的中国气派的理论追求，既是一位学者民族文化自信心的袒露，也为中国学人的理论努力作出了榜样。

总之，曾繁仁先生的《生态美学导论》，作为他生态存在论美学理论构建的代表著述，是中国当代美学研究具有里程碑意义的重要成果，其对传统认识论的超越、深切的现实关怀，以及所表现出的可贵的中国气派的理论追求，不仅为当代中国美学研究拓展了新的思维空间与理论增长点，而且也为它的未来发展指引了方向。

（2010 年岁末）

① 曾繁仁：《生态美学导论》，商务印书馆 2010 年版，第 472 页。

② 参见曾繁仁：《生态美学导论》，商务印书馆 2010 年版，第 477 页。

论新闻的美学原则

“美是人的本质力量的对象化”①,人类所触及的一切领域,作为人类社会实践活动的意向性对象,从本质上说,都具有美的创造的内在要求,新闻亦是如此。对新闻而言,不管如何标榜所谓“中立”,都不可否定地蕴涵着某种审美态度与审美评价,并对人们审美趣味与审美能力的形成造成影响,这也正是新闻的审美价值所在。对于新闻独特的审美特质,笔者觉得应从三个方面来把握新闻的美学原则:一是新闻对象的“真”;二是新闻效果的“善”;三是新闻形式的“美”。

第一,新闻对象的“真”。

这关系到何谓新闻的最根本前提。何谓新闻?这是一个至今尚无定论的问题。在世界范围内,关于新闻的定义究竟有多少,有人说有 170 多种,也有人说有数百种,不一而足。即使在中国国内,也有诸多不同的说法,而最为典型、最有影响的有四种定义:其一,侧重对象的定义,如:“新闻者所注意之最近事实”(徐宝璜);其二,侧重报道的定义,如:“新闻的定义就是新近发生的事实的报道”(陆定一);其三,侧重传播的定义,如:“新闻是最近变动的事实的传播”(王中);其四,侧重信息的定义,如:“新闻是经报道(或传播)的新近事实信息”(宁树藩)。尽管这四种定义各有侧重,但无论如何定义,在一个根本点上是一致的,亦即新闻是基于事实,以事实为基础的,它以准确的对象内容为前提。尽管对于新闻真实性的具体含义,在新闻界仍有不少争议,但不容否定的是,真实是新闻的生命,而这种真实,在笔者看来,应是新闻报道与新闻对象的“真”——客观事实相符合,亦即真实地反映客观事实,新闻报道与新闻对象的“真”——客观事实相符合,就是真实;不符合,就是不真实,也就是我们平常所说的新闻失真。

新闻对象的“真”是新闻的最根本前提。这一最根本前提决定了新闻的真实与艺术的真实有着本质的不同。艺术的真实往往需要很大程度上的虚构,而新闻的真实却不允许有丝毫的虚构,包括基本事实与具体细节,都必须真实。对于

① 李泽厚:《美学三题议——与朱光潜同志继续论辩》,载《哲学研究》1962 年第 2 期。

这一点,我们必须要有非常明确的认识。梁衡曾说:"新闻的本质是信息,文学的本质是艺术,不从理论上辨清就不能杜绝假新闻。"[①]信息的真实性要求决定了新闻在本质上的"真",并与文学的艺术虚构本质划清了界限。而在现实的新闻报道中,许多人对此往往重视不够,为了追求人物、事件的"完美",作所谓文学式的"合理想象"。殊不知,想象与虚构是文学艺术不可或缺的,却是新闻的大忌。2006年那条有名的假新闻《大四的女孩当上了副总裁》,报道一位北京师范大学四年级女生,已经拥有100项发明,其中有3项国家专利,拥有计算机界著名的编程比赛ACM的亚洲区总决赛银牌,是世界顶尖的机构ACM主席团第一个中国人,同时还是10多年舞龄的"舞"林高手,尚未毕业就已经被一家跨国公司聘任为亚洲副总裁,年薪不低于50万。这条新闻可谓想象"丰富",虚构得"可以",但它具有新闻的真实性吗?新闻报道的最终目的是再现客观事实,亦即生活的真实,即使是某个细小环节,也疏忽不得。即便是像报告文学这样介于新闻与文学之间的边缘性体裁,它作为以文学的手段及时地报告现实生活中意义重大的真人真事的一种新闻文体,尽管兼有新闻和文学两种特性,但其文学性也仅限于它的形式因素或表现手段,而把文学式的想象与虚构排斥在外。苏联报告文学作家波列伏依曾写过一篇关于先进工作者的报告文学,文章刊出以后,却不料先进工作者的同事们常常开被报道者的玩笑:"梳梳头吧!"弄得他哭笑不得。原来,作品中描述他脱下帽子,对着镜子梳梳头发。而事实上,他却是个秃头,发从何梳起?波列伏依想当然地给人物添上这样一个生活细节,尽管比生活的真实要"美",结果却成为新闻史上的一个笑柄。由此可以看出,新闻的真实来不得半点想象与虚构,丝毫的想象与虚构都会背离新闻的真实性,即使想象与虚构得再美,也与新闻无关;如果有关,那就是货真价实的假新闻。

可以说,新闻的真实性是由新闻的本质特征所决定的,真实性作为新闻的生命,是新闻"美"赖以存在的基础,没有"真",新闻就不成其为新闻,更谈不上新闻的"美"。从这一点来说,任何弄虚作假的新闻都因其真实性的丧失,进而丧失了新闻"美"的基石。对新闻而言,新闻对象的"真",是新闻"美"得以存在的最根本前提。新闻"美",首先是一种真实美。

第二,新闻效果的"善"。

李泽厚曾说:"我曾经把自然界本身的规律叫做'真',把人类实践主体的根本性质叫做'善'。当人们的主观目的按照客观规律去实践,达到预期效果的时候,主体善的目的性与客观规律的真的规律性就交汇融合起来。真与善、合规律

① 董岩:《梁衡的四张面孔》,载《英才》2005年第9期。

性与合目的性的这种统一，就是美的本质和根源。”[①]新闻的“美”，在本质上，也是如此，它不仅包括对象的“真”，而且包括效果的“善”。“善”作为一种道德伦理观念，它体现了“美”的社会性。

从“美”的社会性看新闻效果的“善”，要求新闻报道符合人类生活的目的，符合历史发展的总趋势，并予以肯定与正面的引导。2005 年 6 月 24 日，一条《一位深圳歌手与 178 个孩子的生死绝唱》的新闻在《周末报》刊载，并产生广泛影响，就是一个典型的成功例子。这条新闻对深圳歌手丛飞的感人事迹作了这样的报道：“他是深圳著名歌手，每场演出费高达万元，家里却一贫如洗。他只有一个女儿，却是 178 名贫困孩子的‘代理爸爸’。他在 10 年时间里，参加了 400 多场义演，捐赠钱物近 300 万元。他如今身患晚期胃癌，却连医药费都负担不起……”丛飞的事迹迅速传开，他的事迹感动了中国，丛飞并因此被评为 2005 年度“感动中国”人物。康德就曾在《判断力批判》中说：“善就是被他珍贵的，赞许的。这就是说，他在它里面肯定一种客观价值。”[②]“善”的引导作用是不容忽视的，对新闻而言，尤是如此。

但这并不意味着新闻报道回避现实生活中的“丑”与“恶”。在现实生活中，“美”与“丑”、“善”与“恶”是同时并存的，这是客观存在的事实。回避现实生活中的“丑”与“恶”，实质上，就是回避客观的真实，这是与新闻的真实性诉求相违背的。揭露“丑”与“恶”，包括社会生活的负面事件和天灾人祸等，也是新闻报道的范围，但要注意报道的典型性。譬如一些群众关心而又与群众密切相关的重大恶性事件，要及时报道，以正视听，稳定民心，发挥新闻的舆论引导作用。例如在非典时期，针对民众对“非典”的恐慌，大量的新闻报道了记者深入疫区进行采访，介绍各地抗“非典”的经验与体会，让治愈者自述心声，由于报道的是现实生活中的真人真事，有些就在身边，一些让人恐慌的谣言不攻自破，起到了很好的疏导与安定人心的作用。在这里，新闻因其毋庸置疑的真实性而使受众对报道的内容——真人真事深信不疑，产生亲切感、信任感，从而对受众发挥了巨大而直接的说服与教育功用。还有一些社会丑恶现象，如贪污腐败、违法乱纪等等一些典型事件，都是老百姓一直关注的焦点问题，也是新闻报道不应回避的，但必须清楚地认识到，诸如此类的新闻报道其目的并非为揭露而揭露，而是为了启迪与警示人们。这类新闻报道实质上是通过对“丑”与“恶”的揭露与否定，达到对“美”与“善”的肯定，抨击假丑恶，就是弘扬真善美，从而对人们起到抑恶扬善的

① 李泽厚：《美学四讲》，广西师范大学出版社 2001 年版，第 84 页。

② [德]康德：《判断力批判》（上），宗白华译，《宗白华全集》第 4 卷，安徽教育出版社 1994 年版，第 256 页。

引导作用。

第三,新闻形式的“美”。

若论新闻形式的“美”,首先要解决一个棘手而基础性的问题,就是新闻报道的表现形式的分类与说法问题。对于新闻报道的表现形式,有许多不同的分类与说法,但大多是分类标准不统一的混而言之,诸如消息、通讯、语言、结构、版面、媒介等都属于形式的范畴等等说法。很明显,形式是一个属概念,而消息、通讯、语言、结构、版面、媒介等则是其中之一的种概念。那么,作为种概念的消息、通讯、语言、结构、版面、媒介等之间,到底是一种什么关系?确实让人莫名其妙。而这种分类的厘定,作为新闻形式及其形式美研究的基础性工作,是不容回避,也不可回避的,这就需要首先作一番仔细的梳理。

笔者认为新闻报道的表现形式可以从以下四个层面作一些分类的描述:一是从新闻构成元素的层面来看,主要包括材料、结构、语言等形式;二是从新闻体裁的层面来看,主要包括消息、通讯、评论等形式;三是从新闻组合的层面来看,主要包括新闻版面、栏目等形式;四是从新闻媒介的层面来看,主要包括广播、电视、报纸、杂志、网络等形式。以此观之,新闻的形式美,应是以上诸多层面的形式要素的完美组合,通过对多层面的形式要素的综合运用与恰当组合,从而达到更好的表达效果。如有的新闻语言需要尽量简洁,而有的新闻语言需要详尽具体;有的新闻适合做成通讯,而不适合做成消息;有的新闻适合做成电视,而不适合做成报纸。诸如此类,都有一个形式要素的组合问题,如何组合关系到新闻形式美,甚至新闻美的成败。

现代科技的迅猛发展,既为新闻形式要素的优化组合提供了有利条件,也使其越来越依赖于现代科技。如何从多层面做好做足新闻的形式,在现代社会显得尤为重要。众所周知,随着新闻制作技术的不断提高,新闻的“包装”越来越精美。与传统“手工作坊式生产”的新闻制作相比,现代新闻制作已进入“现代化大生产”,科技含量越来越高。如果说传统的新闻更注重内容,那么现代新闻则越来越凸显形式的重要性。

新闻的美,不仅需要有内容上的美(“真”与“善”),还需要有形式上的美。从某种意义上来说,形式具有相对的独立性,包括审美的独立性,具有形式的“意味”,是某种“有意味的形式”,但这并不意味着讲究形式上的美,就可以忽视内容上的美(“真”与“善”),甚至取代内容上的美(“真”与“善”)。新闻形式的“美”,是建立在新闻内容美(“真”与“善”)的基础之上的,切不可喧宾夺主;否则,皮之不存,毛将焉附?鲁迅先生说过,写文章要“有真意,去粉饰,少做作,勿卖弄”①。

① 鲁迅:《作文秘诀》,《鲁迅全集》第四卷,人民文学出版社2005年版,第631页。

这也适合于新闻的形式美要求。著名记者穆青在谈到白描手法在新闻中的运用时，也有类似的论述："这种表现手法，有时也借语言的音响和色彩来加强效果，但主要依靠事实、形象、思想来打动读者。它的特点是能豪华毕落尽见真谛，从平凡中见深刻，在沉静中见热烈，尽量做到自然流畅，不事雕琢。"[①]这都为如何处理好新闻形式美与内容美的关系问题提供了很好的启示。讲究新闻形式上的"美"，实质上是为了以最优化的形式组合方式，最大限度地表现新闻本身的价值并获得最优化的表达效果，而不是为了仅仅凭借"美"的外衣哗众取宠，吸引眼球；否则，就丧失了新闻最为根本的目的。可以设想，如果一个新闻作品，只有浮华的形式，内容却很贫乏，这样的新闻作品也是难以真正吸引广大受众，并产生强烈的感染力的。

既没有无内容的形式，也没有无形式的内容，真正的美是内容美与形式美的和谐统一。新闻美既包含内容美（真与善），也包含形式美，但不可将二者作机械割裂，新闻美也应是内容美（真与善）与形式美的完美结合。

（原载《新闻界》2008 年第 2 期）

① 穆青：《谈谈人物通讯采写中的几个问题》，载《新闻战线》1979 年第 4 期。

后记

在高校从事文艺学教学和研究，这是我的职业，也是我选择的学术工作。而我的这一选择，又是与我最初对文学的兴趣和爱好分不开的。

缘于对文学的兴趣和爱好，大学期间，我曾担任文学社社长，并尝试文学创作，发表了几篇小文章，记得当时有一个河北省文联的刊物叫《小小说月报》，算是我发表文章的最高级别刊物了，如果用现在的话来说，就是个省级刊物，既不是核心，也不是C刊，没什么了不得的，但在那个时候也没这个想法，只是觉得很受鼓舞，就成天想着怎么提高文学创作水平。想得多了，就想评评别人的作品，也是出于“他山之石，可以攻玉”的想法。后来到了读研期间，这种想法更是有了“理论的自觉”，本书在“文学批评”部分中的《“画那张画的就是我啊！”》、《都云作者痴，谁解其中味？》等几篇文章就是那个期间写的，尽管未免稚嫩，但不容否定其中饱含着不可割舍的文学情愫，也记录了我怀抱文学理想的心路历程，因而对我来说具有重要的纪念意义。实质上，我怀抱文学理想的想法一直未曾动摇，这也使我对中国当下的文学研究，注重从其意义价值问题方面作出思考和反思，《文学的大众化设想》、《关于当代文学表达“中国经验”的一种反思》等这些后来写就的文章都是如此，只是更加学理化了。而另一方面，也使我对文艺审美现状及问题在“实然”与“应然”之间有了更多的思考，并逐步形成了在广阔的理论视野下通过具体的问题聚焦来回应和推进学界的热点与难点问题的研究思路，而这显然不仅仅只是在文学批评的范围了，这在本书的“文学理论”与“美学思考”部分都有体现，尤其是“文学理论”部分，其中有些文章本身讨论和思考的就是论争话题，比如《当代中国文学理论反本质主义批判的批判》、《反本质主义“错位”与文学本质重新言说》、《论“反本质主义”之后的文学理论重建》、《值得追问的“中国问题”》、《关于反本质主义的三个关系问题》等，这些文章对某些论争话题和理论问题进行了持续的关注思考与学术跟踪，其中包括有些观点与看法的重申和扩展深化，也客观呈现了不断充实与推进的研究轨迹，并从不同侧面切入了当代一些理论问题的研究进程，或许能为问题的深入探讨提供一定的理论参考。

从对文学的兴趣和爱好，到从事文艺学教学和研究，我对文学、审美所抱有的理想看法未改初心，只是变得更为理性，并使我一直关注文艺审美的现状及问题，而进行不懈的理论探索，这就是本书题为《当代文艺学问题研究与探索》的最初动因。

本书的大部分文章都已发表，并有文章被人大复印资料等学术文摘全文转载或论点摘编，或被相关研究援引采用，在学界产生了一定的影响。本书还就曾繁仁先生、赖大仁先生的学术成果进行了评价与相关问题的思考，并表达了自己的敬意，也是对一种学术境界的向往。另外还需要说明的是，其中有些文章在发表时由于版面有限作了删节，或在发表后又有进一步的思考与充实，这都在文末予以了注明。学术探索之路没有终点，回顾我的求学、研究经历，感谢文学曾经给我的滋养，感谢老师对我的培养，感谢学界朋友和同仁的鼓励、鞭策，感谢给我大力支持的刊物、出版社的领导和编辑，感谢我的家人，因为你们，我前行的路上未曾、也不会孤单。

李自雄

2015 年 6 月 10 日